Charel Kadusch

Im Bann der Gewalt

Im Bann der Gewalt

Charel Kadusch

Impressum

Herausgeber / Verantwortlich für den Inhalt gemäß
§ 5 DDG und § 55 RStV:
Charel Kadusch
c/o Impressumservice Dein-Impressum
Stettiner Str. 41
35410 Hungen
Deutschland

E-Mail: info@charelkadusch.com

Lektorat: Jana Beck
Korrektorat: Ursula Hirtl
Coverdesign: Logocarnation

Fir meng Fra – Usque ad Finem
A fir mäi Meedchen

Prolog

Luxemburg, Heute

Leichter Nebel kam auf und tauchte den dichten Laubwald um uns herum in der Abenddämmerung in ein unheimliches Licht. Wir standen um den geöffneten Kofferraum des Minivans herum und warteten ab. Den Van hatten wir ungefähr einen Kilometer weit im Wald auf einem schmalen Weg abgestellt und Max startete seine Drohne, einen kleinen Quadrokopter mit Thermalkamera und Restlichtverstärker, auf dem Maisfeld neben uns. Zuerst waren Drohnen für Max nur ein Hobby gewesen, doch in dieser Nacht war die Gelegenheit, seine Flugkünste unter Beweis zu stellen. Er hatte sich sogar eine VR-Brille zugelegt und so saß er, gegen den Kofferraum gelehnt, da und steuerte die Drohne mit einem Gamepad in beiden Händen. Wir anderen hätten zeitgleich die Bilder auf dem Tablet verfolgen können, doch meine Instruktionen waren klar: kein Licht und kein Lärm so nahe am Zielobjekt.

Geduldig warteten wir ab, hin und wieder raschelte es in dem Waldstück um uns herum oder ein Fuchs bellte in der Ferne. Die Sonne verschwand endgültig hinter dem Horizont und der Schleier der Dunkelheit legte sich über die Landschaft.

Das Waldstück lag weit entfernt von dem nächsten Dorf und so blieb die Landschaft dunkel, nur in der Ferne sahen wir die Scheinwerfer der Autos auf der Landstraße.

Ich wollte wissen, was Max sah, beherrschte mich aber mühsam. Jetzt war nicht der Moment für überstürzte Planänderungen. Zu viel hing davon ab. Zu lange hatten wir auf diesen Moment hingearbeitet und zu viele Opfer gebracht. Deshalb ließ ich Max in Ruhe seine Arbeit machen.

Außer uns beiden waren noch der Chef der irischen Söldner, Ian, und sein Stellvertreter anwesend. Beide standen ebenfalls stillschweigend da, ihre Waffen geschultert, und warteten auf die nächsten Befehle. Ihre Männer waren in der Nähe der anderen Feldwege verteilt, die in das Waldstück führten, und warteten ebenfalls.

„John?“, flüsterte Max.

Ich antwortete nicht, ging stattdessen zu ihm und legte ihm die Hand auf die Schulter, um ihm zu zeigen, dass ich ihn gehört hatte. Er ließ die Brille auf und manövrierte weiterhin gekonnt die Drohne mit der Steuerung.

„Keine Bewegungen auszumachen bis jetzt, auf jeden Fall nicht in unmittelbarer Nähe des Zielobjekts. Das Blätterdach ist jedoch viel zu dicht, um etwas zu sehen, nur um das Haus herum ist eine freie Fläche.“

„Die Zufahrtsstraßen?“, flüsterte ich.

„Alles ruhig.“

„Siehst du unsere Leute?“

„Nein, sie halten sich, wie besprochen, unter den Bäumen auf.“

„Gut.“ Ich nickte zufrieden.

„Irgendwelche Gefahrenzonen?“, fragte Ian, der sich zu uns gesellt hatte.

Max schüttelte den Kopf, wurde sich dann bewusst, dass es dunkel war und man die Bewegung vielleicht nicht sah.

„Nein, nur nordwestlich vom Haus kommt der Wald etwas dichter an das Gebäude heran. Ich schlage vor, dass wir … Moment!“, stieß er plötzlich hervor und setzte sich aufrecht hin, konzentriert die Drohne steuernd.

„Zwei Personen sind gerade aus dem Haus gekommen. Sie stehen auf der Veranda und rauchen“, erklärte uns Max.

„In Ordnung“, sagte ich. „Pass auf, dass sie die Drohne nicht hören! Bleib auf Distanz! Was wolltest du vorschlagen?“

Max lenkte für einen kurzen Moment weiter seine Drohne über dem Zielobjekt und antwortete mir dann.

„Ich schlage vor, dass wir Team B von Nordwesten aus vordringen lassen, um so nah wie möglich ans Haus zu gelangen und das Stück Wald zu durchforsten. Wenn diese Schweine auch nur eine einzige taktische Regel respektieren, haben sie dort einen Horchposten positioniert.“ Ich nickte zustimmend.

„Ian", flüsterte ich und winkte ihn zu mir. Ich nahm die Plane mit Tarnmuster aus dem Kofferraum, breitete sie über uns aus und schaltete erst dann meine Taschenlampe mit rotem Filter an, um Ian die Planänderung auf der Karte zu zeigen.

Ian bückte sich neben mich und betrachtete die Karte ebenfalls. Es war eine handelsübliche Wanderkarte, jedoch in so hoher Qualität, dass sogar die Vegetationswechsel vermerkt waren.

Ich zeigte mit der Spitze meines Stifts auf das Waldstück, das Max beschrieben hatte.

„Sag Team B, sie sollen von ihrer Position aus durch die Senke hier vordringen und sich durch das Stück Wald zum Haus vorarbeiten. Betone vor allem, dass sie auf mögliche Wachposten vorbereitet sein sollen."

„Geht klar. Team A? Plan unverändert?"

Ich zog die Karte für einen Moment zurate und nickte.

„Ja, unverändert."

„Geht klar, Boss." Ian klopfte mir auf die Schulter. „Willst du warten, bis es komplett dunkel ist?" Ich schüttelte den Kopf.

„Nein. Für unsere Nachtsichtgeräte macht es keinen Unterschied mehr und die Wetterkonditionen sind optimal für uns."

Ian nickte.

„Was ist, wenn die Männer auf der Veranda bleiben?"

„Schaltet sie aus, bevor ihr das Haus erreicht."

„Okay. Sonst noch was?"

„Nein. Macht euch bereit." Ich schaute auf meine Armbanduhr und wog die Zeit ab. „Zugriff in fünf Minuten."

Ian schaute ebenfalls auf seine Uhr und nickte.

„Du willst noch immer mitkommen, John?" Er konnte die Sorge in seiner Stimme nicht unterdrücken.

„Ja. Ich schicke euch da auf keinen Fall alleine rein. Keine

Sorge, ich halte mich im Hintergrund."

Ian nickte ein weiteres Mal stumm und ging zu dem anderen Teamleader. Die beiden unterhielten sich kurz und dann gab Ian mir das Alles-klar-Zeichen.

Ich drehte mich zu Max.

„Behalte das Haus im Auge, Max, aber sobald du uns in der Nähe des Hauses siehst, will ich, dass du die Zufahrtsstraßen beobachtest. Ist das klar? Wenn du irgendeine Bewegung entdeckst, gibst du sofort Bescheid!“

„Keine Angst, ich halte euch den Rücken frei, John. Du kannst auf mich zählen!“

Ich klopfte ihm dankbar auf die Schulter.

„Das weiß ich, Max, das weiß ich. Halt die Augen offen und falls sich jemand dir nähert, ohne das Erkennungssignal zu geben, will ich, dass du im Wald verschwindest.“

Max drehte den Kopf in meine Richtung, hatte jedoch noch die VR-Brille auf und so musste ich unwillkürlich lachen, als er den Kopf mit der Brille in meine ungefähre Richtung hob und orientierungslos die Gegend absuchte. Er nahm die Brille ab und nickte.

„In Ordnung, John, ich spiel schon nicht den Helden.“

„Gut!“ Ich klopfte ihm ein letztes Mal auf die Schulter, packte mein Gewehr und ging zu Ian.

„Los geht‘s!“

Wir klappten unsere Nachtsichtgeräte runter und warteten kurz ab, bis jeder sein Gerät richtig eingestellt hatte. Ian nickte mir zu und ich zeigte in die ungefähre Richtung des Zielobjekts. Sein zweiter Mann, Teamleader B, löste sich aus unserer kleinen Gruppe und ging in entgegengesetzter Richtung zu seinen Leuten.

Ian und ich gingen im Gänsemarsch vorsichtig durch den Wald und nach rund hundert Metern blitzte vor uns ein Lichtsignal auf. Das Infrarotsignal war nur mit einem Nachtsichtgerät zu sehen und gleich darauf blitzte als Antwort Ians taktische Lampe ebenfalls. Wir gingen in die

Richtung des Signals und fanden dort den Rest von Team A.

Ian versammelte seine Männer um sich, insgesamt bestand das Team aus sechs Schützen, und ging noch einmal kurz die wichtigsten Punkte meines Plans mit ihnen durch. Die Männer nickten stumm und ich merkte ihnen die Anspannung an, doch ihre Professionalität behielt die Oberhand. Als Ian sein kurzes Briefing beendete, verteilten sie sich und schlichen leise in Position.

Ich selbst hielt mich in Ians Nähe auf und würde auch sonst etwas zurückbleiben. Der Rest des Teams verteilte sich im Gelände, weit genug auseinander, um sich im Falle eines Angriffs nicht gegenseitig zu hindern, und doch nah genug, um konstant Sichtkontakt zu halten. Der Wald bestand hier nur aus vereinzelten Laubbäumen, sodass die Schützen genug Freiraum hatten. Die Söldner warteten auf Ians Befehl und schließlich nickte er und wir setzten uns in Bewegung. Das Zielobjekt lag ungefähr 600 Meter Luftlinie von uns entfernt, doch der Wald verdichtete sich zunehmend und zwischen den Bäumen befand sich näher am Zielobjekt dichtes Gestrüpp. Wir brauchten beinahe eine halbe Stunde für diese kurze Strecke. Wir hatten keine Eile und das Knacken eines Asts würde vielleicht für uns in einer Katastrophe enden. Ich sah, wie der Späher sich vorne in der Formation gekonnten Schrittes einen Weg durch eine Hecke bahnte und geräuschlos Position neben einem massiven Baum bezog.

Vor uns lichtete sich der Wald und ich erblickte die schemenhaften Umrisse des Zielobjekts. Licht schien aus den Fenstern und erhellte den Rasen ums Gebäude. Als wir auf das Zeichen des Spähers hin einen kurzen Moment stehen blieben, um zu lauschen, hörte ich leise Musik aus dem Zielobjekt und das dumpfe Dröhnen des Basses. Wir gingen ein kleines Stück weiter und jetzt konnte ich das Zielobjekt gut sehen. Ich kauerte mich hin, halb verdeckt von einem kleinen Gebüsch, und beobachtete die beiden Männer auf der Veranda. Die beiden rauchten noch immer und für einen Moment sah es aus, als würden sie in unsere Richtung schauen, aber das war bloß Einbildung. Die beiden unterhielten sich und genossen vermutlich die frische Luft. Die Männer von Team A waren in Position gegangen und wir warteten auf die Bestätigung von Team B.

Die Minuten verstrichen, ohne dass wir etwas von ihnen hörten. Plötzlich erklang lautes Geraschel aus nördlicher Richtung und ich schreckte auf. Die Raucher auf der Veranda hatten es offenbar ebenfalls gehört und starrten angestrengt in das Stück Wald direkt vor ihnen.

„Horchposten ausgeschaltet," krächzte es leise durch den Ohrstöpsel in meinem Ohr und ich atmete erleichtert auf.

Die Raucher schienen beunruhigt und einer rief etwas auf Russisch in Richtung Wald, das ich nicht verstehen konnte.

Ians Stimme erklang in meinem Ohr. „Verdammt, sie haben Verdacht geschöpft. Macht euch bereit!"

Ich packte mein Gewehr fester und kontrollierte meine Atmung.

„Team B, wir schalten die Männer auf der Veranda aus, haltet euch bereit. Auf mein Kommando rückt ihr zum Zielobjekt vor!" Ians Stimme war ruhig und klar. Mein

Herz pochte und mit dem Unterarm wischte ich mir den Schweiß aus den Augen.

„Team B, vorrücken in drei, zwei, …"

Vier gedämpfte Schüsse erklangen aus dem Wald unweit von meiner Position und die zwei Raucher sackten in sich zusammen.

„… eins!" Die Schützen von Team B traten rechts von uns aus dem Wald und liefen wie Geister über den Rasen.

Team A brach ebenfalls aus der Lichtung hervor und stürmte in die Richtung des Zielobjekts.

Ich umklammerte mein Gewehr fester und wartete ein paar Herzschläge ab. Dann holte ich tief Luft, erhob mich aus dem Gebüsch und stürmte hinter Ian aufs Haus zu.

I.

Vor einem Jahr
Bamako, Hauptstadt Malis

Die kenianischen Soldaten der MINUSMA, der Stabilisierungsmission der UNO in Mali, die das *Main Gate* bewachten, öffneten uns den letzten Schlagbaum. Jan, mein tschechischer Kollege und wie ich selbst Ausbilder im Dienst der EU, steuerte unseren ungepanzerten Jeep langsam durch das Labyrinth aus Betonklötzen. Diese dienten dazu, einen möglichen Angriff auf das Gate mit einem Auto oder Lastwagen zumindest zu verlangsamen. Beziehungsweise Distanz zur Explosion zu schaffen, falls es sich um eine Autobombe handeln sollte.

Ich schaute mir die Ausrüstung der Soldaten an und war schockiert. Im Gegensatz zu uns sahen die Kenianer eher aus wie Milizionäre: Die Uniform war viel zu groß, der Helm saß schief auf dem Kopf und war nicht festgeschnallt. Die Schussweste war offen und das Gewehr, eine alte Version der berühmt-berüchtigten Kalaschnikow, musste dringend geputzt werden.

Der Soldat am Eingang salutierte lässig und winkte uns dann zum Abschied.

„Scheiße, Angst braucht vor denen echt keiner zu haben …“ Jan näherte sich der Hauptstraße und machte den Winker an.

„Nein,“ pflichtete ich ihm bei. „So schlampig am Main Gate stehen, ist schon beinahe eine Einladung zum Angriff.“ Ich schüttelte den Kopf.

„*Oye*, nicht jeder kann sich so teures Material leisten wie ihr Luxemburger!“, knurrte Carlos, ein Bär von einem Mann, vom Rücksitz. Er war Spanier, genauso wie sein Nachbar und Kollege, Arturio. Dieser stimmte ihm missmutig zu.

Ich hob beschwichtigend die Hand.

„Schon gut, schon gut. Ich habe eher das Auftreten gemeint. Unser Gewehr hat schließlich auch schon ein paar Jahre auf dem Buckel.“

Mein Sturmgewehr, eine Steyr AUG aus Österreich, hielt ich wie immer mit dem Lauf nach unten gerichtet, neben mir an die Wagentür gedrückt, mit einer Hand fest. Ich hatte schnell gemerkt, dass es nahezu unmöglich war, meine Pistole, eine Glock 17, zu ziehen, wenn ich mit voller Ausrüstung im Jeep saß. Die Steyr hatte nur eine simple optische Vergrößerung im Zielfernrohr. Im Gegensatz zu modernen Rotpunktvisieren.

Jan warf einen Blick zur Seite und sah meine Waffe, wie immer einsatzbereit.

„Findest du das nicht übertrieben?“ Sein eigenes Sturmgewehr lehnte wie die beiden von Carlos und Arturio am Rücksitz.

„Schließlich war der letzte Anschlag in Bamako selbst 2015 …“

„Lieber paranoid sein, als überrumpelt zu werden. Du hast die aktuelle Lagekarte doch gesehen: die Anschläge nähern sich immer mehr dem Zentrum des Landes. Hoffen wir, dass es nicht dazu kommt, aber ich bin auf jeden Fall bereit.“

Die neueste Generation an Holstern war zwar exzellent dafür geeignet, die Zweitwaffe schnell zu ziehen und zu schießen, doch in einem Wagen war dafür wegen des vielen Materials eine beinahe unmögliche Verbiegung nötig.

Jan nickte langsam. „Hast Recht.“ Er erblickte eine Lücke im dichten Straßenverkehr und reihte sich ein.

„Zum Glück haben wir heute keine Eskorte dabei …“ Carlos lehnte sich nach vorne und betrachtete die vielen Autos, Mopeds und Lastwagen vor uns. Für diese Uhrzeit herrschte tatsächlich schon reger Verkehr. Zur Rushhour würde es katastrophal werden. Wir hatten zum Glück unser Meeting im HQ hinter uns und fuhren zurück zum Hotel, sodass wir keine Eile hatten.

„Rechts von dir.“ Ich hatte das Moped bereits vorher im Seitenspiegel bemerkt. Der Fahrer lenkte sein Gefährt lässig mit einer Hand und fuhr über den staubigen Straßenrand.

Jan fuhr stur geradeaus. In Bamako hielt sich niemand an die Straßenverkehrsordnung: Wenn der Mopedfahrer vorbeiwollte, musste er versuchen, das ohne Kollision zu schaffen. Wir würden auf jeden Fall keinen Platz machen.

„Gestern hat das auch einer bei uns versucht und hat eine Ziege am Straßenrand voll erwischt,“ meldete sich Arturio zu Wort.

„Ja, der macht das so schnell nicht nochmal.“ Carlos deutete uns, dass der Fahrer gestern kopfüber vom Moped gestürzt war.

„Verdammtes Chaos jeden Tag …“ Jan schüttelte den Kopf.

Wir näherten uns einer der wenigen Straßenampeln der Stadt. Sobald wir stehen blieben, umschwärmten uns dutzende Menschen: Einige bettelten und deuteten an, dass sie Wasser wollten. Andere hielten uns ihre Ware ans Fenster.

„Lasst die Fenster zu! Die werden wir sonst nicht mehr los."

Ich hielt die Augen stur geradeaus und ignorierte die Menschenmenge ums uns herum.

Der Verkehr auf der Kreuzung kam vollends zum Erliegen. Jan reckte den Hals und versuchte zu sehen, warum. Er lachte auf. „Unfassbar!"

Ein kleiner Junge ritt auf seinem Eselskarren, drei weitere Kleinkinder hintendrauf, inklusive einem Haufen Metallschrott, um die Ecke. Der Junge umfuhr gekonnt den liegengebliebenen Lastwagen, der Schuld am Chaos auf der Kreuzung war, und passierte unseren Wagen.

„Eselskarren mitten in der Hauptstadt. Gefällt mir." Jan schmunzelte.

Wir befanden uns jetzt auf der Höhe des *Sogolon*-Denkmals.

„Erinnert mich immer an den Bullen in der Wall Street." Ich deutete auf die Statue.

„Ist aber wohl eher ein Wasserbüffel." Jan überholte einen überfüllten Bus. Er reihte sich ruckartig wieder rechts ein, sodass Carlos und Arturio durchgeschüttelt wurden.

„*Oye*, du musst deinen Fahrstil nicht anpassen!"

„Konvoi," murmelte Jan nur lapidar und just in dem Moment passierte uns eine Wagenkolonne mit vier gepanzerten Truppentransportern, einer Nobelkarosse dazwischen und einem offenen Lastwagen, mit Soldaten aufgesessen, zum Schluss.

„Verdammt! Wären die malischen Soldaten im Norden so ausgerüstet, hätten sie vielleicht eine Chance.“ Die Soldaten auf dem letzten Wagen hatten moderne Helme, neue Sturmgewehre und Schusswesten an.

„Sind sicher *Forces Spéciales* aus Kati …“ Jan schüttelte den Kopf. „Die Prätorianergarde des Präsidenten bekommt halt nur das Beste.“

„Und die armen Schweine, die wirklich gegen die Dschihadisten kämpfen müssen, fahren in ungepanzerten Fahrzeugen über IED-verseuchte Straßen, mit steinalten Kalaschnikows bewaffnet …“

Wir hatten alle genug Zeit in Mali verbracht, um zu wissen, dass die Elite des Landes sich nur um ihre eigenen Interessen kümmerte. Nicht um jene der Bevölkerung.

Die große Brücke über den Niger war jetzt nur noch wenige hundert Meter entfernt. Zu dieser Zeit füllten sich die Straßen zwar bereits merklich, wir kamen jedoch gut voran und würden in wenigen Minuten im Hotel sein. Vor der Brückenauffahrt staute es hingegen.

Ein Schwall Fluchworte auf Tschechisch und das laute Gehupe von Jan rissen mich aus meinen Gedanken. Ein alter, weißer Renault drängte sich ohne Rücksicht auf einen Zusammenstoß vor unseren Jeep und Jan bremste scharf ab. Die beiden Spanier auf dem Rücksitz wurden nach vorne gegen unsere Sitze geschleudert und fluchten ebenfalls lautstark. Jan hupte noch einmal, vermutlich, um seiner Frustration Luft zu machen, hatte jedoch keine andere Wahl, als den Renault sich einreihen zu lassen.

Ich schmunzelte, als ich auf dem Renault einen Aufkleber mit der Karikatur einer traditionell gekleideten Bretonin und der Aufschrift „*À l'Aise Breizh*" entdeckte. »Immer nur mit der Ruhe« - Ja, genau. Das sollte sich der Fahrer mal zu Herzen nehmen. Ich wollte Jan die Bedeutung des Aufklebers gerade erklären, als Arturio seinen Kopf nach vorne streckte und mit starkem Akzent auf Englisch fluchte:

„*Hijo de puta*, die fahren wirklich schlimmer als die Taxifahrer in Madrid!"

„*Tranquilo*," knurrte Carlos, nickte jedoch zugleich. „Ist doch egal. Noch zwei Wochen und wir sind weg von hier."

„Hat man euren Flug denn jetzt bestätigt?" fragte ich.

Carlos schnaubte nur vielsagend, Arturio schüttelte den Kopf.

„*No*, aber das ist mir egal! Ich bleibe schön hier im Hotel bis zum Schluss und arbeite an meiner Bräune. Wir fahren nur morgen zurück nach Koulikoro und holen unsere Sachen, danach war's das für uns mit der Ausbildung."

Ich nickte. Wir und das Training, das wir für die malischen Truppen organisierten, waren immer weniger willkommen und so sank unsere Motivation, sie auszubilden.

„Die Russen übernehmen eh alles …" Selbst hatte ich zwar noch keine der dubiosen russischen Söldnertruppen im Land gesehen, doch ihre Präsenz war mittlerweile ein offenes Geheimnis. Kein Wunder – Truppen, denen

Menschrechte völlig egal waren, waren in allen Teilen der Welt anzutreffen.

„Leider wahr." Jan hob resignierend die Schultern. „Nichts, was wir dagegen tun könnten, *Jean*." Er warf mir einen kurzen Blick zu und grinste schelmisch. Er hatte meinen richtigen Namen bewusst mit starkem französischem Akzent ausgesprochen.

Ich hasste das.

„Ja, *Jean*." Natürlich machte Carlos auch sofort mit.

„Ich dachte, du heißt John?" Arturio kannte mich nicht so gut wie die beiden anderen.

„Ich hab den Namen nie gemocht …"

„Waffe!"

Meine Finger verkrampften sich sofort um den Griff meines Gewehrs. „Wo?"

„Roter Pick-up, rechts vorne! Schlaksiger Kerl mit grauem Hemd! Pistole in der linken Hand." Jan umklammerte das Lenkrad. Mehr konnte er als Fahrer nicht tun.

Ich suchte den Pick-up, fand ihn und sah den Bewaffneten am Fenster des Pick-ups stehen, wütend gestikulierend und schreiend. Der Fahrer des Pick-ups schrie zurück und zeigte auf die vielen Autos vor ihm.

„Ist okay." Ich beruhigte die anderen Insassen. „Die haben nur eine kleine Meinungsverschiedenheit." Von den beiden ging für uns keine unmittelbare Gefahr aus. Ich behielt die Situation trotzdem im Blick, falls der Streit eskalieren sollte.

Jan atmete tief aus. „Mali …"

„Du sagst es … Trotzdem ist das hier das erste Mal, dass ich eine Waffe im Straßenverkehr sehe.“ Mein Adrenalinpegel sank langsam wieder und meine Muskeln entspannten sich.

Der Bewaffnete schlenderte zurück zu seinem Auto, einem weißen Jeep, und stieg ein.

„Wahrscheinlich der Leibwächter eines hohen Tieres. Hat wohl die Geduld verloren …“ Der Jeep war nagelneu und die Fensterscheiben waren offensichtlich gepanzert.

Es herrschte weiterhin stockender Verkehr, doch wir hatten mittlerweile den Niger überquert und Jan bog jetzt in die Straße unseres Hotels ab.

Wir warteten geduldig im Jeep, bis die Männer der lokalen Sicherheitsfirma uns das große Tor geöffnet hatten, und fuhren dann im Schritttempo hindurch. Das Tor war Teil der Mauer, die das gesamte Gelände des Hotels umgab, hier und da ergänzt durch Gitterpalisaden und Drahtverhaue. Als ob das Angreifer abhalten könnte! Nur ein Laie würde so etwas glauben.

Unter dem Torbogen blieb Jan stehen und ein Soldat der spanischen *Force Protection*, im Militärjargon nur FP genannt, trat ans Fenster. Jan reichte ihm unsere Militärausweise und der Soldat notierte den Jeep mit Insassen in seinem Logbuch, während ein Kollege den Wagen kontrollierte. Wie jedes Mal schob er einen mobilen Spiegel auf kleinen Rädern mit integrierter Lampe unter dem Jeep entlang. Auch wenn ich sicher war, dass er nichts finden würde – ein Rest Nervosität blieb immer, ob es nicht unbemerkt von uns einem Attentäter gelungen war, an einer Straßenkreuzung eine Sprengfalle anzubringen. Auf das

Alles-klar-Handzeichen seines Kollegen hin winkte der Soldat uns durch. Ich war beruhigt.

Wir parkten den Jeep auf dem dafür vorgesehenen Parkplatz am Seiteneingang des Hotels und atmeten alle merklich auf: Auch wenn die Gefahr eines Angriffs momentan in Bamako gering war, war ich immer angespannt, solange ich nicht im Hotel oder im Hauptquartier war. Ob real oder nicht, nur an diesen Orten hatte ich ein Gefühl von Sicherheit, wusste ich doch, dass hier genug Militärs waren, um im Falle eines Angriffs angemessen reagieren zu können. Jan stieg aus und kreiste die Schultern. Das war stets seine Art, die Nervosität abzuschütteln.

Jan und ich verabschiedeten uns von den Spaniern, nachdem wir eine Uhrzeit fürs Abendessen ausgemacht hatten, und gingen in unser Zimmer. Nach der Hitze draußen war die Kühle im klimatisierten Raum eine Wohltat.

„Sport?“, fragte ich Jan, während ich meine Waffen ablegte und mich aus dem komplett durchgeschwitzten Combat-Shirt zwängte.

„Später, ich geh duschen und leg mich erst mal aufs Ohr."

„Okay, kein Problem.“ Ich hängte meine Ausrüstung auf, damit sie dank der Klimaanlage trocknen konnte, und suchte meine Sportsachen zusammen.

„Ich gehe ‘ne Runde aufs Laufband,“ sagte ich und verließ das Zimmer.

Ich ging durchs Treppenhaus nach unten und an der Hotelrezeption vorbei zum Fitnessraum. So früh am Nachmittag war dieser beinahe menschenleer, nur in der hinteren Ecke stemmten zwei Deutsche ein paar Gewichte. Ich kannte sie flüchtig, nickte den beiden zu und suchte mir dann ein Laufband aus.

Der Fitnessraum war natürlich auch klimatisiert und so genoss ich die angenehme Kühle beim Warmlaufen. Im Spiegel vor mir sah ich den kleinen Fernseher in der Ecke, auf dem eine malische Version von MTV lief, ich selbst zog jedoch meine eigene Musik vor. Ich joggte in lockerem Tempo los, schloss meine Kopfhörer via Bluetooth an mein Handy an und suchte meine übliche Workout-Playlist aus.

„Hey John, alles klar?“ Ich hörte eine gedämpfte Stimme durch die Kopfhörer und schaute nach rechts.

„Alles in Ordnung, und selbst? Du auch wieder hier?“ Es war Markus, ein Deutscher, mit dem ich am Anfang meines Einsatzes einen Kurs in Sevare, einer Kleinstadt im Norden des Landes, geleitet hatte.

„Ja, für zwei Wochen, wir warten noch auf grünes Licht aus dem Hauptquartier, aber mit ein bisschen Glück können wir am Montag nach Kati", sagte Markus und stieg auf das Laufband rechts neben mir.

„Ehrlich? Cool! Der Logistik-Kurs?“

„Genau, wie ursprünglich geplant", antwortete Markus und zog resignierend die Schultern hoch. „Ob das noch was bringt?“

„Keine Ahnung, aber besser so, als nur weiter in der Kaserne hocken, oder?“

Er nickte zustimmend und fing ebenfalls an, sich locker warmzulaufen. „Und du?“ Anstatt direkt zu mir zu schauen, blickte er geradeaus in die Richtung meines Spiegelbilds.

Ich hatte mich nach dem Kurs am Morgen eigentlich darauf gefreut, in Ruhe meinen Gedanken beim Laufen nachzuhängen, aber er war ein netter Kerl und ich wollte nicht unhöflich sein.

„Senou,“ antwortete ich. „Fortgeschrittener FP-Kurs.“

„Aha,“ gab er zurück und schaute mich direkt an. Er schmunzelte schelmisch. „Grundausbildung also?“

„Ganz genau.“ Wir lachten beide.

„*TIA*“, sagte Markus achselzuckend. *This is Africa.*

„*TIFA*“, stimmte ich ihm zu. *This is fucking Africa.*

Das allgemeine Niveau der Truppen, die wir ausbildeten, war so schlecht, dass eigentlich alle Kurse auf Grundausbildung hinausliefen.

Am Anfang hatte ich mich darüber aufgeregt. Ich hatte das schlechte Niveau der Auszubildenden auch mit einem Malier angesprochen, doch dieser hatte mich schnell auf den Boden der Tatsachen geholt: Die erfahreneren Truppen kämpften bereits im Norden und im Zentrum des Landes gegen die Dschihadisten. Daher konnten wir nur hoffen, die Neuen so gut wie möglich auf ihren baldigen Einsatz vorzubereiten.

Markus steckte sich auch Kopfhörer ein. Mit einem kurzen Nicken fing er ebenfalls mit seinem Training an und so liefen wir stillschweigend nebeneinander. Ich schraubte kontinuierlich das Tempo hoch, war nach rund zehn Minuten auf der angestrebten Geschwindigkeit für einen Dauerlauf angekommen und konzentrierte mich auf meine Atmung.

Noch eine Woche. Noch eine Woche hier in Bamako, anschließend zurück in die Kaserne in Koulikoro für einen knappen Monat und dann ab nach Hause. Meine Sachen waren bereits gepackt, man wusste nie, wie schnell es gehen würde. Der Flug würde von Bamako aus nach Luxemburg gehen, mit einem kleinen Zwischenstopp in Italien oder Spanien wahrscheinlich. Allerdings würde die erste Woche daheim leider mit medizinischen Kontrollen und einzureichenden Abschlussberichten gefüllt sein. Aber die Zeit würde auch schnell vergehen.

Und so kreisten meine Gedanken um die Heimreise, die Vorbereitungen, die noch zu treffen waren, und natürlich um meine Urlaubspläne. Ich hielt ein konstantes Tempo und kam ordentlich ins Schwitzen.

Außer den bereits Anwesenden blieb es ruhig im Fitnessraum, nur ein mir unbekannter Mann kam dazu. Er ging zu den Gewichten und war offensichtlich stolz auf seinen muskulösen Körperbau, denn er zog sogleich das T-Shirt über den Kopf und fing mit freiem Oberkörper an, Hanteln zu stemmen. Seine breite Brust war übersät mit Tattoos und ich schmunzelte, als ich die beiden in schwarz und weiß gestochenen Sterne direkt unter seinen Schultern bemerkte: Ob sich der Mann bewusst war, dass dies das Symbol für die russische Mafia war? Wahrscheinlich nicht. Naja, ich wünschte ihm auf jeden Fall, dass nicht die falschen Leute ihn mit den Sternen erwischten, soweit ich gehört hatte, war mit solchen Leuten nicht zu spaßen …

Nach einer Stunde stieg ich vom Laufband, nassgeschwitzt und mit freiem Kopf, nickte Markus zum Abschied zu und ging nach draußen, um noch ein paar Dehnübungen zu machen, danach kehrte ich zurück ins Zimmer. Ich hatte noch zwei Stunden bis zum Abendessen und so ging ich ein paar Minuten lang im Zimmer hin und her, um abzukühlen, und nahm dann eine Dusche. Die Einschränkungen beim Wasserverbrauch in den abgelegeneren Kasernen des Landes waren hier im Hotel nicht in Kraft und so gönnte ich mir definitiv ein paar Minuten länger unter der Dusche als in den letzten Wochen üblich. Ich legte mich aufs Bett und entspannte bis zum Abendessen.

Kurz vor 19 Uhr trafen Jan und ich uns mit den Spaniern und nahmen gemeinsam am Tisch Platz, nachdem wir uns am Buffet bedient hatten.

Unser Tisch stand in der Ecke, gleich gegenüber der Eingangstür zum Essraum.

Unsere Teller waren ungefähr zur Hälfte leer, als laute Stimmen durch die Tür drangen. Ich saß mit dem Rücken zur Eingangstür und drehte mich um. Draußen in der Eingangshalle wurde laut argumentiert und ich sah, wie ein Hotelangestellter, der sich vor der Tür aufgestellt hatte, grob zur Seite gedrückt wurde und eine Gruppe von sechs Männern in den Raum trat.

Alle im Raum hatten den Tumult gehört und so standen die sechs für einen Moment in der Tür, alle Blicke auf sich gerichtet.

Einer von ihnen, ein großgewachsener Kerl mit einem arroganten Blick, sagte etwas zu seinen Kumpels und diese quittierten die Aussage mit einem Brüllen.

„*Pendejos*," fluchte Carlos und ich merkte, dass er angespannt war. Die Gabel in seiner Hand zitterte und die Venen auf seinem Unterarm traten hervor.

„Wer sind die?" Besorgt schaute ich in die Runde.

Jan zog eine Augenbraue hoch und analysierte ebenfalls die Neuankömmlinge.

„Was glaubst du denn?“ Er hob einen Arm und bewegte den anderen langsam, als würde er Geige spielen.

„Nein!? Wagner?“ Schockiert sah ich zu den Eindringlingen rüber.

„*Si*!“, knurrte Arturio und starrte die Söldner voller Abscheu an.

„Verdammt, was zum Teufel machen die denn hier? Im gleichen Hotel wie wir?“ Ich war fassungslos. Was hatten diese Söldner im Dienste Russlands, die spätestens seit dem russischen Angriffskrieg in der Ukraine in aller Welt bekannt waren, hier zu suchen? Bei ihren Aktionen gingen sie buchstäblich und ohne jeglichen Skrupel über Leichen, denn seit ihrem Eintreffen in Mali stieg die Zahl ziviler Opfer und Gerüchte über Massaker und regelrechte Hinrichtungen machten die Runde. Mittlerweile waren ein paar tausend Söldner im Land, nicht nur von Wagner, und natürlich hatten sich ihre Wege schon mit EU- und UNO-Truppen gekreuzt, doch bis jetzt hatten beide Seiten versucht, direkte Begegnungen zu vermeiden. Zu groß war die Gefahr, dass es zu Auseinandersetzungen kommen würde – wie jetzt, hier, im Hotel.

„Scheiße, wer hat die reingelassen?“, fragte Jan.

„Ich werde nicht mit diesen Schweinen in einem Raum essen!“ Carlos stand auf, nahm seinen Teller und ging zum Tisch, auf dem sich schon das benutzte Geschirr stapelte, doch dabei musste er an den Söldnern vorbei.

Einer der Söldner streckte die Hand aus und stoppte Carlos. Carlos umklammerte seinen Teller krampfhaft und bebte förmlich vor Wut. Er zog hörbar die Luft ein und starrte sein Gegenüber an. Doch der grinste nur breit.

„Was ist dein Problem, Mann? Schmeckt dir das Essen hier nicht?“ Dabei deutete er mit dem Kopf auf Carlos‘ halbvollen Teller.

Carlos warf einen Blick auf dessen Hand, die noch immer auf seiner Schulter lag.

„Nimm deine verdammte Pfote runter!“, knurrte er leise.

Der großgebaute Söldner, offensichtlich der Anführer der Truppe, machte einen Schritt auf Carlos zu und stieß ihn gegen die Schulter.

„Du hast uns gar nichts zu sagen!“, sagte er mit russischem Akzent. „*Wir* haben hier das Sagen! Ihr seid doch nicht viel mehr als Kindermädchen für die Beamten dieses Landes.“ Dabei drückte er weiter gegen Carlos‘ Schulter und versuchte, ihn aus dem Gleichgewicht zu bringen, doch Carlos stand felsenfest da.

„Sag deinem Schoßhund, er soll seine verdammte Flosse von mir nehmen, oder ich reiß sie ihm ab!“

Die anderen Söldner brachten sich bedrohlich rund um Carlos in Stellung. Mittlerweile waren mehrere EU-Ausbilder aufgestanden, darunter natürlich Arturio, Jan und ich selbst, und wir bewegten uns langsam in die Richtung der sich anbahnenden Auseinandersetzung. Der Anführer der Truppe bemerkte dies und ließ seine Hand langsam sinken. Er flüsterte seinem Kameraden etwas zu und dieser ließ ebenfalls von Carlos ab, wenn auch nicht, ohne deutlich zu zeigen, dass ihm der erzwungene Rückzieher missfiel.

Die sechs Söldner waren jetzt von einem guten Dutzend Ausbilder der EUTM umstellt, wir bildeten einen losen

Gürtel um die Gruppe und warteten angriffsbereit ab. Ein paar von ihnen hielten ihr Messer in der Hand, die Hand eines Spaniers ruhte lässig auf dem Griff seiner Zweitwaffe, die aber noch im Holster an seiner Hüfte steckte.

„Und ich glaube, es ist besser für eure Gesundheit, wenn ihr euch verpisst und wartet, bis wir fertig sind mit unserem Abendessen", knurrte Carlos, offensichtlich jedes einzelne Wort genießend, und seine Mundwinkel verzogen sich zu einem schmallippigen Schmunzeln.

Der Russe sah sich kurz um, musste jedoch feststellen, dass er mit seinen Kumpels hoffnungslos unterlegen war, und so gab er den anderen mit einem Kopfnicken zu verstehen, dass sie den Raum verlassen sollten. Bevor er ihnen folgte, spuckte er vor Carlos auf den Boden und trat ganz nah an ihn heran, sodass ihre Nasenspitzen sich beinahe berührten.

„So einen wie dich verspeise ich zum Frühstück."

„Versuch's doch." Carlos reckte dem Russen das Kinn herausfordernd entgegen. „Gib mir einen Grund, ich bitte dich …"

Der Russe wusste jedoch, dass er hier auf verlorenem Posten kämpfte, und folgte seinen Kameraden hinaus in die Vorhalle der Rezeption.

Sofort fiel die Spannung im Raum merklich und Carlos nickte grimmig und zufrieden. Ein österreichischer Ausbilder klopfte ihm anerkennend auf die Schulter und ging dann zurück an seinen Tisch. Carlos hielt noch immer seinen Teller in der Hand, schien dies jedoch völlig vergessen zu haben. Ich trat an ihn heran.

„Nimm dich in Acht, *amigo*. Mit denen ist nicht zu spaßen …“ „Mit mir auch nicht!“, schnauzte er mich an.

Beschwichtigend hob ich die Hände.

„*Calma te*. Ich sag ja nur. Pass auf, dass die dich nicht irgendwo alleine erwischen, sonst schwimmst du gleich im Niger.“

Carlos atmete tief ein und wieder aus.

„Du hast Recht, John. Das war unklug von mir … Meine Frau sagt, ich soll bis zehn zählen, aber ich vergesse das immer wieder. Vor allem bei diesen Wichsern!“

„Ich verstehe auch nicht, warum die jetzt hier bei uns im Hotel sind … Ich werde das mit dem Major bereden. Das war sonst sicher nicht die erste Anfeindung hier.“

Wir gingen zurück an unseren Tisch und aßen fertig, darauf bedacht, über etwas anderes zu reden.

Wenn die Wagner-Söldner tatsächlich jetzt zusammen mit uns hier logierten, würde es Probleme geben, daran bestand kein Zweifel.

II.

Die Erschütterung riss mich aus dem Schlaf und ich fuhr so abrupt hoch, dass ich beinahe auf dem Boden gelandet wäre.

„Verdammte Scheiße, was war denn das?“, schrie Jan und sprang aus dem Bett.

Der Erschütterung folgte ein lautes Grollen, dicht gefolgt von mehreren kleinen Explosionen, zweifellos Granaten.

„Fuck!“, entfuhr es mir und Jan und ich stürzten zu unseren Waffen. Unser Zimmer war im fünften Stock und ich riskierte einen Blick aus dem Fenster nach unten.

Ich machte die Überreste des Torhauses aus und an mehreren Stellen außerhalb des Hotelareals blitzte Mündungsfeuer auf. Ich drehte mich zu Jan um.

„Wir werden angegriffen", sagte ich ruhig, darauf bedacht, den initialen Schock zu verarbeiten und die Panik aus meiner Stimme fernzuhalten.

Jan nickte grimmig und griff nach seinen Kampfstiefeln.

Das Fenster unseres Zimmers hatte die Explosion heil überstanden und so hörten wir die Schüsse nur gedämpft. Ich zog meine schusssichere Weste über den Kopf und schaute noch einmal nach unten. Inzwischen hatte sich das Mündungsfeuer verlagert. Ich erkannte mehrere Männer, die über die Mauerreste kletterten und über den Parkplatz des Hotels liefen. Drei von ihnen brachen zusammen, offensichtlich von Mitgliedern der FP getroffen. Ich lud meine Pistole durch, steckte sie in den Holster und griff nach meinem Gewehr. Über den Parkplatz laufend, erreichte eine erste kleine Gruppe das Hotelgebäude und stürmte hinein. Für einen Moment war niemand zu sehen. Dann löste sich eine große Gruppe aus der Dunkelheit und hielt ebenfalls zielstrebig auf das Hotel zu.

„Verdammt, ich schätze, es sind wenigstens dreißig Angreifer“, informierte ich Jan. Damit hatte ich seine Aufmerksamkeit. Er hielt inne und starrte mich an.

„Dreißig!?“

Ich nickte. „Mindestens.“

„Fuck!“

Nach einer kurzen Pause, in der sich die Angreifer über den Parkplatz vorarbeiteten, erklangen wieder mehrere Schüsse und Gewehrsalven. Diesmal aus dem Inneren des Hotels.

„Wie viele der FP sind momentan im Hotel stationiert?“ fragte ich Jan.

„Zwei Squads, denke ich.“

Vielleicht fünfzehn Mann insgesamt also, je nach Aufteilung. Ich ging davon aus, dass mehrere bereits tot waren.

„Hier können wir nicht bleiben. Es müssten insgesamt noch ein Dutzend Ausbilder von uns hier sein. Alle auf diesem Stock. Sammeln wir sie auf und machen die Schweine fertig!“

Ich würde mit Sicherheit nicht hier warten, um entweder als Geisel zu enden oder in meinem Zimmer kauernd erschossen zu werden.

„Ich bin dabei!“ Ich hörte einen Anflug von Angst in seiner Stimme.

Ich kontrollierte die Kammer meines Gewehrs und lud die Waffe durch. „Bist du bereit?"

Jan tastete seine Ausrüstung nach dem Nötigsten ab. Er nickte.

Ich setzte meinen Helm auf und kontrollierte die Fixierung des Nachtsichtgeräts. Bis jetzt war der Strom noch da und die Beleuchtung an, das konnte sich jedoch schnell ändern.

„Dann los!"

Ohne abzuwarten, ging ich an Jan vorbei und wartete hinter der Tür. Jan schloss zu mir auf, legte mir eine Hand auf die Schulter und drückte kurz zu. Ich öffnete die Tür.

Aus dem Inneren des Gebäudes erklangen weiterhin Schüsse, doch auf unserem Stock war es noch ruhig. Ich lehnte mich ein wenig zur Seite, um bessere Einsicht zu haben, und schaute den Flur entlang in die Richtung der Aufzüge und des Treppenhauses. Mir wurde bewusst, dass auf der entgegengesetzten Seite das Treppenhaus zur Feuertreppe war. Leicht drehte ich den Kopf zur Seite, damit Jan mich hören konnte.

„Feuertreppe!"

„*Wilco*."

Ich trat hinaus auf den Flur, gerade so weit, dass Jan sich an mir vorbeidrücken konnte. Mein Blick wanderte über den Flur. Keine Bewegung zu sehen. Ich spürte Jans Rücken an meinem und flüsterte ihm zu:

„Treppenhaus! Pass hinten auf!" Ohne eine Antwort abzuwarten, schlich ich langsam den Flur entlang.

Ich war gerade an der nächsten Zimmertür angelangt, als diese plötzlich aufgerissen wurde. Ich zuckte zusammen, doch niemand kam heraus und so klopfte ich viermal mit der Hand gegen mein Magazin.

Als Antwort erklang von drinnen dreimal ein ähnliches Klopfen, und damit bestätigte sich die Identität des Zimmernachbarn. Ich wusste nicht, wie die Angreifer so schnell auf unseren Stock hätten kommen können, aber ich hatte gelernt, Vorsicht walten zu lassen.

„Carlos?“

„John, bist du das?“, vernahm ich das leise Knurren des Spaniers.

„Ja, wir gehen an der Tür vorbei, hängt euch an uns ran!“ Mit langsamen, kleinen Schritten rückte ich weiter vor.

Im Vorbeigehen machte ich in dem Zimmer die Schatten von Carlos und Arturio aus und hielt weiterhin zielstrebig auf das Treppenhaus zu.

In dem Moment öffnete sich vor mir noch eine Tür. Markus‘ Kopf erschien für einen Augenblick im Türrahmen. Als er mich sah, zog er den Kopf schnell wieder ein und ich hörte seine Stimme.

„John?“

„Ja, komm raus!“ Ich senkte meine Waffe ein wenig, um Markus nicht anzuvisieren. In voller Ausrüstung trat er vor die Tür und schmiegte sich an die Wand.

„Kein Zimmernachbar?“, fragte ich ihn im Vorbeigehen.

„Ich bin allein.“

Ich nickte und ging weiter. Hinter uns hörte ich Stimmen, doch ich vertraute Jan. Es konnten nur die anderen

Ausbilder sein und diese würden sich uns hoffentlich anschließen.

Die Tür zum Treppenhaus befand sich gegenüber den zwei Aufzügen. Wir erreichten diesen Teil des Flurs und ich blieb an der Ecke zum Treppenhaus stehen. Ich deutete Carlos, die Aufzüge zu sichern. Unter uns explodierte eine Granate und ich zuckte zusammen. Aus den unteren Stockwerken erklangen Schreie und Hilferufe, immer wieder jäh unterbrochen von kurzen Gewehrsalven.

Einer der Ausbilder bezog an meiner Seite Stellung. Als zwei weitere an uns vorbeigingen, senkten wir die Waffen. Arturio und eine tschechische Offizierin preschten an den Aufzügen vorbei, dicht gefolgt von Markus. Sie sicherten den oberen Teil des Treppenhauses. Da es hier keine weiteren Öffnungen oder Türen gab, waren wir für den Moment sicher und ich ließ meine Waffe sinken. Ich drehte mich um und zählte zehn Ausbilder. Markus war alleine, wenn sonst in jedem Zimmer jeweils zwei Ausbilder logierten, fehlte einer.

„Arturio und Eva, haltet weiterhin das Treppenhaus im Auge. Markus, du die Aufzüge. Jan? Du deckst weiter hinten." Alle bejahten und ich schaute mich kurz um. Für einen Moment herrschte Totenstille im Hotel.

„Wer hat noch keinen Zimmernachbarn, außer dir, Markus?", fragte ich in die Runde.

Eva hielt weiterhin das Gewehr die Treppe runter, hob jedoch die Hand.

„Wir sind zu zweit, aber mein Kollege will nicht aus dem Zimmer raus. Er ist *Medic*."

Wahrscheinlich hatte der Mann also nur rudimentäre taktische Kenntnisse. Ich verübelte es ihm nicht und wahrscheinlich würde er uns eher behindern als helfen. Außerdem würden wir sein Know-how höchstwahrscheinlich später brauchen.

„Okay, hört zu, wir müssen so schnell wie möglich nach unten vorstoßen und die Angreifer zurückschlagen, sonst werden wir heute Nacht alle sterben. Ich habe mindestens dreißig Angreifer gezählt."

Mehrere fluchten bei dieser Information leise.

„Verdammt, das sind viele …", flüsterte Markus.

„Wir arbeiten uns Stock für Stock vor und machen die Schweine kalt. Alles klar?"

Zustimmendes Gemurmel erklang.

„Gut. Eins noch. Einer muss beim Medic bleiben. Wir können keinen alleine zurücklassen."

Fragende Blicke trafen mich, die ich ignorierte. „Wir lassen ihn nicht allein zurück, ist das klar? Wer bleibt hier?"

Ich verstand, dass keiner scharf darauf war, es mit den Angreifern aufzunehmen, doch genauso wollte niemand sich das eingestehen und freiwillig hierbleiben. Ich musste schnell eine Entscheidung treffen, wir verloren nur unnötig Zeit. „Thomas, du bleibst hier."

Die Einstellung des Deutschen zur Mission und sein Mangel an Arbeitseifer hatten mich in den letzten Wochen am meisten gestört, er war für mich die logische Wahl.

„Scheiße, nein, ich bin doch kein Babysitter!", rief Thomas.

„Halt die Klappe und mach, was ich dir sage!“, fuhr ich ihn an.

Er fügte sich sofort und nickte. Diese Reaktion sagte mir, dass ich richtig entschieden hatte.

„Eva, Zimmernummer?“

„519.“

„Okay, Thomas, geh zum Medic und nimm Kontakt mit dem HQ auf. Ruf Verstärkung, hast du verstanden?!“

„Geht klar!“, rief er und machte sich auf den Weg zurück.

Die Angreifer mussten den nächsten Stock erreicht haben, denn wieder hallten Schüsse durch das Treppenhaus.

„Okay, ihr anderen, kontrolliert eure Waffen!“

Ich ging nach vorne zu Arturio und wartete, bis der Rest zu mir aufgeschlossen hatte. Ich nickte ihnen zu und trat dann ins Treppenhaus. Die Stockwerke über unserem waren leer, wie ich wusste. Also stieg ich langsam die Treppen runter. Im vierten Stock angekommen, lauschte ich kurz.

„Der letzte soll die Augen aufhalten, wir dürfen uns nicht von hinten in die Mangel nehmen lassen." Meine Warnung wurde weitergegeben bis zum letzten Mann.

Ich vermutete, dass die Angreifer im dritten Stock waren, denn Schreie gellten mir immer lauter entgegen und gingen mir durch Mark und Bein. Ich verlangsamte meine Schritte und spähte um die Ecke.

Einer der Angreifer stand im Eingang des Treppenhauses und hielt seinen Kameraden so offensichtlich den Rücken frei. Das deutete leider darauf hin, dass einer von ihnen das Sagen hatte und wohl zumindest eine rudimentäre Ausbildung durchlaufen hatte.

Ich blieb stehen und sofort spürte ich, dass der nächste hinter mir seine Hand auf meine Schulter legte. Es war Arturio und als er merkte, dass ich nicht mehr weiterging, drückte er sich eng an mich. Etwas ungewohnt, da wir auf verschiedenen Stufen standen, doch unsere gewohnte Formation für den Häuserkampf stand: Wir standen dicht an dicht in einer Reihe, den Lauf der Gewehre nach unten gerichtet. Jeder hielt sich mit seiner schwachen Hand am Vordermann fest.

Wir hatten nie als Squad zusammengearbeitet und so hoffte ich, dass das gemeinsame Training und vor allem die gemeinsame Doktrin der NATO-Länder uns helfen würden.

Ich holte noch einmal langsam und tief Luft und trat einen Schritt vorwärts. Der Wachposten würde mich bemerken, alleine wegen der Bewegung auf der Treppe. Als ich in sein Sichtfeld trat, sah ich, dass der Wachposten sich gerade in Richtung Flur umgedreht hatte und wohl versuchte, zu sehen, wie weit seine Kameraden vorangekommen waren. Der Angreifer war afrikanischer Abstammung und trug lockere Kleidung. Seine zusätzlichen Magazine waren in einer veralteten Schussweste verstaut, die lose um seinen Oberkörper hing. Er hielt ein Gewehr in der Hand, es handelte sich um eine Kalaschnikow in neuerer Ausführung.

Dass der Wachposten den Flur entlangschielte, anstatt das Treppenhaus im Auge zu behalten, war meine Chance und sein Pech. Als er sich wieder seiner eigentlichen Aufgabe widmen wollte, hatte ich mein Gewehr bereits auf ihn gerichtet. Der Schock, mich zu sehen, stand ihm für einen Moment ins Gesicht geschrieben. Zu mehr Reaktion hatte er keine Zeit, denn ich drückte sofort ab.

Ich traf ihn mit zwei schnellen Schüssen im Brustkorb. Da er keine Schutzweste trug, bohrten sich die Kugeln tief in seinen Körper. Ohne noch einen Laut von sich zu geben, sackte er zusammen. Der Knall meiner Schüsse hallte durchs Treppenhaus. Hoffentlich waren die Angreifer auf diesem Stock abgelenkt genug, um nicht zu bemerken, dass diese Schüsse nicht von ihrem Massaker kamen.

Die Ausbilder hinter mir drängten weiter nach vorne, sodass ich keine Zeit hatte, darüber nachzudenken, dass ich gerade einen Menschen getötet hatte. Ich stieg die Treppe hinab, über den leblosen Körper des Wachpostens hinweg und drückte mich gegen die Wand. Ich hoffte, dass einer der Ausbilder den Mann auf Lebenszeichen kontrollierte, damit er uns nicht später zur Gefahr werden konnte.

Gegen die Wand gepresst, ging ich ein kurzes Stück daran entlang und blieb dann stehen. Ich spürte Arturios Hand auf meiner Schulter und hielt meinen Daumen über meine Schulter nach hinten. Er drückte ihn einmal kurz, das Signal, dass er verstanden hatte, dass ich bereit war und um Unterstützung fragte, und gab das Signal nach hinten weiter.

Wenig später drückte Arturio kurz meine Schulter: Alle Mann bereit, wir können weiter.

Dieser Stock war identisch zu unserem aufgebaut. So wusste ich genau, wo sich die Gefahrenzonen und toten Winkel befanden. Ich nahm meinen Mut zusammen und stürmte um die Ecke, gefolgt von Arturio und den anderen.

Arturio blieb dicht hinter mir und behielt die Aufzüge im Auge.

Sobald ich den langen Flur mit den Zimmertüren betrat, erkannte ich mehrere leblose Körper auf dem Boden. Keine Angreifer in Sicht, doch die Lärmkulisse verdeutlichte, dass sie noch auf diesem Stock waren. Laute Schreie gellten durch den Flur, nur unterbrochen von gebrüllten Befehlen. Wir rückten weiter vor, die Waffen im Anschlag. Ich erreichte die erste Tür, aus der die Füße eines Toten ragten, und betrat sofort das Zimmer. Ich musste über die Leiche steigen, um Einblick in den ganzen Raum zu bekommen, Arturio folgte mir auf den Fersen. Der Tote war nackt und lag verdreht auf dem Boden, die Arme schützend über eine leblose Frau gelegt. Ansonsten war das Zimmer leer. Ich drehte mich zu Arturio um und nickte ihm zu. Er nickte kurz zurück und wir gingen Richtung Ausgang.

Im Flur sah ich den Rest der Ausbilder vorbeigehen und kurz darauf fielen mehrere Schüsse. Wir liefen aus dem Raum und stießen sofort gegen das Ende der Formation. Wir schlossen uns ihnen wieder an und ich merkte, dass die Schüsse von vorne kamen. Mehrere Kugeln zischten pfeifend an mir vorbei. Instinktiv duckte ich mich und drückte mich noch enger an meinen Vordermann. Das Vordringen kam ins Stocken und ich hörte eine schnelle Salve, gefolgt von stetem Dauerfeuer. Der vorderste Ausbilder hatte sein Magazin leer geschossen und trat zur Seite, damit der Rest der Formation weitergehen konnte. Hinter mir reihte er sich wieder ein. Dies lief alles stockend ab, doch wir kamen weiter voran. Immer noch hallten Schüsse durch den Flur.

Für einen Moment verstummte der Lärm und wir hörten wieder Schreie.

Wir erreichten die nächsten Zimmer und mehrere Ausbilder lösten sich aus der Formation, um diese zu kontrollieren. Dadurch war ich wieder beinahe ganz vorne in der Reihe und sah einen Teil des Flurs vor mir. Mehrere kleine Stücke lösten sich aus der Wand und flogen mir ins Gesicht, als eine Kugel neben mir einschlug. Instinktiv drückte ich beide Augen fest zu und wollte aus der Formation austreten, um mich weiter hinten wieder einzureihen, doch mein Vordermann feuerte einen Schuss ab. Auf einmal fluchte er lauthals. Offenbar hatte seine Waffe eine Ladehemmung.

Er trat zur Seite und ich erkannte, durch meine zusammengekniffenen Augen spähend, dass ich nun der erste Mann in der Formation war. Ich versuchte, den Staub aus meinen Augen wegzublinzeln, und starrte angestrengt nach vorne. Mir wurde bewusst, dass noch keiner der anderen Ausbilder aus den Zimmern hinter uns wieder herausgekommen war.

Zum Glück hatte kein größeres Stück der Wand meine Augen getroffen und ich konnte beide jetzt wieder problemlos öffnen. Der Flur vor mir war leer. Von wo hatte der Angreifer auf uns geschossen? Die nächsten Türen vor uns waren geschlossen und ich entschied – entgegen unserer üblichen Technik – diese zu ignorieren. Hier war Geschwindigkeit wichtiger, denn die Schreie vor uns wurden lauter. Ich beschleunigte meine Schritte. Aus einem Zimmer neben mir trat mir plötzlich einer der Angreifer entgegen.

Augenblicklich eröffnete ich das Feuer und der Mann machte einen Satz zurück in den Schutz des Zimmers. Ich folgte ihm sofort. Zum Glück hatte er damit nicht gerechnet. Als ich ins Zimmer trat, hatte er mir den Rücken zugekehrt und versuchte, sich hinter einem Schrank in Position zu bringen. Ich zielte und streckte ihn mit mehreren Schüssen nieder. Leblos blieb er liegen und ich kontrollierte schnell den Rest des Zimmers, fand jedoch sonst niemanden. Ich drehte mich um, doch mein Kollege mit der Ladehemmung war mir nicht herein gefolgt. Wo war er?

Ich ging zur Tür und streckte den Kopf vorsichtig nach vorne, um zu sehen, wo der Rest der Formation geblieben war. Keiner der anderen hielt sich mehr im Flur auf.

Auf einmal rammte mich jemand von hinten. Mein Kopf prallte gegen den Türrahmen, weiße Blitze explodierten vor meinen Augen, das Gewehr entglitt meinen Händen. Verdammt! Ich hatte das Bad nicht gecheckt!

Der Angreifer warf sich sofort wieder auf mich. Ich ging zu Boden. Seine Finger tasteten hastig über mein Gesicht Richtung Hals, legten sich um meine Kehle und drückten fest zu. Panik durchströmte mich. Verzweifelt versuchte ich, den Mann von mir wegzuschieben. Doch ich hatte keine Bewegungsfreiheit und der Angreifer presste sich mit seinem ganzen Gewicht gegen mich.

Mir wurde schwarz vor Augen. Ich hatte nicht mehr viel Zeit. Verzweifelt tastete ich nach meiner Pistole. Beinahe hatte ich den Griff im Holster erreicht, als der Angreifer von mir heruntergeworfen wurde. Nach Luft ringend fuhr ich herum.

Eva stand über mir und schoss dem Angreifer, der gerade versuchte, sich wieder aufzurichten, in den Kopf. Sie hielt ihr Gewehr weiterhin auf den leblosen Körper gerichtet und prüfte, ob der Mann tatsächlich tot war. Dann schaute sie zu mir.

„Alles okay?"

„Alles klar," krächzte ich und rieb mir die schmerzende Kehle. „Weiter, wir müssen weiter!"

Sie nickte und ging hinaus auf den Flur.

Ich griff nach meinem Gewehr und rappelte mich mühsam auf. Vor der Tür huschten die anderen Ausbilder vorbei, ihre Waffen im Anschlag. Gerade wollte ich auch in den Flur treten, als eine Detonation mich zurückschleuderte.

Die Schockwelle war enorm auf so engem Raum. Ich vergrub mein Gesicht in meinen Armen. Steine und Holzsplitter regneten auf mich herab. Endlich ebbte der Schauer ab. Ich öffnete die Augen und erkannte nur eine Staubwolke im Flur. Der Staub wirbelte ins Zimmer und für einen Moment war ich völlig orientierungslos.

Die Staubwolke legte sich. Ich zog mich an der Wand hoch und stürzte nach draußen. Über einen Haufen Schutt taumelte ich vorwärts und machte vor mir mehrere Körper auf dem Boden aus. Mindestens vier Ausbilder waren in unmittelbarer Nähe der Granate gewesen. Panisch drehte ich mich um und suchte nach den anderen, sah jedoch sonst niemanden im Flur und Hoffnung keimte in mir auf. Ich hörte Schritte und fuhr herum. Zwei Angreifer stürmten aus einem der Zimmer in den Flur. Einer der beiden sah mich und rief seinem Kumpel etwas zu. Ich zog meine Pistole blitzschnell aus dem Holster und feuerte in ihre Richtung. Beide Angreifer stürzten niedergestreckt zu Boden.

„Arturio? Eva?“, rief ich, doch ich bekam keine Antwort.

Noch immer benommen von der Detonation, taumelte ich weiter, meine Pistole in einer Hand nach vorne haltend, und mit der anderen stützte ich mich an der Wand ab. Die vier Körper auf dem Boden sahen furchtbar aus und ich konnte keine Lebenszeichen ausmachen. Die Explosion hatte einen Teil der Mauer eingerissen und ich blickte direkt in ein Badezimmer. Ein feuchtes Handtuch lag auf dem Fliesenboden, der Wasserhahn tropfte. Ich stürzte in den Raum und ging in Deckung. Kurz darauf fielen mehrere Schüsse und Kugeln schlugen in der Wand ein, wo ich gerade noch gestanden hatte.

Gegen die Wand gelehnt, verschnaufte ich für einen Moment. Ich sah mich um und erschrak. Ich war nicht alleine: In dem Badezimmer lagen zwei Leichen, offensichtlich Hotelgäste.

Verdammt! Ich schloss die Augen.

„John?!“

„Hier!“, rief ich. „Badezimmer!“

Ich hörte mehrere Schüsse und dann tauchte eine Silhouette vor mir auf.

„Bist du in Ordnung?“ Es war Carlos.

Ich nickte nur und sah einen zweiten Ausbilder, der mit seiner Waffe den Flur kontrollierte.

„Kannst du kämpfen?“, fragte Carlos.

Ich nickte wieder und schaute an mir hinab. Meine Uniform war staubbedeckt und an mehreren Stellen klebte Blut. Hoffentlich nicht meins.

„Ich habe keine Waffe mehr …“, sagte ich zu Carlos und sah mich um, konnte meine Steyr jedoch nicht finden.

Carlos bückte sich nach draußen auf den Flur und reichte mir ein G36.

„Geht das?“

Ich kontrollierte das Sturmgewehr: Es funktionierte noch.

Zum Glück hatte ich schon öfters mit einem G36 geschossen. Es musste einem der deutschen Ausbilder gehört haben, doch ich verdrängte diese Gedanken schnell wieder.

„Los, weiter!“, rief ich.

Wir traten auf den Flur und zwei weitere Ausbilder, darunter Markus, schlossen sich uns an. Wir hatten ungefähr die Hälfte des Stockwerks erreicht und von den Angreifern war nichts mehr zu hören, geschweige denn zu sehen.

Plötzlich tauchte der Lauf einer Kalaschnikow aus einem Zimmer auf und Kugeln stiebten durch den Flur. Der Angreifer zielte nicht und hielt einfach auf gut Glück den Lauf in unsere Richtung, doch das reichte völlig aus.

Markus sackte wortlos zusammen. Sofort zogen wir ihn in das nächste Zimmer. Ich überließ es Carlos, sich um Markus zu kümmern. Ich rannte zurück zur Tür und blieb, an den Türrahmen gelehnt, stehen. Ich lugte um die Ecke und wartete ab.

Wie erwartet, wollte der Angreifer die Situation ausnutzen und in entgegengesetzter Richtung fliehen. Mit ein paar gezielten Schüssen streckte ich ihn nieder.

„Ist er okay?“, fragte ich über meine Schulter hinweg. Markus hatte mehrere Kugeln abbekommen, eine hatte ihn mitten ins Gesicht getroffen. Carlos ließ seinen Körper sachte zu Boden gleiten, schüttelte stumm den Kopf und stand wieder auf. Wir waren jetzt nur noch zu dritt in dem Zimmer und der finnische Ausbilder schaute fragend in die Runde.

„Wir müssen weiter, es gibt keine Alternative …“, sagte ich leise und die beiden nickten.

Wir nahmen wieder unsere Formation ein und traten hinaus auf den Flur. Ich erkannte gerade noch, wie mehrere Gestalten durch die Feuertür hinausliefen und im äußeren Treppenhaus verschwanden.

„Verdammt, die hauen ab!“, schrie der Finne und stürzte hinterher.

„Nicht!“, versuchte ich ihn noch zurückzuhalten, doch er hatte bereits mehrere Meter Vorsprung. Mir blieb nichts anderes übrig, als ihm Deckung zu geben, also sprintete ich hinterher.

Der Finne erreichte die Feuertür und stieß sie mit einem gezielten Fußtritt in vollem Lauf auf. Er machte einen ersten Schritt ins Treppenhaus, als er auch schon zusammenbrach.

„Scheiße!“, entfuhr es mir. Als ich die Tür erreichte, fielen mehrere Schüsse und trafen die Mauer neben mir. Ich legte an und näherte mich mit kleinen Seitenschritten, bis ich genug von dem Treppenhaus einsehen konnte.

Das äußere Treppenhaus war für Notfälle gedacht und besaß daher keine Seitenwände, sondern ein hüfthohes rotes Geländer.

Auf dem nächsten Treppenabsatz stand ein Angreifer und zielte auf mich. Glücklicherweise war ich schneller. Von mehreren Kugeln durchbohrt, sackte er zusammen. Dabei drückte er auf den Abzug und mehrere Kugeln stiebten gegen die Decke.

Carlos schloss zu mir auf und gemeinsam traten wir ins Treppenhaus. Ich hörte mehrere Schritte und als ich mich übers Geländer lehnte, erkannte ich rund ein Dutzend Angreifer, die das unterste Stockwerk bereits erreicht hatten und in Richtung der Außenmauer rannten.

Wir zielten beide auf die Angreifer und erwischten mehrere, bevor die restlichen durch eine breite Öffnung im Sicherheitszaun verschwanden. Versteckte Angreifer von der anderen Seite des Zauns eröffneten das Feuer auf uns und wir gingen in Deckung. Dicht gegen das Geländer gedrückt, warteten wir ab und ich versuchte, meine Atmung unter Kontrolle zu bekommen. Carlos wechselte sein Magazin und ich tat es ihm nach. Ich nickte ihm kurz zu und richtete mich langsam auf, einen Blick nach unten riskierend.

Keine Kugeln flogen mir entgegen und ich machte auch keine Bewegung mehr aus. Dann erblickte ich eine einzelne Gestalt, die noch am Sicherheitszaun stand und für einen Moment trafen sich unsere Blicke. Auch wenn es dunkel war, erkannte ich den Mann deutlich und ich war mir sicher, ein breites Grinsen auf seinem Gesicht sehen zu können.

Es war der große russische Söldner.

Er winkte mir zu und bevor ich reagieren konnte, drehte er sich um und verschwand wie die anderen Angreifer durch das Loch im Zaun.

III.

Einen Monat später

„Wie geht es Ihnen heute?“, fragte mich die Psychotherapeutin.

„Gut“, antwortete ich sofort, war mir aber bewusst, dass diese Alltagsfloskel nicht wie sonst genügen würde, um mein Gegenüber zufriedenzustellen.

„Was meinen Sie mit *gut*? Gut im Allgemeinen oder gut, was Ihre Erfahrungen während Ihres Auslandseinsatzes betrifft?“

„Beides, würde ich sagen", antwortete ich beinahe fragend.

Die Therapeutin hieß Jasmin Schäfer und war eine junge Frau mit dunkelbraunen Haaren und einer schwarzen Hornbrille, durchaus attraktiv. Sie nickte langsam und wartete gekonnt ab.

Es war meine zweite Stunde bei ihr auf der Couch, entgegen der Klischees hatte ich mich jedoch nicht hingelegt. Auf meine Frage vor zwei Wochen am Anfang unseres ersten Gesprächs, ob das üblich wäre, hatte sie gemeint, dass die Entscheidung bei mir läge.

Nach dem Angriff auf das Hotel in Bamako hatte die Armeeführung mich schnellstmöglich außer Landes gebracht. Vorgeblich zu meiner eigenen Sicherheit, doch ich wusste, dass die Mission der Europäischen Union vorbei war. Sechs tote Ausbilder aus fünf verschiedenen Ländern verkraftete die europäische Bevölkerung nicht, auch wenn die breite Masse wegen des Ukrainekrieges deutlich abgestumpfter auf die Nachrichten aus Bamako reagiert hatte, als es vielleicht noch vor zwei Jahren der Fall gewesen wäre. Was waren schon sechs Tote, wenn wenige tausend Kilometer entfernt in der Ukraine, in Europa also noch dazu, jeden Tag dutzende Menschen starben, manchmal hunderte? Und noch wichtiger, waren die Soldaten in Mali dieses Risiko nicht bewusst eingegangen, als sie sich für einen Auslandseinsatz gemeldet hatten? Schließlich wurden sie dafür bezahlt.

Ich hatte Recht behalten. Noch am Tag des Angriffs auf unser Hotel hatten die Verantwortlichen der EUTM entschieden, alle Kurse abzusagen, sämtliche Truppen in den wenigen übrig gebliebenen Stützpunkten zusammenzuziehen und auf die Befehle der politischen Entscheidungsträger zu warten.

Zwei Tage nach dem Angriff und nach einem gründlichen medizinischen Check-up saß ich bereits im Flieger in die Heimat. Außer ein paar Schürfwunden von den Folgen der Granatexplosion hatten die spanischen Militärärzte nur einen Kratzer auf der Hornhaut im rechten Auge festgestellt. Sonst war ich unversehrt. Für eine Woche musste ich eine Augenklappe tragen, doch ich würde keine bleibenden Schäden davontragen. Im Gegensatz zu Eva. Die letzte Granate hatte sie voll erwischt und beide Beine mussten amputiert werden, doch sie hatte überlebt. Die anderen Ausbilder, mit denen wir uns durch den Flur gekämpft hatten, waren bis auf Carlos alle tot. Nur Thomas und der Medic waren außer uns noch am Leben.

Dass die beiden auf dem fünften Stock ohne einen Kratzer überlebt hatten, nahm ich ihnen selbstverständlich nicht übel. Vor allem hatte Thomas sofort Hilfe gerufen und ich ging davon aus, dass es die Ankunft der *Quick Reaction Force*, der schnellen Einsatztruppe des EUTM Hauptquartiers, gewesen war, die die Angreifer dazu veranlasst hatte, Reißaus zu nehmen. Es hatte sich offensichtlich nicht, wie so oft, um ein Selbstmordkommando gehandelt und rund ein Dutzend der Angreifer musste entkommen sein. Zwanzig tote Dschihadisten wurden immerhin auf dem Hotelgelände gefunden, entweder auf dem Parkplatz oder in der Lobby von der FP niedergestreckt oder von uns im dritten Stock beseitigt. Unter den Toten war jedoch kein einziger Russe gewesen, sodass meiner Aussage, den Wagner-Söldner betreffend, keine Beachtung geschenkt wurde. Alle Angreifer wiesen die typischen Merkmale und Ausrüstungsgegenstände der lokalen Dschihadisten auf.

Meine Abschlussberichte nach dem Einsatz hatte ich gewissenhaft geschrieben und abgegeben und war dann in den Urlaub geschickt worden. Meine Vorgesetzten hatten mir ans Herz gelegt, erreichbar zu bleiben, falls die Polizei Fragen zu dem Angriff haben würde, und die Psychologin der Armee hatte mir wärmstens empfohlen, professionelle Hilfe zu suchen, um die Geschehnisse zu verarbeiten. Da Psychotherapie mich schon immer fasziniert hatte, hatte ich ihr versichert, dass ich mich sofort nach jemand Geeignetem umsehen würde, hatte jedoch ihr nett gemeintes Angebot abgelehnt, zu ihr zu kommen. Ich brauchte für ein paar Wochen Abstand von meinem militärischen Umfeld und zog es daher vor, mich im zivilen umzusehen.

So saß ich jetzt auf der Couch der Psychotherapeutin im sicheren Luxemburg und versuchte, meine Gedanken in Worte zu fassen. Während der ersten Stunde hatte ich der

Therapeutin nur akribisch den Ablauf des Angriffs geschildert und daher war mir bewusst, dass wir wohl nun erst mit der richtigen Arbeit anfangen würden.

„Fühlen Sie sich schuldig?“, fragte sie mich.

„Schuldig? Warum sollte ich mich schuldig fühlen?“ Perplex zog ich die Augenbrauen zusammen.

„Nun, viele Menschen, die so etwas erlebt haben wie Sie, empfinden eine gewisse Reue, beziehungsweise fühlen sich schuldig, weil sie überlebt haben, während andere gestorben sind.“

„*Survivor´s guilt*?“, fragte ich.

„Ganz genau, die Schuld der Überlebenden." Sie lächelte.

„Nein.“

„Okay, möchten Sie das genauer erläutern?“

Ich sortierte meine Gedanken und atmete einmal tief ein und wieder aus. „In meinen Augen ist es einfach: Es tut mir leid, dass die anderen Ausbilder gestorben sind, kein Zweifel. Und es tut mir noch mehr leid, dass die tschechische Ausbilderin den Rest ihres Lebens ohne Beine auskommen muss.“

Die Therapeutin blätterte in ihren Notizen der letzten Sitzung. „Eva?“

Ich nickte.

„Und wie spüren Sie sich?“, setzte sie nach.

„Was soll mit mir sein? Ich lebe.“

„Wir kennen uns noch nicht lange, doch ich denke, dass Sie die Dinge nicht so einfach in Schwarz und Weiß betrachten, wie Sie mir das gerade erklären.“

Ich musterte sie.

„Ich weiß, dass ich das Geschehene verarbeiten muss. Ich weiß auch, dass ich die Folgen des Erlebten wahrscheinlich für den Rest meines Lebens mit mir rumtragen werde. Ich weiß aber vor allem, und das ist viel wichtiger, dass ich – zum Glück – genau richtig gehandelt habe und das getan habe, was von mir verlangt wurde. Und vor allem, was ich von mir selbst verlangt habe!“

Sie schaute mich an, abwägend, und machte sich dann ein paar Notizen.

„Sprechen Sie weiter“, forderte sie mich auf.

„Ich hätte genauso gut unter den sechs Toten sein können, dessen bin ich mir bewusst. Es war nur eine, für mich schlussendlich glimpfliche, Aneinanderreihung von Ereignissen. Meine Position in der Formation, die Position der anderen und die Schüsse der Angreifer haben letztlich entschieden, wer lebt und wer stirbt. Manche mögen es Glück nennen. Oder Zufall. Oder Schicksal. Am Ende des Tages ist das egal. Ich bin noch hier, ein paar der anderen nicht mehr.“

„Also kein *survivor´s guilt*?“

„Nein, das hilft den Toten auch nicht weiter …“

„Das stimmt, den Toten nicht. Aber Ihnen vielleicht?“

„Ich halte mich lieber an *survivor´s gratitude*, die Dankbarkeit der Überlebenden, oder wie man es sonst nennen möchte. Zusammen haben wir gekämpft und zusammen haben wir es geschafft, die Angreifer in die Flucht zu schlagen. Mich jetzt mit Schuldgefühlen zu plagen, ist nicht hilfreich.“

„Ich denke, ich verstehe, was Sie meinen“, sagte sie und notierte weiter. „Wie gehen Sie damit um, Menschen getötet zu haben?“.

„Es hieß: entweder sie oder wir, da war die Entscheidung einfach.“

Das stimmte so leider nicht. An die meisten der Angreifer hatte ich tatsächlich keine genauen Erinnerungen mehr, es waren nur schemenhafte Figuren, die plötzlich vor meinem inneren Auge auftauchten und wieder verschwanden. Sie hatten mich angegriffen und ich hatte sie ausgeschaltet.

Doch den Wachposten hatte ich bewusst getötet. Ich hatte ihn, wenn auch nur für einen Moment, dabei beobachtet, wie er sich nach seinen Kameraden umgeschaut hatte. Ich hatte gesehen, wie seine Augen sich vor Schreck geweitet hatten, als er mich auf dem Treppenabsatz erblickte. Und ich hatte gesehen, wie er sofort zusammengebrochen war, als ich ihn tödlich getroffen hatte.

Ihn hatte ich bewusst getötet. Ich hatte bewusst gezielt und abgedrückt. Ich hatte die Möglichkeit, zu schießen, und hatte mich bewusst dafür entschieden, seinem Leben in jenem Treppenhaus ein Ende zu setzen. Die Umstände hatten uns beide in das Hotel in Bamako gebracht und ich hatte überlebt. Er nicht.

Sein Gesicht sah ich so deutlich wie in jener Nacht vor vier Wochen vor mir, wenn ich die Augen schloss. Sein Gesicht und die vor Schreck geweiteten Augen.

Die Therapeutin schien mir anzumerken, dass meine Antwort nur einen Teil der Wahrheit beinhaltete, doch sie hakte nicht nach. Sie machte nur eine weitere Notiz und ich fragte mich, was sie wohl gerade in ihren Block geschrieben hatte.

Die Stunde verging wie im Flug und offenbar gab sie mir bewusst viel Freiraum, um meine Meinung und meine Ansicht zu den Ereignissen zu äußern, auch wenn meine Antworten bestimmt oft zu überzeugt klangen, zu simpel waren. Meine Bemerkungen überraschten mich ab und zu selbst und ich merkte, dass dies wohl genau das war, was man als *Verarbeiten* bezeichnen würde. Ihre wohlbedachten Fragen führten mich zuweilen zu Antworten, die ich mir so nicht gegeben hätte.

Am Ende der Stunde legte sie ihren Stift nieder und schaute mich an.

„Wenn es Ihnen passt, würde ich vorschlagen, dass wir uns bis auf weiteres alle zwei Wochen sehen. Wäre Ihnen das recht?“

Ich überlegte kurz und nickte. Einen Aufenthalt außerhalb von Luxemburg hatte ich nicht geplant, sondern wollte nur ein strammes Trainingsprogramm durchziehen und mich mit Freunden und Familie treffen.

„Haben Sie jemanden in Ihrem Bekanntenkreis oder zu Hause, mit dem Sie über den Angriff reden können?“

„Ich wohne alleine. Aber mit Max, meinem besten Freund, kann ich über alles sprechen.“

„Gut. Tun Sie das! Sie müssen ihm keine Details erzählen, aber Sie sollten auf jeden Fall mit jemandem darüber reden.“

„In Ordnung, das mache ich. In zwei Wochen also?“ Ich zog mein Handy aus der Hostentasche, um den Termin zu notieren.

Wir einigten uns auf einen Tag und verabschiedeten uns. An der Tür drehte ich mich noch einmal um.

„Vielen Dank.“

Sie nickte bedacht und erhob sich ebenfalls.

„Ich will Ihnen keine Hausaufgaben geben …“, sagte sie und hielt kurz inne. „Aber wenn Sie wollen, kann ich Ihnen ein ausgezeichnetes Buch empfehlen. Es ist von einem amerikanischen Psychoanalytiker namens Irvin D. Yalom und heißt *In die Sonne schauen*.“

„Okay … und wovon handelt es?“

„Wie man die Angst vor dem Tod überwindet. Aber es ist vor allem eine Analyse des Lebens.“

IV.

Erschrocken fuhr ich jäh aus dem Schlaf hoch. Nassgeschwitzt saß ich aufrecht in meinem Bett und starrte die Wand an. Ich rief mir die Tipps der Psychotherapeutin in Erinnerung und schloss die Augen. Mit Bedacht zählte ich zuerst fünf Dinge auf, die ich hörte. Dann fünf, die ich fühlte. Schlussendlich öffnete ich die Augen wieder und zählte fünf Dinge in meinem Schlafzimmer auf, die ich im Halbdunkel sah.

Meine Atmung beruhigte sich. Ich atmete ein letztes Mal tief ein und aus und ging dann ins Badezimmer, wusch mir das Gesicht mit kühlem Wasser und trottete ins Wohnzimmer. Erfahrungsgemäß wusste ich, dass ich in dieser Nacht nicht mehr schlafen würde, also setzte ich mich aufs Sofa und schaltete den Fernseher an. Lesen würde wahrscheinlich eher helfen, wieder zur Ruhe zu kommen, doch danach stand mir momentan einfach nicht der Sinn, also ließ ich mich von einer 08/15-Netflix-Serie berieseln.

Immer wieder wurde ich im Traum in den letzten Wochen von der Granatexplosion im Hotel erwischt. Sah die leblosen Körper im Flur und spürte Panik in mir hochkommen. Orientierungslos stolperte ich durch den Flur des Hotels. Hatte Markus vor Augen, wie er zusammensackte. Zielte auf den Wachposten im Treppenhaus. Blickte in die vor Schreck geweiteten Augen meines Gegenübers, bevor ich abdrückte. Dann wachte ich schweißgebadet und mit Herzrasen auf.

Bis jetzt hatte ich noch keinen Ausweg gefunden und so kostete mich der Albtraum jede Nacht mehrere Stunden Schlaf. Ich zuckte mit den Achseln. *Naja, sind die Tage halt länger. Morgen sehe ich eh die Therapeutin wieder. Mal schauen, ob sie helfen kann.*

Zwei Stunden später ging die Sonne auf. Ich brühte mir einen Kaffee und setzte mich auf den Balkon. Ich hatte die frühen Morgenstunden immer gemocht, besonders während meiner Militärausbildung. Normalerweise war es die Ruhe vor dem Sturm oder, genauer gesagt, die Stille vor dem simulierten Angriff auf unsere Stellungen, den taktischen Manövern und Sport.

Heute würde niemand einen Angriff simulieren, nur Sport hatte ich ebenfalls auf dem Programm. Nachdem ich meinen Kaffee gemütlich ausgetrunken hatte, stellte ich die Tasse in der Küche ab und zog meine Trainingsklamotten an.

Ich hatte mir nichts Besonderes vorgenommen, also lief ich gemütlich drauf los und bog nach ein paar hundert Metern in den Wald ab. Die kühle Luft war angenehm erfrischend und es lag noch leichter Nebel über den Feldern. Friedlich durch den Wald in Luxemburg zu laufen ohne die Hitze Malis, ohne den Staub der Straßen in den Lungen und ohne Soldaten auf Schritt und Tritt, hatte mir wahrhaftig gefehlt. Ich behielt ein konstantes Tempo bei und lief schlussendlich den üblichen großen Rundweg, ziemlich genau zwölf Kilometer.

Nach einer erfrischenden Dusche erledigte ich ein paar Dinge im Haushalt und nachdem ich zu meiner Zufriedenstellung aufgeräumt hatte, legte ich mich wieder aufs Sofa und zockte eine Runde. Ich genoss es einfach, in den Tag hineinzuleben und spontan zu entscheiden, was ich später unternehmen würde. Im Auslandseinsatz hatte ich natürlich auch Tage frei von Ausbildung und Training, doch auch an diesen Tagen gab es genug zu tun. Zu Hause gab es keine Briefings. Keine Transporthubschrauber, die über meine Wohnung donnerten. Keine Angreifer mit Kalaschnikows. Hier konnte ich in Frieden leben.

Abends würde ich meinen Kumpel Max in der Stadt treffen. Ich musste schmunzeln: Meine belgischen Kollegen auf der Militärakademie waren immer irritiert gewesen, wenn ich von *der Stadt* geredet hatte. Nur Luxemburgern war klar, dass damit nur Luxemburg-Stadt gemeint sein konnte.

Die letzten Wochen waren ereignislos an mir vorbeigezogen und außer Sport und hin und wieder mal einem Essen mit Freunden und Familie hatte ich es langsam angehen lassen. Die einzigen festen Termine waren jene mit der Psychotherapeutin gewesen. Jetzt neigte sich mein Urlaub langsam dem Ende zu und ich war froh, bald wieder einem geregelten Tagesablauf folgen zu müssen.

Max und ich hatten uns in unserem üblichen Irish, dem *Wild Boar*, Pub getroffen und nach Burgern und ein paar schottischen Ciders standen wir jetzt an der Bushaltestelle.

„Müssen wir unbedingt noch mal wiederholen, bevor du wieder arbeiten gehst!“ Max schaute auf die Uhr. „Mein Bus kommt in zehn Minuten.“

Es war 22 Uhr und wir waren die Einzigen an der Bushaltestelle. In der Ferne drang gedämpfter Bass aus einem der Clubs in der Nähe zu uns herüber.

„Gerne." Ich schielte an Max vorbei und hielt die Gruppe Jugendlicher im Auge, die in unsere Richtung kam. „Vielleicht auch wieder mal ins Kino?"

Max und ich waren schon immer leidenschaftliche Kinogänger gewesen. „In den letzten Monaten habe ich ein paar richtig gute Filme leider verpasst …"

„Wie denn das? Gibt´s im Mali keine Kinos?", zog er mich auf und boxte mir freundschaftlich auf die Schulter. „Ins Kino also. Passt. Ich schick dir auch die Nummer von meinem Kumpel mit der Autowerkstatt. Der kann sich um das Problem mit dem Motor kümmern."

„Mach das, danke."

„Irgendwann wirst du trotzdem ein neues Auto kaufen müssen, befürchte ich. Deins hat schon genug mitgemacht!"

Ich lachte. „Hast ja recht. Aber noch nicht jetzt. Ein paar tausend Kilometer schafft der alte Junge schon noch!"

Sein Bus bog in die Straße ein und hielt mit quietschenden Reifen vor der Haltestelle.

„Ich meld mich." Wir umarmten uns brüderlich und Max stieg ein.

Die Gruppe Jugendlicher lungerte in einiger Entfernung auf einer Parkbank und grölte laut, als einer von ihnen eine Flasche auf die Straße warf. Ich hatte keine Lust auf eine Konfrontation und so schlenderte ich in entgegengesetzter Richtung davon. Mein Auto hatte ich nicht weit entfernt geparkt.

Luxemburg war eine typische europäische Stadt, das Straßensystem war über die Jahrhunderte gewachsen und es gab immer ein gutes Dutzend Möglichkeiten, an sein Ziel zu kommen. Ich wählte den schnellsten Weg quer durch die Altstadt, mit nur ein paar Umwegen, um die dunkelsten Gassen zu vermeiden, beziehungsweise am wenigsten an den stark besuchten Clubs und Cafés vorbeigehen zu müssen. Menschenmengen waren mir immer zuwider gewesen und auf alkoholisierte Menschen konnte ich heute Abend erst recht verzichten.

Seit ich die Straßen Bamakos erlebt hatte, war mir auch viel stärker bewusst, wie angenehm es doch hier in Luxemburg war. Natürlich verursachten die vielen Autos Smog und zur Rushhour herrschte auch bei uns Chaos auf den Straßen. Doch das war nicht zu vergleichen mit dem mörderischen Gedränge in Mali.

Ich atmete die frische Abendluft genussvoll ein. Es roch nach Regen.

Ich ging schnellen Schrittes über den sogenannten *Knuedler*, einem Platz vor dem Rathaus der Stadt Luxemburg. Meine erste Freundin hatte mir damals erklärt, dass der Platz nach dem Knoten benannt war, mit dem die Mönche des dort im Mittelalter ansässigen Benediktinerordens ihre Kutte gegurtet hatten. Passenderweise hatte sie später Geschichte studiert.

Ich entschied mich für einen kleinen Umweg am Palast des Großherzogs vorbei. Der Palast war nachts wunderschön beleuchtet und der Platz vor dem Gebäude war zu dieser Tageszeit menschenleer, selbst die traditionelle Palastwache wurde immer am späten Nachmittag abgezogen.

Ich ging auf dem *Place de Clairefontaine* an der Statue der Großherzogin Charlotte vorbei, einer Statue, die im Volksmund allgemein als *Heeschefra* bezeichnet wurde, was so viel bedeutete wie Bettlerin. Diesen liebevoll gemeinten Kosenamen hatte man ihr wegen ihrer würdevollen Handgeste verliehen, die so manchen eher an die Geste einer Bettlerin erinnerte, die nach Almosen fragt. Die Großherzogin, sie war die Großmutter des aktuellen Großherzogs, hatte das Luxemburger Volk im Zweiten Weltkrieg tatkräftig von ihrem gewählten Exil in London aus unterstützt und wurde heute auch noch lange nach ihrem Tod im Jahre 1985 inbrünstig verehrt.

Ich überquerte den Platz, an den rechts von mir das Gebäude des Staatsministeriums angrenzte, und bog in die nächste Straße in Richtung des Boulevard F.D. Roosevelt ein. Ich näherte mich dem Haupteingang des Staatsministeriums und als ich gerade an der Seitenstraße, die zur protestantischen Kirche führte, vorbeigehen wollte, hörte ich laute Stimmen.

Ich blickte noch im Gehen nach links in die Straße hinein und machte ganz am Ende der Straße in einer dunklen Ecke eine kleine Gruppe Menschen aus, als ein kurzer Schrei durch die Gasse hallte und jäh abbrach.

Instinktiv machte ich einen Satz zur Seite und presste mich gegen die Außenwand der Kirche. Ich spähte vorsichtig um die Ecke und versuchte zu erkennen, was sich da abspielte.

Eine Gruppe aus fünf Männern hatte eine junge, elegant gekleidete Frau in eine Ecke gedrängt und offensichtlich drangsaliert, denn die Frau versuchte, sich zu befreien. Die

Männer lachten hämisch und einer löste sich aus dem losen Kreis und machte einen Schritt nach vorne. Die junge Frau reagierte sofort und wich zurück, doch genau das war offensichtlich seine Absicht gewesen, denn nun näherte sich ein zweiter Angreifer mit kahlgeschorenem Kopf von hinten und packte sie am Arm. Abrupt zog er sie an sich heran und klammerte ihre Arme hinter dem Rücken fest. Seine Kumpane jubelten.

Die junge Frau versuchte verzweifelt, sich loszureißen. Der Glatzköpfige hinter ihr zog sie fest an sich und sie schrie vor Schmerzen auf. Die anderen traten noch näher an sie heran und fingen an, sie ungehemmt zu begrapschen.

Verdammt, ich musste etwas unternehmen!

Geduckt eilte ich um die Ecke des Gebäudes und hielt mich eng an die Wand gedrückt, dabei zog ich mein Handy aus der Hosentasche. Ich schielte nach unten auf das Display und wählte die Notrufnummer. Zum Glück meldete sich sofort jemand, also hielt ich das Handy hoch und flüsterte:

„Brutaler Überfall am Haupteingang der protestantischen Kirche, kommen Sie schnell!“ Für mehr blieb keine Zeit. Ich ließ das Handy langsam zu Boden gleiten, in der Hoffnung, dass die Tonaufnahme der Notzentrale später hilfreich sein würde, und eilte geduckt auf die Angreifer zu.

Die fünf Männer hatten ihre ganze Aufmerksamkeit auf die junge Frau gerichtet und hatten mich zum Glück noch nicht bemerkt. Ich durfte auf keinen Fall außer Atem sein, wenn ich ihnen entgegentrat. Deshalb legte ich noch mehrere Meter an die Wand gepresst zurück. Glücklicherweise hatte ich eine dünne Lederjacke angezogen. Vorsichtig zog ich die Jacke aus und wickelte sie als Schutz vor Messern um meinen linken Vorderarm. In einem langsamen Trab näherte ich mich den Schlägern.

Ich war noch ein Stück von den Männern entfernt, als einer der Angreifer der jungen Frau brutal unter den Rock griff. Ein anderer versuchte ihr Top runterzureißen. Ich sprintete los. Ich stolperte über einen der alten Pflastersteine und fluchte, hielt mein Tempo jedoch bei.

Der Glatzköpfige, der die Frau von hinten umklammerte, blickte in meine Richtung und sah mich auf sie zulaufen. Er zog überrascht die Augenbrauen hoch und öffnete den Mund, um seine Kumpel, die mit dem Rücken zu mir standen, zu warnen. Doch da war es bereits zu spät.

Der Angreifer, der mir am nächsten stand, war ein wahrer Hüne mit der Statur eines Linebackers im American Football. Ich sprintete auf ihn zu, drückte die Beine durch und rammte den Fleischberg in vollem Lauf. Trotz seines beachtlichen Gewichts wurde der Linebacker nach vorne geschleudert und riss dabei einen seiner Kumpel mit zu Boden.

Der Zusammenstoß presste mir die Luft aus den Lungen, doch ich war jetzt mitten unter den Angreifern und konnte mir keine Verschnaufpause leisten. Der Glatzköpfige verharrte wie angewurzelt und umklammerte die Frau fester. Schwerer taktischer Fehler! Aber mein Glück – ein Gegner weniger.

Sofort wandte ich mich den beiden verbliebenen Angreifern zu.

Die ließen von der Frau ab und wirbelten herum. Ich nutzte das Überraschungsmoment aus und trat dem nächsten Mann mit voller Kraft in den Schritt. Mehrere Jahre Fußball in meiner Jugend zahlten sich aus. Ich erwischte ihn mit voller Wucht. Sein Körper zog sich krampfhaft zusammen und er würgte, kurz bevor er sich lautstark übergab und vor sich auf den Boden kotzte. Er sackte auf die Knie, beide Hände schützend in den Schritt gepresst. Als ob ihm das jetzt noch helfen würde. Ich holte mit dem Fuß aus, um ihm ins Gesicht zu treten. Ich musste sichergehen, dass er mir nicht mehr in die Quere kam. Plötzlich packte der am Boden liegende Linebacker mein Standbein und umklammerte es mit aller Kraft. Ich drohte das Gleichgewicht zu verlieren und zu stürzen.

Der letzte Angreifer, der noch auf den Beinen war, stürzte auf mich zu. Mir blieb keine Zeit, auszuweichen. Ich entschied, den Linebacker auszuschalten, bevor es zu spät war. Der umklammerte mein Standbein noch immer und hielt es wie ein Schraubstock am Boden fest. Während der andere auf mich zustürzte, drehte ich mich ein wenig um, holte mit dem rechten Bein aus und trat dem Linebacker mit aller Kraft auf den Hals. Ich hörte ein unschönes Knirschen und spürte Knochen brechen. Seine Hände erschlafften und er ließ mein Bein los.

Ein harter Schlag traf meinen Kopf. Weiße Blitze explodierten vor meinen Augen. Ich taumelte zurück und hob schützend die Hände. Mein Gegenüber war offensichtlich Boxer, umging gekonnt meine Deckung und versetzte mir einen Schlag in die Nieren. Eine Welle von Schmerz wogte durch meinen gesamten Oberkörper. Ich sackte leicht in die

Knie, konnte mich jedoch gerade noch auf den Beinen halten. Der Boxer versetzte mir einen Stoß gegen den Brustkorb und ich fiel rücklings über den Körper des Linebackers. Sein nächster Haken ging ins Leere. Er verlor das Gleichgewicht, stolperte über seinen Kumpel und fiel ausgestreckt neben mir auf den Boden.

Ich rappelte mich schnell hoch, sofort wieder kampfbereit. Der Linebacker war offensichtlich keine Bedrohung mehr. Sein Kopf lag verdreht auf dem Pflaster und seine Augen schielten gen Himmel. Sein Kumpel, den er beim Sturz unter sich begraben hatte, versuchte verzweifelt, unter dem Linebacker hervorzukriechen. Der Mann, dem ich zwischen die Beine getreten hatte, lag noch immer keuchend auf dem Boden und würgte vor sich hin.

Blieben noch der Glatzkopf, der die junge Frau noch immer wie im Schockzustand festhielt, und der Boxer neben mir auf dem Boden.

Die Frau versuchte sich loszureißen. Der Mann hinter ihr war offenbar begriffsstutzig, denn er versuchte verzweifelt, sie festzuhalten. Statt seinen Freunden zu helfen. Idiot! Ich wandte mich dem Boxer zu. Gerade noch rechtzeitig. Er war bereits aufgestanden und ging auf mich los. In seiner Hand blitzte eine Klinge auf. Ich riss meinen mit der Jacke umwickelten Arm hoch. Das Messer bohrte sich durch sie und ritzte meinen Unterarm auf. Mein Gegenüber versuchte, das Messer wieder rauszuziehen, doch die Klinge verfing sich in der Jacke. Sofort schmetterte ich meine Stirn gegen sein Nasenbein und zertrümmerte es.

Er jaulte vor Schmerz laut auf, ließ die Klinge los und taumelte zurück. Zufrieden bemerkte ich, wie das Blut aus seiner Nase floss. Ich setzte mit einem seitlichen Tritt nach und erwischte ihn am Knie. Er knickte ein und landete unsanft auf dem Boden.

Ich wirbelte herum und ging auf mein nächstes Ziel los.

Der Mann unter dem Linebacker hatte sich beinahe befreit. Doch als ich neben ihm auftauchte, starrte er nur schockiert hoch. Ich holte mit dem Fuß aus und trat zu. Mein Knie erwischte ihn mitten im Gesicht und er kippte nach hinten.

Der begriffsstutzige Glatzkopf hatte offenbar endlich kapiert, dass er vielleicht seinen Freunden helfen sollte. Doch anstatt die junge Frau einfach loszulassen, riss er sie herum und schlug ihren Kopf mit voller Wucht gegen die Wand. Sie rutschte an der Wand herunter und blieb dann reglos liegen.

Er trat mir entgegen. Er hatte Tattoos am Hals und war von drahtiger Statur, doch er hatte muskulöse Arme und einen breiten Brustkorb. Seine Körperhaltung verriet mir, dass er sich aufs Kämpfen verstand. Er suchte einen stabilen Stand auf den unebenen Pflastersteinen und hielt die Hände locker vor sich hoch. Er warf einen Seitenblick auf seine Kumpel, nickte mir kurz anerkennend zu, schmunzelte und schlug dann blitzschnell zu.

Seine Faust kam auf mich zu und ich duckte mich instinktiv. Doch sein erster Schlag war nur eine Finte gewesen. Sofort setzte er mit einem linken Haken nach. Ich duckte mich ein weiteres Mal, sodass auch dieser Schlag ins Leere ging. Ich richtete mich wieder auf und wir umkreisten uns lauernd. Ich hörte in der Ferne Polizeisirenen und hoffte, dass eine Patrouille auf dem Weg hierher war.

Mein Kontrahent hörte sie auch, doch er lächelte nur wieder siegesgewiss und starrte dann plötzlich auf einen Punkt über meiner linken Schulter. Wie ein blutiger Anfänger fiel ich auf den Trick rein und drehte mich weg, um einem möglichen Angriff von einem seiner Kumpel von hinten zu entgehen, schaute jedoch ins Leere. Sofort sprang er nach vorne, packte mich und versuchte, einen Klammergriff zu setzen. Ich duckte mich jedoch unter seinen ausgestreckten Armen weg und schlug mit einem Uppercut zu. Ich erwischte ihn genau unterm Kinn und er sackte sofort in sich zusammen.

Die Sirenen wurden lauter. Nachdem ich mich vergewissert hatte, dass alle Angreifer ausgeschaltet waren, eilte ich auf die junge Frau zu, die noch immer am Boden lag. Sie bewegte sich ein wenig und als ich sachte eine Hand auf ihre Schulter legte, zuckte sie sofort zusammen und wich zurück.

„Alles in Ordnung, ich tu′ dir nichts!“ Beschwichtigend hob ich die Hände.

Sie stand offensichtlich unter Schock und starrte mit weit geöffneten Augen auf die Angreifer am Boden hinter mir. Sie hatte eine üble Platzwunde auf der Stirn und ein kleines Blutrinnsal rann ihr am rechten Mundwinkel herab, außerdem war ihr linkes Auge bedrohlich zugeschwollen. Ihr schwarzes Top war zerrissen und ihr BH verrutscht. Sie sah an sich hinunter und zog die Reste des Tops schützend hoch. Sie setzte sich auf und lehnte sich gegen die Kirchenwand.

„Alles okay?“, fragte ich sanft und trat näher an sie heran, die Hände noch immer auf halber Höhe beschwichtigend hochgehalten.

Sie wischte sich mit dem Handrücken das Blut vom Mund und nickte.

„Gut, ich habe die Polizei gerufen, sie müssten jeden Moment hier sein. Kannst du aufstehen?“

Ohne zu antworten, richtete sie sich langsam auf, die Überreste ihres Tops noch immer fest zusammenklammernd. Sie schaute mich an, doch dann weiteten sich ihre Augen und ein lautloser Schrei stand ihr ins Gesicht geschrieben, als sie offenbar etwas hinter mir erblickte.

Zum zweiten Mal in dieser Nacht explodierten weiße Blitze vor meinen Augen und ich ging zu Boden. Ich schlug unsanft mit dem Kopf auf und sofort bearbeitete mich jemand mit Fußtritten. Ich hielt schützend meinen Kopf umklammert, woraufhin mir der Angreifer in den Bauch trat. Als er zum erneuten Tritt ausholte, hob ich abwehrend die Hände und ergriff seinen anderen Fuß.

Ich zog den Fuß mit einem kraftvollen Ruck zu mir und der Mann stürzte zu Boden. Dabei schlug er mit dem Hinterkopf auf den Boden und blieb regungslos liegen.

„Fuck!“, fluchte ich und rappelte mich mühsam hoch. Ein höllischer Schmerz durchfuhr mich beim Einatmen und ich war mir sicher, dass ein paar meiner Rippen gebrochen waren. Ich sah mich um. Zwei weitere Angreifer waren wieder auf den Beinen und kamen in unsere Richtung, der Mann mit der gebrochenen Nase und der, der unter dem Linebacker begraben worden war. Ich drehte mich zu der Frau um.

„Du musst von hier verschwinden! Schnell!“

Fragend sah sie mich an. „*What?!*“

„*Run!*“ Ich schubste sie in die richtige Richtung.

Sie stolperte nach vorne und lief los. Nach wenigen Metern blieb sie stehen und drehte sich zu mir um.

„*Run, damn it!*“, schrie ich und wandte mich den Schlägern zu. Ich hörte das Klacken ihrer Absätze hinter mir auf dem Pflaster und nickte zufrieden. Ich stellte mich den beiden Angreifern entgegen.

Beide bluteten aus der Nase und ich lachte laut auf.

„Noch nicht genug, was?“, spie ich ihnen voller Verachtung entgegen und ging in Stellung.

Die zwei umkreisten mich langsam, bis beide auf je einer Seite von mir standen. Sie verstanden ihr Handwerk. Bis jetzt war der Überraschungseffekt auf meiner Seite gewesen. Jetzt nicht mehr.

Mein Blick wanderte von einem zum anderen. Ich stürzte mich auf den Mann zu meiner Linken und versuchte, ihn mit einem rechten Haken auszuschalten. Gekonnt wich er aus und ich erwischte nur seine Schulter. Ich wollte mich an ihm festhalten, um nicht das Gleichgewicht zu verlieren, bekam jedoch nur sein T-Shirt zu greifen und taumelte an ihm vorbei. Dabei zerriss das T-Shirt und ich sah einen großen Stern in Schwarz und Weiß direkt unter seiner Schulter.

„Was zum …?“, brachte ich noch überrascht hervor, doch dann stieß er mich nach vorne und ich lief seinem Kumpel genau in die Arme. Dieser packte mich, wirbelte mich herum und verschränkte meine Arme hinter meinem Rücken. Wie auf dem Präsentierteller hielt er mich seinem

Kollegen hin. Dieser grinste teuflisch. Er kam gemächlich auf mich zu. In der Nähe heulten Sirenen laut auf.

„Dann zu uns.“ Er hob die Fäuste. „Wir haben offensichtlich leider nicht mehr viel Zeit!“

Er holte zu einem rechten Haken aus und schlug zu. Ich spürte, wie mein Wangenknochen splitterte, dann wurde mir schwarz vor Augen.

V.

2 Wochen später

Ich erfuhr später, dass die Ärzte mich in ein künstliches Koma versetzt hatten, nachdem sie in der Notaufnahme alles Nötige getan hatten, um die größten Schäden einzudämmen. Die Chefärztin hatte den Chirurgen, der Dienst hatte, rufen lassen und zusammen hatten sie entschieden, dass sie mir mit dem künstlichen Koma einen Gefallen tun würden, denn das Richten meiner Wangenknochen würde für lange Zeit furchtbare Schmerzen nach sich ziehen.

Die Rippen waren zum Glück nur angeknackst und hatten die Lungen nicht beschädigt und so waren die schlimmsten Verletzungen der gebrochene Wangenknochen, die Gehirnerschütterung, die gebrochenen Finger an der rechten Hand, die angeschnittene Sehne im Unterarm und die Wunde im Bauch, verursacht durch einen Messerstich, an den ich mich nicht erinnerte, der jedoch zum Glück nichts Lebenswichtiges getroffen hatte.

Sowieso konnte ich mich nicht mehr recht entsinnen, was nach dem rechten Haken passiert war. Die Polizisten erzählten mir, nachdem ich aus dem Koma geweckt worden war, dass die Streife, die man dank meines Anrufs losgeschickt hatte, der jungen Dame über den Weg gelaufen war und diese hatte sie sofort zur Kirche gebracht. Dort hatten sie mich ohnmächtig auf dem Pflaster gefunden, nur der Linebacker lag neben mir. Tot.

Die Polizisten riefen einen Krankenwagen und merkten dann, dass die junge Frau plötzlich verschwunden war. So fehlten der Polizei jede Menge Informationen über den

Hergang der Tat und ein paar Tage später tauchte jemand von der *Police judiciaire* bei mir im Krankenhaus auf und erklärte mir, dass es unmöglich war, die Täter zu identifizieren. Alleine der Linebacker war aktenkundig und auch nur insofern, dass seine DNA schon bei einem Gewaltverbrechen in Polen gefunden worden war. Sonst waren von ihm weder Name noch Herkunft bekannt.

Beim ersten Besuch der Polizisten war ich nur bedingt ansprechbar gewesen, doch der Beamte der *Police judiciaire* profitierte von meinem nun zumindest leicht verbesserten Zustand und stellte mir Fragen zum Tathergang.

„Können Sie sich denn sonst noch an irgendetwas erinnern?“, fragte der Beamte mich und sein Blick blieb flüchtig an den vielen medizinischen Geräten neben meinem Krankenhausbett haften.

„Nein, ich habe ihren Kollegen schon alles gesagt …“, murmelte ich. Die Schmerzen im Gesicht wurden zwar größtenteils betäubt, doch zugleich wurde das Sprechen so zur reinsten Tortur.

„Sie haben eine Tätowierung erwähnt?“, hakte der Beamte nach und blätterte in seinem Notizblock zu der entsprechenden Stelle.

„Ja, ein Stern. In Schwarz und Weiß. Direkt unter der Schulter.“

„So ungefähr?“, fragte er und hielt mir die Nahaufnahme einer Tätowierung vor die Augen. Die Haut um die Tätowierung hatte eine hässliche Verfärbung und ähnelte eher einer Wachsfigur. Sonst war die Tätowierung identisch mit der des Angreifers, dem ich das T-Shirt im Kampf runtergerissen hatte. Eine unangenehme Vermutung setzte sich in mir fest. „Gehört die einer Leiche?"

Der Beamte drehte das Foto sofort wieder um und begutachtete es, höchstwahrscheinlich um zu sehen, woran ich das erkannt hatte. Offenbar beruhigt, dass er mir das richtige Foto gezeigt hatte, sah er mich an.

„Ja. Der Tote vom Tatort. Wie haben Sie das erkannt?"

„Färbung der Haut", murmelte ich.

„Ah ja, ich verstehe." Er nickte anerkennend. „Also?"

„Ja, identisch."

„Wissen Sie, was die *Bratwa* ist?"

Also war meine Vermutung korrekt. „Russenmafia."

Der Beamte nickte bedächtig. „Ganz genau …"

„Und warum überfallen fünf russische Mafiosi in Luxemburgs Altstadt eine junge Frau?"

Abwägend sah der Beamte mich an und klappte seinen Notizblock zu.

„Keine Ahnung. Wir wissen nur, dass die russische Mafia sich seit dem Krieg in der Ukraine noch stärker im Westen Europas zeigt. Luxemburg als Drehscheibe internationaler Finanzen macht definitiv Sinn für ihre Organisationen."

Ich verarbeitete, was er mir gerade erklärt hatte. Er trat näher an mein Bett heran und senkte seine Stimme zu einem Flüstern.

„Wenn Sie meinen Ratschlag wollen, Herr Dalheim, lassen Sie die Sache auf sich ruhen und machen Sie einen großen Bogen um diese Leute."

„Was!? Ist das Ihr Ernst?"

Seine versteinerte Miene sprach Bände. „Und ob. Hören Sie, ich weiß, dass Sie bei der Armee sind. Und ich weiß, dass Sie in Afrika waren. Viele meiner Arbeitskollegen haben in der Armee gedient, bevor sie zur Polizei gewechselt sind, und ich verstehe, wie Sie die Dinge hier wahrscheinlich sehen … Aber mit diesen Menschen ist nicht zu spaßen. Glauben Sie mir, Sie wollen nicht auf deren Radar auftauchen.“

„Ich soll das alles einfach vergessen?“

„Ich weiß, wie das klingt …“, sagte er leise und trat noch näher an mein Bett. „… aber Sie müssen verstehen, dass Sie ohnehin jetzt schon bestimmt auf einer Liste stehen. Einer von denen ist tot, das verzeihen die mit Sicherheit nicht.“

„Ich soll vergessen, was passiert ist, und noch dazu sagen Sie mir, dass ich wahrscheinlich auf einer Art *hit-list* stehe und Sie können mir nicht weiterhelfen?“

„Ich *empfehle* Ihnen, die Sache auf sich beruhen zu lassen und nicht weiter aufzufallen, dann kommen Sie vielleicht ungeschoren davon, obschon Sie einen von denen umgebracht haben.“

Fassungslos starrte ich ihn an.

„Verschwinden Sie“, knurrte ich zwischen den Zähnen hindurch.

„Wie bitte?“

„Sie sollen verschwinden.“ Mit den gebrochenen Fingern deutete ich Richtung Ausgang. „Raus hier!“

Er stand einen Moment unschlüssig vor mir und überlegte. Dann nickte er resignierend und ging zur Tür. Er griff nach der Klinke, hielt dann aber inne. „Denken Sie in Ruhe darüber nach. Sie werden begreifen, dass ich Recht habe. Sie haben nichts zu gewinnen und alles zu verlieren, wenn Sie versuchen, sich gegen diese Leute zu stellen."

„*Bratwa*?" Max zog sich einen Stuhl heran und setzte sich zu mir ans Bett.

Nachdem der Beamte den Raum verlassen hatte, hatte ich vor Wut gekocht. Nach allem, was passiert war, sollte ich einfach weiterleben und den Mund halten? Nicht nur das, noch dazu sollte ich hoffen, dass keiner mir auflauerte, um sich für den Tod seines Kameraden an mir zu rächen?

Normalerweise wäre ich in so einer Situation eine Runde laufen gegangen, um einen klaren Kopf zu bekommen, das war mir in meiner aktuellen Lage leider nicht gegönnt. Ich lag in meinem Krankenhausbett und dachte nach. So eine verdammte Scheiße!

Zum Glück war Max kurz danach aufgetaucht.

Ich griff nach meinem Handy und tippte *Bratwa* in den Suchbrowser ein. Das Meiste, was ich über die sogenannte Organisierte Kriminalität wusste, stammte aus Filmen und Polizeiromanen. Ich öffnete die Hauptseite von Wikipedia zum Thema *russische Mafia* und reichte Max mein Handy.

Bratwa, das Wort für Bruderschaft auf Russisch, war nur eine von vielen Umschreibungen für das, was allgemein im Volksmund als Russenmafia bezeichnet wurde. Dabei fiel schnell auf, dass es nicht *die* Russenmafia gab, sondern dass es sich hierbei um einen Sammelbegriff handelte, mit dem alle kleinen und großen kriminellen Organisationen umfasst wurden, die auf dem Territorium der früheren Sowjetunion agierten. Oder zumindest dort ihren

Ursprung hatten, denn mittlerweile hatten sich diese Organisationen auf der ganzen Welt verbreitet und arbeiteten in den USA und Europa. Sie pflegten Kontakte mit jeder Menge anderer krimineller Organisationen aus anderen Ländern und waren auch mit der legalen Wirtschaft eng verbunden.

Max scrollte auf dem Handy und hielt inne. „*Diebe im Gesetz*?"

„Ich nehme an, das ist so ähnlich wie bei der italienischen Mafia mit ihrer berühmten *Omerta*. Sie halten sich an ihre eigenen Gesetze, ihren eigenen Kodex."

Max murmelte zustimmend. „Wie bist du denn daraufgekommen, bevor die Polizei es dir gesagt hat?"

„Wegen der Sterne auf den Schultern." Ich streckte die Hand aus und er gab mir das Telefon zurück. Ich klickte auf eines der Fotos und zeigte es Max. „Siehst du? Schwarz-weiße Sterne sind noch immer ein klares Zeichen für die Zugehörigkeit zur Organisation. Wenn ich das richtig verstehe, sind die so was wie Rangabzeichen. Einer der Angreifer in der Stadt hatte genau so einen Stern tätowiert."

Max nahm das Handy wieder entgegen und scrollte weiter. „Und du bist denen schon in Mali über den Weg gelaufen?" Er hielt mir das Handy vor die Augen. „Hier steht, die wären auch eng liiert mit diesen Söldnertruppen?"

„Ich bin mir nicht sicher … Die Söldnertruppen, ja, die waren in unserem Hotel kurz vor dem Angriff." Ich überlegte, wie viel ich Max erzählen durfte. „Einer von denen hat den Angriff sogar koordiniert oder war zumindest irgendwie daran beteiligt."

Max zog die Augenbrauen hoch.

„Ob da tatsächlich Mitglieder der Bratwa dabei waren, weiß ich nicht … Ich habe nur jemanden im Fitnessraum trainieren sehen, der auch Sterne auf den Schultern hatte. Kann bloßer Zufall gewesen sein.“

Er legte mein Handy zurück auf den Tisch neben mir und sah mich besorgt an.

Ich dachte nach. Mindestens einer der Söldner im Hotel in Bamako hatte Sterne auf der Schulter getragen und hatte diese sogar offen gezeigt. Hatte es sich wirklich um ein Mitglied der russischen Mafia gehandelt? Oder war es doch nur ein Spinner gewesen, der sich die Sterne tätowiert hatte, ohne die wahre Bedeutung zu kennen?

Und jetzt lag ein Mafioso in Luxemburg in der Leichenhalle und ein weiterer war auf freiem Fuß, nachdem sie mich beinahe totgeschlagen hatten. *Mindestens* einer, korrigierte ich mich.

Schließlich hatte ich nur an einem die Tätowierung gesehen. Hatte ich es also in nur wenigen Monaten zweimal mit Mitgliedern einer russischen Mafiaorganisation zu tun bekommen? Dass es sich hierbei nur um einen reinen Zufall handeln konnte und nicht etwa um eine gezielte Falle, um mich auszuschalten, war mir klar. Dafür hätte es nämlich viel einfachere Wege gegeben. Weder meine Arbeit in Mali als Ausbilder noch meine Rolle beim Zurückschlagen des Angriffs auf das Hotel würden ein gezieltes Vorgehen gegen mich rechtfertigen.

Nein, eine Verbindung zwischen dem Überfall in der luxemburgischen Altstadt und dem Angriff auf das Hotel in Bamako war viel zu weit hergeholt. Auf jeden Fall, was meine Rolle anging. Aber es schien denkbar, dass es eine Verbindung gab zwischen der Präsenz von russischen Söldnern in Afrika und einer verstärkten Aktivität der russischen Mafia in Westeuropa. Konnte diese Verbindung ganz einfach *nur* der Ukrainekrieg sein?

Vor allem aber musste ich mir spätestens jetzt Sorgen machen, dass die russische Mafia mich auf dem Schirm hatte.

VI.

Meine Genesung ging weiterhin zwar nur schleppend voran, doch es ging mir von Tag zu Tag besser und die Ärzte schraubten die Dosis meiner Schmerzmittel deutlich runter.

Bald schlurfte ich auf wackeligen Füßen ein wenig durchs Zimmer, musste jedoch aufpassen, dass die Nähte meiner Bauchwunde nicht aufrissen. Ich hatte noch immer höllische Kopfschmerzen wegen meines zersplitterten Wangenknochens, doch mein Gesicht sah mittlerweile wieder aus wie früher, wenn man die vielen Farbtöne der Prellung nicht beachtete: Meine rechte Gesichtshälfte leuchtete in allen Farben des Regenbogens, doch das Ausrichten der Wangenknochen war ohne Komplikationen verlaufen und der plastische Chirurg meinte, ich würde höchstens eine kleine Narbe behalten, der Rest würde zuerst abschwellen und dann komplett verheilen.

Ich fing an, durchs Krankenhaus zu wandern, und traute mich schließlich auch in den kleinen Park gleich nebenan.

Der Justizbeamte hatte sich nicht mehr blicken lassen. In den Medien erschien ein kurzer Bericht über den Zwischenfall in der Altstadt und den Fakt, dass weder die junge Frau noch einer der anderen Angreifer gefunden worden waren. Dies verleitete mich zu der Annahme, dass die Polizei die Geschichte bereits *ad acta* gelegt hatte.

Ich konzentrierte mich auf meine Genesung und verließ das Krankenhaus drei Wochen nach dem Besuch des Justizbeamten. Mein Arzt verordnete mir zwar weitgehende Bettruhe, doch ich hatte andere Pläne.

Ich war für einen weiteren Monat krankgeschrieben, also hatte ich die Gelegenheit, mich zu erholen und für den Dienst wieder einigermaßen funktionstüchtig zu werden. Und mir blieb ganz nebenbei noch Zeit, um erstmal herauszufinden, wer die Angreifer gewesen waren. Und ihnen das Handwerk zu legen.

„Hey, Philippe, ich bin´s, John. Wie geht´s dir?", fragte ich unbekümmert einen meiner ältesten Freunde am Telefon.

„John, wie geht´s dir? Bist du raus aus dem Krankenhaus?"

„Ja, seit heute Morgen."

„John, ich, ähm … tut mir leid, dass ich nicht zu dir ins Krankenhaus gekommen bin!", stammelte Philippe und ein betretenes Schweigen folgte.

„Vergiss es. Wir haben uns fünf Jahre nicht mehr gesehen, warum sollte ich erwarten, dass du mich im Krankenhaus besuchst?" Ich achtete darauf, dass mein Ton unbeschwert und ohne jeglichen Anflug eines Vorwurfs blieb.

„Stimmt schon, aber trotzdem, ich hätte vorbeikommen sollen. Tut mir leid."

„Schwamm drüber, okay?"

„Geht klar, John. Danke. Und? Wie geht´s dir jetzt?"

„Kann nicht klagen. Hat anfangs höllisch wehgetan, vor allem das Gesicht. Aber mittlerweile ist alles in Ordnung."

„Das ist gut, John, das ist gut. Ich habe die Akte vom Überfall gelesen. Üble Geschichte …"

„Kannst du laut sagen. Vor allem, dass ihr die Schweine offensichtlich nicht findet." Ich ärgerte mich über mich selbst: Unbeschwerter Ton klang definitiv anders.

Schweigen am anderen Ende der Leitung. Philippe war Offizier bei der Polizei und leitete eine Abteilung für Organisierte Kriminalität. Nachdem der Justizbeamte mir ans Herz gelegt hatte, mich bedeckt zu halten, hatte ich verzweifelt überlegt, wie ich vorgehen sollte. Dann war es mir wie Schuppen von den Augen gefallen und ich hatte an Philippe gedacht.

„John. Du weißt, ich darf dir dazu nichts sagen“, sagte Philippe leise, aber mit fester Stimme.

„Ich weiß. Das brauchst du auch nicht.“

Schweigen. Erst eine gefühlte Ewigkeit später fuhr er fort:

„Was willst du dann von mir, John?“

„Ich will, dass du dafür sorgst, dass ihr weiter an dem Fall arbeitet.“

„Aber das machen wir doch,“ Philippe schien überrascht.

Ich holte tief Luft.

„Philippe, wie lange kennen wir uns schon? Du weißt genau, was dieser Beamte mir gesagt hat, stimmt´s?“

Wieder Schweigen. „Ja“, kam die unterdrückte Antwort.

„Gut, dann weißt du auch, dass das *nicht* läuft!“, sagte ich bestimmt.

„John, wir haben einen Wink von ganz oben bekommen. Glaub mir, es ist in deinem Interesse, wenn wir die Sache auf sich beruhen lassen.“

„Was soll das heißen?“

„Die Untersuchung läuft, aber wir werden nichts rausfinden. Verstehst du? Du willst nicht, dass wir etwas rausfinden. Du willst nicht vor Gericht erscheinen und aussagen müssen."

„Warum, verdammt nochmal?" Jetzt schrie ich fast ins Telefon.

Für einen Moment herrschte Schweigen.

„Ich sage dir das inoffiziell, der alten Zeiten wegen, okay? John, ich bitte dich! Wenn das rauskommt, streite ich alles ab, okay?"

Ich biss die Zähne zusammen, dann nickte ich und antwortete:

„Okay."

„Gut," fuhr Philippe fort. „Diese Männer scheren sich einen Dreck um unsere Regeln, unsere Gesetze. Wenn wir weiter nachforschen und sie vor Gericht zerren, wirst du irgendwann tot aufgefunden, noch bevor du mit dem Finger auf sie zeigen kannst. Also machen wir unsere Arbeit, finden nichts raus und lassen Gras über die Sache wachsen. Die junge Frau hat genau das Richtige getan. Sie ist verschwunden. Und wir suchen sie auch nicht. Meine Vorgesetzten wollen, dass wir es dabei belassen. Verstehst du, worauf ich hinauswill?"

„Klar und deutlich", antwortete ich resigniert. Ich hatte vorerst genug gehört. „Ich leg jetzt auf, Philippe. Bis dann." Bevor er etwas erwidern konnte, beendete ich das Gespräch.

Ich wusste, dass er wahrscheinlich Recht hatte. Aber es schmeckte mir ganz und gar nicht. Ich ging in mein Zimmer und zog meine Laufkleider an. Meine gewohnte Strecke würde ich mit Sicherheit in meiner momentanen Verfassung nicht schaffen, aber eine kurze Runde durch die Straßen musste drin sein.

Vor allem die Wunde am Bauch machte mir noch immer zu schaffen, deshalb musste ich es wirklich langsam angehen. Ich joggte gemütlich los und bei jedem Zwicken der Narbe biss ich die Zähne zusammen, doch ich lief weiter. Ich brauchte dringend einen klaren Kopf, aber die Wut kochte ungebändigt in mir hoch.

Mit Philipps Weigerung, mir zu helfen, hatte sich meine letzte Hoffnung zerschlagen, auf legalem Weg etwas zu erreichen. Nun, dann eben auf eigene Faust! Ich war es mir selbst schuldig. Und der jungen Frau, wo auch immer sie jetzt war.

Verdammt. Genau das war das Problem. Ich konnte nicht akzeptieren, dass die Frau in ständiger Angst leben musste; Angst, einem der überlebenden Angreifer zufällig über den Weg zu laufen und aus dem Verkehr gezogen zu werden. Nur um auf Nummer sicher zu gehen. Oder aus Rache, weil sie sich gewehrt hatte und einer der ihren jetzt unter der Erde lag.

Und ich konnte nicht verdrängen, was in Bamako passiert war. Wenn es auch nur den Hauch einer Möglichkeit gab, dass es eine Verbindung zwischen diesen zwei Zwischenfällen gab, musste ich es rausfinden. Das war ich den anderen Ausbildern schuldig.

„John, was zum Teufel …?!“, entfuhr es Philippe, als er mich auf seiner Türschwelle stehen sah.

„Wir müssen reden.“ Ich ging an ihm vorbei ins Haus.

Ihm blieb nichts anderes übrig, als die Tür hinter mir zu schließen und mir zu folgen. Ich ging geradeaus in die Küche und wartete auf ihn. Philippe wohnte alleine im Haus seiner Eltern, seit diese vor ein paar Jahren gestorben waren. Soweit ich wusste, hatte er keine feste Freundin, doch ich ging lieber auf Nummer sicher.

„Bist du alleine?“, fragte ich ihn, als er in die Küche trat und mich fragend ansah.

„Ja.“

„Gut,“ sagte ich und erklärte ihm meinen Plan.

VII.

Das richtige Leben ist kein Hollywood-Film und auch kein Roman. Wäre das der Fall, hätte ich mir von Philippe wohl jetzt die Namen und Adressen der Männer geben lassen, die die junge Frau überfallen und mich selbst krankenhausreif geprügelt und dann auf den Pflastersteinen der Altstadt liegen gelassen hatten. Anschließend hätte ich mir auf irgendeine Art und Weise Waffen besorgt und wäre wohl nach einer coolen Vorbereitungssequenz auf die Jagd gegangen. Ich hätte die Männer einen nach dem anderen ausgeschaltet. Ihren Boss hätte ich bis zum Schluss aufbewahrt. Danach, so als wäre nichts gewesen, wäre ich wieder zu meiner normalen Tagesordnung übergegangen. Und es hätte niemanden wirklich gestört, dass mehrere Leichen gefunden worden wären und sich eine Spur der Verwüstung durch das Land gezogen hätte, schließlich hätten diese Männer es ja verdient.

Nein, das richtige Leben war anders. Dennoch versuchte ich, Philipp zu überreden, mir die Untersuchungsergebnisse zu überlassen. Doch er sträubte sich verständlicherweise und erklärte mir, welche Konsequenzen es für ihn haben würde, wenn jemand Wind davon bekam, dass er Polizeiakten entwendet hatte und, schlimmer noch, diese an einen Außenstehenden weitergegeben hatte.

Wir saßen mittlerweile am Küchentisch und tranken Kaffee.

„Aber du hast Zugang zu den Akten des Überfalls“, fragte ich.

„Ja. Aber, John, das heißt nicht, dass ich diese Akten einfach mit nach Hause nehmen kann, geschweige denn einfach kopieren könnte, um sie dir zu geben. Du weißt doch genau, welche Regeln man beachten muss, wenn es um die sichere Aufbewahrung von Dokumenten geht!"

Ich nickte. „Natürlich. Aber ich weiß auch, dass du die Akten einsehen kannst und mir die nötigen Informationen weitergeben könntest, ohne dass irgendwo die Alarmsirenen losgehen."

Philippe trank einen großen Schluck und setzte die Tasse ab. „Was hast du vor?"

„Was meinst du damit?"

„Was wirst du tun, nachdem ich dir die Informationen beschafft habe?" Er schien seltsamerweise eher aufrichtig interessiert als besorgt.

„Ich will sie aus der Reserve locken."

Er sah mich an, als wäre ich verrückt geworden. „Was soll das bringen?"

„Es ist ganz einfach, Philippe. So wie ich das sehe, habe ich drei Möglichkeiten. Erstens, ich ziehe den Kopf ein und hoffe, dass diese Schweine andere Sorgen haben und mich in Ruhe lassen werden. Zweitens, ich fange an, laut zu stänkern, und hoffe, genug Medieninteresse und politischen Druck aufzubauen, damit irgendjemand ganz oben sich gezwungen sieht, etwas auf nationalem Niveau gegen diesen Abschaum zu unternehmen. Oder, drittens, ich wedele mit dem roten Tuch und sobald der Stier auf mich losstürmt, schalte ich ihn aus."

Philippe musterte mich und versuchte offensichtlich, herauszufinden, ob ich das ernst meinte oder tatsächlich verrückt geworden war. „Verstehe. Nur sprechen wir nicht von einem Stier, sondern von einer ganzen Herde. Vielleicht könntest du einem dieser Stiere ausweichen und ihn verletzen, vielleicht sogar töten. Aber die Herde wird dich trotzdem überrennen!“

„Ich werde ja nicht alleine sein“, antwortete ich überzeugt.

„Wer wird so verrückt sein und mit dir in die Arena steigen?“

„Das weiß ich noch nicht.“ Ich schmunzelte.

„Okay, du bist also tatsächlich verrückt geworden.“

Ich zuckte mit den Schultern. „Mir bleibt leider nichts anderes übrig. Optionen eins und zwei gefallen mir überhaupt nicht.“

„John, wir sind hier nicht in Hollywood! Die werden dich fertig machen. Und jeden anderen Wahnsinnigen, der so lebensmüde ist, dich zu unterstützen.“

Wieder zuckte ich mit den Schultern.

„Das wird sich zeigen.“ Ich stand auf. „Also? Wirst du mir helfen?“

„Auf keinen Fall.“ Philippe stand ebenfalls auf. Ein Lächeln zuckte über sein Gesicht. „Ich besorge dir die Namen und Adressen. Aber aus deinem Stierkampf halte ich mich raus.“

Ich lächelte dankbar. Nichts anderes hatte ich mir von ihm erwartet.

„Gut.“ Wir reichten uns die Hände. „Wann?“

„Ende der Woche?“

„In Ordnung.“ Wir gingen Richtung Tür. „Du meldest dich?“

Philippe nickte und öffnete die Haustür. „John? Sei vorsichtig. Ich meine es ernst."

„Ich bin nicht lebensmüde, Philippe. Aber die Opferrolle werde ich nicht übernehmen."

„Ich hoffe, du weißt, worauf du dich da einlässt."

Max und ich saßen gemütlich auf einer Holzbank neben einem kleinen Feldweg. Es war für die Jahreszeit bereits angenehm warm und die Natur um uns herum erwachte langsam aus einem langen und kalten Winter. Ich beobachtete einen Bussard, der souverän seine Kreise über uns zog. Wir schwiegen beide. Max und ich kannten uns seit unserer Kindheit und brauchten nie viele Worte, um zu verstehen, was der andere auf dem Herzen hatte.

Er packte sein neuestes Spielzeug aus, eine kleine Drohne mit drei Rotorblättern, und setzte es zusammen. Die technische Beschreibung lag zwischen uns auf der Bank, doch Max ignorierte sie. Er war schon immer ein Tüftler gewesen und hatte Freude daran, selbst rauszufinden, wie die einzelnen Teile zusammenpassten und wie die Drohne funktionierte.

Mir kam dieser Moment der Stille gerade recht und ich spielte noch einmal die Gespräche im Kopf durch, die ich zuerst mit dem Justizbeamten und dann mit Philippe geführt hatte. Bis jetzt hatte mein Plan funktioniert und in ein paar Tagen würde Philippe mir hoffentlich die Informationen geben, die ich haben wollte. Doch danach war ich mit meinem Latein eigentlich am Ende. Die Informationen beschaffen, war eine Sache und würde mir zumindest helfen, Gewissheit zu erlangen, mit wem ich es zu tun hatte. Aber was sollte ich mit den Informationen machen, die Philippe mir geben würde? Wie, wenn überhaupt, könnte ich gegen die russische Mafia vorgehen?

„Hätte jemand uns vor zehn Jahren gesagt, wie einfach es sein würde, mit einer so kleinen Drohne übers Land zu fliegen und Bilder in 4K zu schießen, ich hätte ihm kein Wort geglaubt." Triumphierend fixierte Max das letzte Rotorblatt und erweckte die Drohne mit einem Knopfdruck zum Leben.

„Absolut," gab ich ihm Recht und wir schauten der Drohne nach, wie sie zuerst in die Luft schoss und dann über das Feld vor uns sauste. Ich warf einen Blick auf Max' Tablet und war erstaunt, wie scharf die Bilder der Kamera waren.

„Wann musst du zurück zur Arbeit?", fragte Max, seine Augen weiterhin auf die Drohne gerichtet.

„Am Montag."

„Hmmm." Max ließ die Drohne mit einer engen Kurve umkehren. „Wollen wir heute Abend was trinken gehen?"

„In die Altstadt?" Ich lachte trocken.

„Zu früh?"

Ich überlegte. Seit dem Überfall war ich nicht mehr in der Stadt gewesen. Nicht aus Angst, sondern ich war auch früher nie sonderlich scharf darauf gewesen, abends in die Stadt zu fahren. Ich gab mir einen Ruck.

„Nein, kein Problem. Wie immer?"

„Burger und Cider im *Wild Boar*?", fragte Max und die Drohne setzte gekonnt vor unseren Füßen auf. „Ich bin dabei."

Abends parkte ich im gleichen Parkhaus wie immer und ging dann zielstrebig und ganz bewusst zum Ort des Überfalls. Nach so vielen Wochen deutete nichts mehr auf das Vorgefallene hin. Ich kniete mich an der Stelle auf den Boden, wo ich k.o. geschlagen worden war, und glaubte, auf einem der Pflastersteine die Überbleibsel von Blutstropfen zu erkennen. Ich sah mich um und fragte mich, wohin die Angreifer wohl geflüchtet waren. Eigentlich konnten sie nur in Richtung *Corniche* verschwunden sein, sonst wären sie der Polizeipatrouille in die Arme gelaufen. Ich schaute auf die Uhr. Mir blieben nur noch zehn Minuten, also musste ich mich langsam auf den Weg zum Restaurant machen.

Ich überquerte gerade den *Knuedler,* als ich plötzlich eine Hand auf meiner Schulter spürte und jäh herumfuhr. „Was zum …“, schrie ich erschrocken auf und erstarrte, als ich die Person erkannte, die mir gegenüberstand.

„It´s you, isn´t it?“

Vor mir stand die junge Dame, die nicht weit von hier entfernt überfallen worden war. Ich war sprachlos und stand wie angewurzelt da. Plötzlich umarmte sie mich.

„Thank you! Thank you so much!“, stammelte sie und umarmte mich noch fester. Sie löste sich aus der Umarmung und lächelte mich an. Sie war fast nicht wiederzuerkennen: Sie hatte einen dunkelblauen Kapuzenpullover, verwaschene Jeans und Sneakers an. Ihre Haare waren zu einem losen Pferdeschwanz gebunden und sie trug einen Rucksack, den sie jetzt neben sich auf den Boden gleiten ließ. In jener Nacht war sie wahrscheinlich in einem schicken Restaurant oder Club gewesen, denn sie war damals völlig anders gestylt gewesen. Heute sah sie hingegen aus wie eine Studentin, die gerade aus einer Vorlesung gekommen war.

„Ich … also … gern geschehen“, stammelte ich auf Englisch. „Das hätte jeder gemacht.“

„Du weißt, dass das nicht stimmt." Damit hatte sie natürlich Recht.

„Wie geht es dir?“ Mein Blick wanderte zu ihrer Stirn, wo sie die üble Platzwunde abbekommen hatte, als der Angreifer sie gegen die Wand geschlagen hatte. Eine Haarsträhne verdeckte die Stelle.

Sie schob die Strähne zur Seite und lächelte kaum merkbar. „Ganz in Ordnung.“ Die Platzwunde war sauber genäht worden und recht gut verheilt, war aber wegen ihrer Größe trotzdem gut sichtbar. „Und dir?“ fragte sie und schaute an mir hinunter.

„Nichts, was die Zeit nicht heilen wird.“ Ich lächelte ebenfalls.

Für einen Moment verharrten wir in unbeholfenem Schweigen, dann bröckelte ihre lässige Fassade und Tränen schossen ihr in die Augen.

„Es tut mir so leid, dass ich einfach verschwunden bin! Ich hätte bleiben sollen und der Polizei helfen müssen.“

Behutsam legte ich ihr eine Hand auf die Schulter.

„Du hast dir nichts vorzuwerfen. Ich bin froh, dass du abgetaucht bist. So bist du zumindest in Sicherheit vor diesen Schweinen gewesen!“

„Ich habe gehofft, dir zu begegnen. Ich musste mich doch bei dir bedanken! Ich bin so froh, dass wir uns tatsächlich über den Weg gelaufen sind.“

Ich nickte, sah mich aber auch besorgt um.

„Sollen wir nicht lieber weg von hier?“ Wie standen wohl die Chancen, dass uns gerade jetzt einer der Angreifer über den Weg lief? Trotzdem kam ich mir hier entblößt vor.

Sie stutzte, ließ aber auch den Blick über den größtenteils leeren Platz schweifen. „Du hast Recht.“ Sie zeigte in Richtung *Place d'Armes*. „Ich muss da lang.“

„Ich begleite dich ein Stück, wenn dir das recht ist?“

Sie nickte und wir verließen den *Knuedler*. Wie üblich war dieser Teil der Stadt um acht Uhr bereits beinahe menschenleer. Nur in den Bars und Restaurants herrschte reger Betrieb.

„Wie heißt du überhaupt?“, fragte sie mich.

„Eigentlich Jean. Aber alle nennen mich John. Ich habe den Namen Jean nie sonderlich gemocht. Und du?“

„Ekaterina, aber alle nennen mich Kat.“

Wir gingen schnellen Schrittes über den Place d'Armes.

„Was hat die Polizei denn gesagt?“

Ich erzählte ihr, was die Polizei bis jetzt herausgefunden hatte, beziehungsweise eher, was nicht, und Ekaterina schien sichtlich erleichtert, dass man sie selbst ebenfalls noch nicht gefunden hatte.

„Ich habe mir die ganze Zeit Sorgen gemacht, dass auf einmal ein Polizist vor meiner Tür stehen würde …“

„Kann ich mir vorstellen,“ sagte ich mitfühlend. „Aber sie suchen dich ja nicht, weil du etwas Falsches getan hast, sondern um Informationen zu den Tätern zu bekommen.“

„Ich weiß. Aber wenn die Polizei mich gefunden hätte, hätten die anderen mich auch gefunden, verstehst du?“

„Wie meinst du das?“, fragte ich verwundert.

„Ich weiß nicht, wie das bei euch hier in Luxemburg normalerweise abläuft, aber in meiner Heimat gibt es immer Leute bei den Behörden und der Polizei, die den Kriminellen gerne Informationen zustecken.“

„Deiner Heimat?“

„Ich komme aus der Ukraine.“

„Ah, verstehe. Dann bist du nach der Invasion hier gelandet?“

„Nein, wir sind schon 2019 hierher ausgewandert, kurz bevor Covid kam.“

Mein Handy vibrierte in der Tasche. Verdammt, ich hatte Max total vergessen! Ich zog das Handy hervor und deutete Kat an, mir kurz Zeit zu geben, um zu antworten. Wir blieben vor dem alten Postgebäude stehen.

„Max, hey, tut mir leid. Es ist was dazwischen gekommen … Nein, ich komme, gib mir zehn Minuten. Ist das okay? Sorry, dass du warten musst … Ja, genau. Okay. Bin gleich bei dir.“ Ich legte auf.

„Tut mir leid,“ entschuldigte ich mich bei Ekaterina für die Unterbrechung.

Verständnisvoll winkte sie ab. „Ein Freund von dir?“

„Ja, mein bester.“

Wir hatten den Faden unseres Gesprächs verloren und standen einen Moment unschlüssig da.

„Wir gehen was essen, hast du Lust mitzukommen?“, lud ich sie schließlich ein.

„Nein, das ist nett, aber ich muss nach Hause.“ Sie lächelte. „Meine Mutter macht sich sonst Sorgen.“

„Verstehe. Ich … also, ich weiß nicht recht, was wir jetzt machen sollen.“ Verlegen lachte ich auf. „Ich bin froh, dass es dir gut geht und dass die Angreifer dich in Ruhe gelassen haben.“

Sie nickte. „Ich bin auch beruhigt, dass du noch am Leben bist. Du hast übel ausgesehen.“

„Sollen wir in Kontakt bl…“ Ich wollte ihr anbieten, mit mir reden zu können, wenn ihr danach war, aber sie fiel mir sofort ins Wort.

„Nimm das bitte nicht falsch auf, aber ich denke, es ist am besten, wenn wir keinen Kontakt haben.“ Sie wirkte beinahe panisch. „Was, wenn die Schweine die Sache zu Ende bringen wollen? Wenn sie dich finden, werden sie dann auch mich finden.“

„Ich respektiere das.“

Wieder standen wir uns unschlüssig gegenüber. Offenbar hatte sie bereits auch anderweitig Erfahrungen mit dieser Sorte Mensch gemacht und war entsprechend vorsichtig. Aus gutem Grund.

„Ich … ich gehe jetzt", stammelte sie. „Vielen, vielen Dank, dass du mir geholfen hast. Ich werde es nicht vergessen. Ich bin froh, dass es dir gut geht.“ Sie umarmte mich noch einmal kurz und wandte sich dann ab.

„Warte!“ Ich streckte die Hand aus, um sie zurückzuhalten.

„Ja?“ Sie drehte sich noch einmal zu mir um.

„Ich gebe dir meine Nummer. Ist das okay? Wenn du einmal Hilfe brauchst, ruf mich an.“

Sie zögerte und überlegte, doch dann reichte sie mir ihr Handy. Ich tippte meine Nummer ein und gab es ihr zurück.

„Ich habe die Nummer unter dem Namen eines bekannten Frisörsalons eingespeichert." Schelmisch schmunzelte ich.

Sie lachte auf.

„Gute Idee." Sie steckte das Handy zurück in ihre Tasche. „Pass auf dich auf." Sie drehte sich um, wartete, bis ein Taxi an uns vorbeigefahren war, und überquerte hastig die Straße.

Ich schaute ihr hinterher. Hätte ich ihr anbieten sollen, sie zu begleiten? Bis zu ihrem Auto oder zur Bushaltestelle zumindest? Nein, sie war offensichtlich sehr vorsichtig und es war wohl in der Tat besser, wenn wir nicht zusammen gesehen wurden. Trotzdem fiel es mir schwer, sie gehen zu lassen. Aber das war wohl so für uns beide am sichersten.

VIII.

„Hier sind sie.“ Philippe warf in meiner Wohnung einen Stapel Akten auf den Küchentisch, an dem ich saß.

Überrascht schaute ich zu ihm hoch. „Ich dachte, die könntest du mir nicht geben.“

„Lass das meine Sorge sein.“ Er zuckte mit den Schultern. „Aber es ist, wie ich dir gesagt habe … Diese Kerle sind verdammt üble Gesellen. Wenn du meinen Rat willst, leg dich besser nicht mit ihnen an.“

„Und lass du *das* meine Sorge sein,“ gab ich im Brustton der Überzeugung zurück. Seit meiner Begegnung mit Ekaterina waren mir jedoch immer stärkere Zweifel gekommen. Ich war mir auch vorher nicht sicher gewesen, wie ich mit den Informationen umgehen sollte. Doch jetzt, nachdem Ekaterina wieder aufgetaucht war, wenn auch nur für einen kurzen Augenblick, wollte ich sie noch weniger in Gefahr bringen.

Ich blätterte durch die Akten der fünf Angreifer. Erstaunlicherweise hatte die Polizei sie alle ausfindig gemacht.

„Das ist der Tote." Philippe hielt eine Akte hoch. Er schlug die erste Seite auf.

„Wladislaw Dschughaschwili …“, murmelte ich und sah mir die Akte genauer an. Neben einem Foto aus der Leichenhalle waren mehrere Überwachungsfotos von dem mittlerweile Verstorbenen drin: Bilder von Überwachungskameras oder mit Kumpanen vor einem Café oder Club.

Dahinter waren mehrere Blätter voller Informationen über seinen Lebenslauf.

„Ein Niemand", stellte Philippe lapidar fest. „Ein *Enforcer*. Der hier hingegen …“ Er hielt mir die nächste Akte hin.

Ich nahm sie entgegen. Es war der Mann, der mich k.o. geschlagen hatte.

„Pietro Bogdanow. Laut Europol ist er Lieutenant in einer der größeren Mafia-Gruppierungen, vielleicht auch mehr. Wir vermuten, dass er die Organisation hier in unserer Gegend vertritt.“

Ich blätterte die Akte durch. Und kam mir vor wie in einem schlechten Hollywood-Film. Pietro Bogdanow hatte in der russischen Armee gedient, darunter Einsätze in Georgien und später in der Ostukraine. Danach war er offensichtlich ins Privatgeschäft umgestiegen, denn die nächsten Fotos in der Akte zeigten ihn nicht mehr in einer Armeeuniform, sondern mit Söldnerkollegen in einer Wüstengegend.

„Syrien?“, fragte ich Philippe.

„Libyen.“ Er tippte mit dem Finger auf das Informationsblatt.

Ich überflog die Stelle. „Hier steht nur PMC. Wagner?“

„Wir wissen es nicht. Nur, dass er dort als *Peter der Schreckliche* bekannt war.“

Ich schnaubte verächtlich auf. „Ach komm, du nimmst mich auf den Arm?“

Philippe schüttelte den Kopf und blätterte zu den nächsten Fotos weiter. Mehrere Zivilisten, darunter Frauen und

Kinder, lagen in ihrem eigenen Blut vor einer Wand, die Einschusslöcher aufwies.

„Scheiße", murmelte ich vor mich hin.

„Genau."

„Und so einer kann frei hier rumlaufen?"

„Keinerlei Beweise", antwortete Philippe knapp.

„Grotesk."

„Du sagst es."

„Und nach Libyen?"

„Später hat er offenbar vom PMC zur Russenmafia gewechselt. Vielleicht hat er in der Wüste neue Freunde kennen gelernt oder die richtigen Männer haben ihn gefunden und für nützlich befunden. Auf jeden Fall ist er danach für ein paar Jahre untergetaucht, bis er vor rund zwei Jahren hier in Luxemburg wieder auf den Plan getreten ist."

Ich nickte und blätterte durch die übrigen Akten, es waren drei ähnliche Kaliber wie Bogdanow. Ordentlich gestapelt legte ich die Unterlagen schließlich vor mir auf dem Tisch ab.

„Danke, Philippe. Ich weiß das zu schätzen." Philippe stand auf.

„Was wirst du jetzt tun?"

„Ganz ehrlich? Ich weiß es nicht."

Philippe hatte die Originalakten wieder mitgenommen, hatte mir aber erlaubt, vorher Kopien anzufertigen. Ich hatte nur die persönlichen Lebensläufe und die Gesichter der Männer kopiert, die anderen Fotos waren für mich nicht von Belang.

Und so saß ich am Küchentisch und blätterte weiterhin durch die Akten, las mir die kriminelle Vergangenheit dieser Männer mehrmals durch und fasste einen Entschluss.

Was auch immer mir vorgeschwebt war, ich würde die Finger lieber davon lassen. Niemandem wäre damit geholfen, wenn ich mich mit diesen Kerlen anlegte. Es fiel mir schwer, doch ich wusste, dass dies der einzige rationale Weg war. Vergeltung mochte verzückend klingen, doch im wahren Leben liefen die Dinge anders. Ich hoffte nur, dass die Wege dieser Männer und mein eigener sich nicht mehr kreuzen würden.

Mein Telefon klingelte und erschrocken fuhr ich hoch.

„Ja?"

„Jean?"

Ich konnte die Stimme nicht einordnen und zögerte. „Wer ist da?"

Kurzes Schweigen. „Ich bin's, Kat."

Kerzengerade setzte ich mich hin. Sie klang besorgt. „Was ist los? Ist etwas passiert?" „Ich … ich weiß es nicht. Da ist …" Wieder kurzes Schweigen. „Ich glaube, ich werde verfolgt", sagte Kat schließlich.

„Verdammt! Von wem?"

„Ich weiß es nicht, aber vor unserem Appartement steht seit mehreren Stunden ein Auto und ich glaube, da sitzt jemand drin."

„Bist du dir sicher?"

„Nein, nein, bin ich nicht", antwortete sie und klang immer verängstigter. „Ich habe wie immer den Bus nach Hause genommen und ich glaube, dieser Wagen ist mir von der Bushaltestelle bis nach Hause gefolgt. Und jetzt steht er einfach nur da!“

„Okay, Kat, hör mir zu. Du musst die Polizei informieren. Die können in wenigen Minuten bei dir sein und sehen, was da …“

„Nein!“, schnitt sie mir das Wort ab, offenbar noch immer verängstigt, aber mit fester Stimme. „Was soll ich denen denn sagen? *Hallo, ich wurde vor ein paar Monaten überfallen, habe es nicht gemeldet und jetzt, glaube ich, stehen die Angreifer vor meiner Tür?*“

„Genau das!“, antwortete ich. „Das ist der einzige Weg, um …“

„Nein, vergiss es! Wenn du mir nicht helfen willst, dann sag es einfach. Ich habe dich nur angerufen, weil du mir unbedingt deine Nummer geben wolltest. Ich habe gedacht, du willst mir wirklich helfen, aber das war offensichtlich nur Show.“

Ich schluckte. Sie hatte völlig Recht.

„Ich komme.“

Stille. „Im Ernst?“

„Ja. Gib mir die Adresse.“

Ich kramte einen kleinen Notizblock aus einer Schublade und notierte sie.

„Okay, und wo steht dieses Auto?“

„Auf einem Parkplatz gleich gegenüber. Es ist ein dunkelgrauer BMW.“

„Ich bin unterwegs. Bleib in deiner Wohnung und geh auf keinen Fall vor die Tür, okay?“

„Verstanden. Ich … danke.“

Ich legte auf. Der Plan, der mir durch den Kopf schoss, war eindeutig hirnrissig. Doch das spielte jetzt keine Rolle.

Ich ging in den Keller und kramte ein kurzes, schweres Metallrohr hervor. Ich hatte keine Pistole in meiner Wohnung. Auch wenn ich als Soldat mit Waffen umzugehen wusste, war mir doch immer unwohl bei dem Gedanken, selbst eine zu Hause zu haben. Und das, obwohl eine Waffe für mich ein Werkzeug war, mehr nicht. In meinem Beruf war ein Gewehr eben mein Werkzeug, so wie andere in ihrem Alltag mit einer Axt oder einer Kettensäge arbeiteten. Oder einem Computer.

So konnte ich jetzt keine Waffe mitnehmen, doch ich wollte nicht mit leeren Händen dort auftauchen. Das Metallrohr musste genügen.

Sollte ich mir Verstärkung mitnehmen? Max würde, ohne groß Fragen zu stellen, sofort mitkommen, doch ich wollte ihn nicht in die Gefahr mit hineinziehen. Sollte ich vielleicht Philippe anrufen? Nein, wenn wir die Polizei nicht alarmieren wollten, musste ich allein dahin.

Ekaterinas Wohnung befand sich eine gute halbe Stunde von mir entfernt und so blieb mir genügend Zeit, um einen Plan auszuarbeiten. Wenn tatsächlich jemand in dem Auto ihr auflauerte, würde ich ihn zur Rede stellen und dafür sorgen, dass niemand sie je wieder behelligen würde! Erneut wurde mir dabei bewusst, wie unausgegoren dieser Plan war. Es gab zu viele Unbekannte in dieser Gleichung, aber mir blieb keine Zeit, nach einer besseren Lösung zu suchen.

Langsam bog ich um die Ecke und befand mich jetzt in der Straße, in der Ekaterinas Wohnung lag. Ich würde einmal in normalem Tempo den Block runterfahren, dann umdrehen und versuchen, den dunkelgrauen BMW ausfindig zu machen.

Es war schon dunkel und ich war ungefähr auf der Höhe der Wohnung, als mir ein Bus entgegenkam und mich mit seinen Scheinwerfern blendete. Ich blinzelte und verpasste so die Gelegenheit, den Wagen zu sehen, den Kat mir beschrieben hatte. Ich wollte jedoch nicht langsamer fahren, um nicht aufzufallen, also fuhr ich beständig weiter und drehte am anderen Ende der Straße um.

Zum Glück parkten nicht allzu viele Autos auf der Straße und so fiel mir der Wagen sofort auf, als ich vor der Wohnung langsamer wurde. Hoffentlich wirkte es so, als würde ich nach einem geeigneten Parkplatz Ausschau halten. Meine Scheinwerfer beleuchteten den BMW und ich sah gerade noch, wie jemand auf dem Fahrersitz sich hinters Lenkrad kauerte, um nicht gesehen zu werden.

Mein Puls raste. Ich fuhr an dem Wagen vorbei, scheinbar weiterhin auf der Suche nach einem Parkplatz. Ich parkte mein Auto schließlich fünf Wagen hinter dem BMW und schaltete den Motor ab.

Ich holte tief Luft und stieg aus. Das Metallrohr hielt ich fest in meiner rechten Hand umklammert und schlich mich an den geparkten Autos und den Bäumen, die die Straße säumten, entlang, um unbemerkt an den BMW heranzukommen. Vor dem Wagen parkte ein kleiner weißer Lieferwagen und ich ging auf der Höhe der Schiebetür an der Wagenseite in die Hocke. Ich huschte um den Motorblock des Lieferwagens herum und ging hinter dem BMW in Deckung.

Ich machte einen Satz nach vorne und griff nach der Fahrertür, um sie aufzureißen, doch die Tür war verschlossen und so fuhr der Ruck durch meine Schulter, als ich erfolglos an der Klinke zog. Ich fluchte und holte mit dem Rohr aus, um die Fensterscheibe einzuschlagen. Dabei sah ich durch die getönte Fensterscheibe das Innere des BMWs. Leer.

„Fuck!" Perplex starrte ich auf den verlassenen Fahrersitz. Vor wenigen Augenblicken hatte hier sicher noch jemand gesessen! Hatte der Fahrer mich doch bemerkt?

In der Dunkelheit konnte ich keine Bewegung ausmachen, als ich die Gegend verzweifelt absuchte. Auf jeden Fall durfte ich nicht einfach hier planlos rumstehen, also ging ich schnellen Schrittes über die Straße und stellte mich an die Seitenwand einer Bushaltestelle.

Mir wurde bewusst, dass der Mann vielleicht nur kurz ins Gebüsch verschwunden war, um auszutreten. Verdammt! Oder er war bereits auf dem Weg zu Ekaterinas Wohnung?

Ich schaute an dem Wohnhaus hoch, in dem Ekaterinas Appartement lag, konnte jedoch unmöglich feststellen, wo genau dieses sich befand. Das Gebäude war drei Stockwerke hoch und ich zählte allein auf der Straßenseite rund zwanzig Fenster. Verdammt! Ich hätte Ekaterina unbedingt fragen müssen, wie ich zu ihrer Wohnung gelangen würde. *Prior Planning Prevents Poor Performance.*

Ich rannte zur Eingangstür, auch wenn ich keine Ahnung hatte, wie ich bis zur Wohnung kommen sollte, wenn niemand mir die Tür aufmachen würde und ich Ekaterinas Nachnamen noch nicht einmal kannte. Das Problem löste sich von selbst, denn als ich in den Eingangsbereich des Gebäudes stürmte, sah ich sofort, dass jemand das Glas neben der Türklinke sauber rausgeschnitten und die Tür geöffnet hatte.

Panik machte sich in mir breit. Ich blieb stehen. Was sollte ich nur tun? Ich lauschte auf jegliche Geräusche in dem Gebäude, hörte jedoch nichts. Ich öffnete die Tür und trat ins Treppenhaus. Und lauschte. Nichts.

Dann hörte ich im Inneren des Gebäudes Glas brechen. Der Lärm kam von oben. Ich lief die Treppen hoch. Zum Glück folgte gleich darauf erneut ein Geräusch von irgendetwas, das zerbrach: Der Lärm kam eindeutig aus dem zweiten Stock! Ich stürzte in den Flur und sah eine offenstehende Tür am Ende des Ganges.

Ich sprintete in die Wohnung. Eine etwa sechzigjährige Frau lag regungslos auf dem Boden. Ich bog in den Wohnraum und sah gerade noch, wie ein dunkel gekleideter Riese von einem Mann Kat an der Hüfte packte. Er warf sie wie eine Strohpuppe durch den ganzen Raum gegen ein Bücherregal. Sogleich stürzte er sich wieder auf sie.

Der Riese setzte sich auf sie, umfasste ihren Hals mit beiden Händen und drückte zu. Ich warf das Metallrohr zur Seite und packte den silbernen Kerzenleuchter, der auf der Kommode neben mir stand. Ich machte einen Schritt auf den Angreifer zu, als ein zweiter Mann plötzlich aus einem der Nebenzimmer auftauchte. Er blieb bei meinem Anblick für einen Moment wie angewurzelt stehen. Dann stürzte er auf mich los.

Ich verlagerte mein Gewicht und holte mit dem Kerzenleuchter aus. Der Mann schien nicht besonders begabt im Zweikampf zu sein oder hatte sich nicht mehr unter Kontrolle, denn er stürmte nur mit ausgestreckten Armen auf mich zu, um mich zu packen. Er kam in Reichweite, ich duckte mich zur Seite und ließ den Kerzenleuchter nach vorne schnellen. Ich erwischte ihn im vollen Lauf. Sofort sackte er zusammen. Ich hatte aus meinen Fehlern in der Altstadt gelernt und so zog ich ihm noch eins mit dem Leuchter über, um auf Nummer sicher zu gehen, damit er garantiert keine Gefahr mehr sein würde.

Dann wandte ich mich wieder dem Riesen zu. Dieser war sich der Bedrohung in seinem Rücken nicht bewusst und saß immer noch auf Kat. Ich preschte durch den Raum und holte erneut mit dem Kerzenleuchter aus, um auch den Riesen auszuschalten. Er bemerkte jedoch die Bewegung in seinem Rücken und wich behände aus, als ich mit dem Leuchter nach ihm schlug. Gekonnt rollte er zur Seite. Ein Kampfsportler! Jetzt hatte ich ein Riesenproblem. Erneut schlug ich mit dem Leuchter nach ihm. Wieder wich er geschickt aus und tauchte unter meinem Arm durch. Ich wirbelte herum. Er richtete sich wieder zu voller Größe auf und holte zu einem rechten Haken aus. Die Faust schoss seitlich auf mich zu, ich warf mich nach vorne und rammte ihm den Leuchter in die Kehle. Sein Haken ging ins Leere und er packte seine eigene Kehle reflexartig mit beiden Händen, um die Schmerzen zu stoppen. Ich hatte ihn nicht schwer genug erwischt, denn er fing sich sofort wieder und rammte mich mit der Schulter, packte mich an den Hüften und jetzt warf er mich durch den Raum. Ich landete unsanft neben Kat, die sich würgend am Boden wandte, und stieß mit dem Kopf gegen das Bücherregal.

Weiße Sterne explodierten in meinem Kopf und als meine Sicht wieder klar wurde, sah ich gerade noch, wie der Mann sich auf mich stürzte. Seine Pranken umklammerten meinen Hals und drückten erbarmungslos zu. Meine Kehle wurde wie in einem Schraubstock zermalmt. Ich hatte so gut wie keine Chance, mich aus diesem Griff zu befreien. Ich versuchte, ihm in die Rippen zu boxen. Er drückte sein ganzes Gewicht nach unten und so hatten meine Schläge überhaupt keine Kraft und blieben völlig wirkungslos.

Panik durchströmte mich. Das war also das Ende. Ich bäumte mich ein letztes Mal auf, doch ich hatte nur noch einen Funken Energie in mir und schwarze Ränder schlichen sich in mein Blickfeld. Vollkommene Dunkelheit umschloss mich, dicht gefolgt von einer wohligen Wärme, die meinen Körper durchströmte.

Plötzlich zuckten seine Hände. Sein Griff lockerte sich und schließlich glitten seine Pranken ganz von meiner Kehle. Der Mann sackte zusammen und ich wurde von seinem Gewicht niedergedrückt. Warmes Blut lief über mein Gesicht. Ich japste nach Luft und nur unter Aufbietung all meiner Kräfte schaffte ich es, den leblosen Körper von mir runterzuschieben.

Ich blinzelte die Tränen weg und allmählich sah ich wieder, was rund um mich vorging. Unweit von mir rappelte Kat sich mühsam auf. Über mich gebeugt stand eine junge Frau, die ihr verdammt ähnlichsah. Wo kam sie auf einmal her? Mit beiden Händen umklammerte die Unbekannte ein langes Küchenmesser. Offenbar hatte sie meinem Angreifer damit ins Genick gestochen. Schockiert starrte sie auf den Leichnam hinab.

Schwerfällig versuchte ich, aufzustehen.

„Vielen Dank", krächzte ich und meine Luftröhre schmerzte dabei, als ob mir jemand Sand eingeflößt hätte.

Sie sah mich mit vor Panik weit geöffneten Augen an.

Sachte nahm ich ihr das Messer aus der Hand und legte es neben uns auf einen kleinen Beistelltisch. Dann sah ich mich um.

Kat hatte sich mittlerweile ebenfalls hochgerappelt und lehnte sich keuchend gegen das Bücherregal. Im Eingang lag noch immer der reglose Körper der älteren Frau und ich befürchtete das Schlimmste.

Die junge Frau folgte meinem Blick, heulte erschrocken auf und lief zu der am Boden liegenden Frau. Sie wog ihren Kopf in ihre Hände und redete in einer mir unbekannten Sprache auf sie ein, höchstwahrscheinlich war es Ukrainisch.

Dann regte sich die ältere Frau zu meiner Verwunderung und ich atmete erleichtert auf. Ich ging zu Kat. „Alles okay?“

Sie nickte und versuchte, tief Luft zu holen.

„Deine Schwester?“

„*Tak.*“

Verständnislos sah ich sie an.

„Ja“, wiederholte sie auf Englisch.

Ich bückte mich über den Riesen, der mich erwürgen hatte wollen. Hässlich verdreht lag sein Kopf da und darunter hatte sich eine kleine Blutlache gebildet. Ohne Zweifel war er tot.

Ich ging zu dem anderen Angreifer hinüber. An seiner Schläfe klaffte eine hässliche Platzwunde und mein zweiter Schlag hatte ihn am Hinterkopf getroffen, sodass sich auch unter ihm Blut sammelte. Ich legte zwei meiner Finger an seine Halsschlagader.

Ich war mir nicht sicher, aber ich glaubte, einen Puls zu spüren. Wenn auch sehr schwach.

Kat und ihre Schwester redeten auf Ukrainisch miteinander und ich ging zu ihnen in den Flur. Zusammen halfen wir der älteren Dame auf die Beine und brachten sie ins Wohnzimmer.

„Das ist meine Mutter", erklärte Kat mir.

Ich nickte.

„Die Killer haben die Tür eingetreten und meine Mutter hat sich ihnen in den Weg gestellt, da haben sie sie k.o. geschlagen", fügte Kat hinzu. Ich schaute zu ihrer Schwester rüber. Sie schien die jüngere zu sein, die beiden ähnelten sich jedoch sehr. Sie hatte ihren Schock scheinbar überwunden, doch ich wusste, dass der Schein trügen konnte.

„Ich bin John." Ich hielt ihr die Hand entgegen.

„Nadia." Sie schüttelte mir die Hand. Sie lächelte. „Ich dachte mir schon, dass du John bist. Kat hat mich vorhin angerufen und gesagt, dass du auf dem Weg bist und ich bin auch gleich losgefahren. Ich war bei Freunden."

Jetzt war es an mir zu lächeln. „Gut, dass du gekommen bist. Das war knapp." Ich deutete mit dem Kopf in Richtung des Toten.

Sie schaute ebenfalls auf ihn und ihr Lächeln erstarb. „Diese Schweine."

Die Mutter war mittlerweile wieder bei vollem Bewusstsein und Ekaterina und Nadia versuchten, sie zu beruhigen. Kat holte aus der Küche ein Glas Wasser.

Ich bückte mich und drehte den toten Riesen auf die Seite und zog sein T-Shirt an der linken Schulter etwas runter. War ja klar: ein schwarz-weißer Stern. „Wir müssen die Polizei benachrichtigen." Mein Blick fiel auf den zweiten Körper am Boden. „Und einen Krankenwagen."

„Du hast Recht. Leider", gab Kat zu. „Diesmal führt kein Weg daran vorbei. Es wundert mich, dass noch keiner der Nachbarn sie benachrichtigt hat."

„Ich mache das", sagte ich, holte mein Handy aus der Hosentasche und trat in den Flur, um die Polizei zu rufen.

„John." Philippe nickte mir zum Gruß zu.

„Philippe."

„Schöner Schlamassel." Er deutete auf das Durcheinander im Wohnzimmer in Ekaterinas Appartement. Mehrere Polizeibeamte durchforsteten die Wohnung nach Hinweisen und machten Fotos und Notizen. Ein Arzt untersuchte den Toten; der Verletzte war schon von den Sanitätern abtransportiert worden. Kat, Nadia und ihre Mutter saßen auf der Couch und beantworteten die Fragen eines Polizisten. Philippe war sofort zu mir gekommen, als er in die Wohnung getreten war.

„Zufall?“, fragte er mich so leise, dass nur ich es hören konnte.

„Ekaterina, die ältere der beiden Schwestern, hat mich angerufen und gesagt, dass jemand ihr nach Hause gefolgt ist und vor der Wohnung in einem Auto wartet. Ich bin sofort hergekommen, aber da waren sie schon in der Wohnung. Die Schwester ist glücklicherweise kurz danach nach Hause gekommen.“ Ich erklärte ihm in knappen Worten den Ablauf des Geschehens.

„Sie ist also die junge Dame aus der Altstadt.“

„Genau.“

„John, hast du die Kerle hergelockt?“

„Was?! Nein!“

„John, das macht keinen Unterschied mehr. Ich muss es nur wissen.“ Er warf mir einen skeptischen Blick zu. „Du musst zugeben, dass das Ganze suspekt wirkt.“

„Philippe, ich sage dir, das war Zufall. Ja, ich wollte die Schweine erwischen, aber ich würde doch die Frauen nicht als Köder nutzen! Wäre das hier geplant gewesen, hätte ich doch nicht erst gewartet, bis die Schweine in der Wohnung sind.“

Er überlegte kurz, nickte dann langsam. „Das stimmt wohl.“

„Außerdem war keiner der beiden Angreifer in der Altstadt dabei.“

„Hmmm. Stimmt. Okay. Ich denke, meine Kollegen werden euch sagen, dass ihr im Krankenhaus vorbeischauen sollt. Zur Kontrolle.“

„Die Sanitäter haben uns schon durchgecheckt. Aber, ja, sie haben gesagt, wir sollen sofort ins Krankenhaus. Eine deiner Kolleginnen wird dabei sein, um alles Nötige zu dokumentieren."

„Gut." Philippe klappte seinen Notizblock zu. „Und dann will ich euch alle auf dem Polizeipräsidium sehen, damit ihr mir den genauen Tathergang beschreiben könnt. Morgen am Nachmittag reicht völlig, ruht euch erst mal aus."

Ich reichte ihm die Hand. „Danke."

Freundschaftlich packte er mich am Unterarm und trat einen Schritt näher. „Damit haben wir die Chance vertan, dass man dich in Ruhe lassen wird." Er sah mich vielsagend an.

„Ich weiß." Ich nickte ernst. „Jetzt gibt es nur noch eine Möglichkeit."

„Du musst auf alles vorbereitet sein. Das haben sie heute hier gezeigt."

„Sollen sie kommen. Ich mache mir nur Sorgen um Kat und ihre Familie. Kannst du sie beschützen?"

„Ich werde sehen, was sich machen lässt. Aber für einen umfassenden Personenschutz fehlen uns leider die Ressourcen. Vielleicht kriege ich meine Chefs überzeugt, die Damen wenigstens für die nahe Zukunft in Sicherheit bringen zu lassen."

IX.

Vorläufig vom Dienst freigestellt. So hatte der Personalchef der Armee es formuliert.

„Das ist wohlgemerkt keine Suspendierung“, fügte er hinzu. „Nach dem Zwischenfall in Bamako haben wir uns auf das psychologische Gutachten gestützt, du warst wieder voll einsatzfähig. Aber jetzt … zwei Zwischenfälle in wenigen Monaten, jeweils mit Toten und Verletzten? Da müssen wir notgedrungen vorsichtig sein und Distanz schaffen.“

Distanz zur Verantwortung, dachte ich, laut sagte ich hingegen: „Ich verstehe.“

„Und Zeit für dich, damit du dich erholen kannst. Ich würde außerdem empfehlen, dass du dir psychologische Hilfe suchst.“

„Ich bin bereits in Behandlung.“

„Gut, gut, das ist sehr gut. Bei wem?“

„Psychotherapeutin.“ Mehr musste ich nicht sagen, mehr brauchte er auch nicht zu wissen.

„Verstehe. Naja, wir bestehen darauf, dass du dich auch intern einer Kontrolle unterziehst. Aber erst warten wir die Ergebnisse der polizeilichen Untersuchungen ab.“

„In Ordnung.“ Ich hatte damit gerechnet und, obschon es mir übel aufstieß, wusste ich, dass das für meine Gesundheit die beste Lösung war. Für meine mentale Gesundheit vor allem.

„Ich denke, zwei Monate reichen fürs Erste?“, fragte er mich schlussendlich.

„Passt. Und dann?“

„Melde dich am 24. Juni bei der medizinischen Abteilung. Zuerst machen wir ein medizinisches Gutachten, dann ein psychologisches. Dann sehen wir weiter."

Ich war auf dem Weg nach Hause, nachdem ich das Nötigste aus meinem Büro eingepackt hatte. Einer meiner Kollegen würde meine Arbeit weiterhin miterledigen müssen, aber das war nicht zu ändern. Und sollte auch nicht meine Sorge sein.

Ich hatte ganz andere Probleme. Und wie zur Bestätigung klingelte mein Handy.

„John?" Es war Philippe.

„Ja. Man hat mich beurlaubt."

„Du wurdest suspendiert?", fragte er überrascht.

„Nicht wirklich. Ist auch egal. Die Pause wird mir ganz gut bekommen, denke ich … Warum rufst du an?" Ich vermutete, dass Philippe sich nicht nur meldete, um nach dem Wetter zu fragen.

„Der Mann, den du mit dem Kerzenleuchter erwischt hast … Er ist tot."

Das machte dann mittlerweile drei.

„Okay", gab ich teilnahmslos zurück und wartete ab.

„Ich habe mit meinem Chef gesprochen. Wir werden die Wohnung von Ekaterina und ihrer Familie auf den Plan einer unserer Patrouillen setzen."

„Ist das alles?"

Er räusperte sich. „Mehr können wir leider nicht tun. Uns fehlen die Ressourcen, um eine einzelne Wohnung konstant zu überwachen."

„Das ist nicht genug, Philippe."

Kurze Stille. „Ich weiß. Tut mir leid, John. Aber mehr kann ich nicht für sie tun … offiziell."

Ich horchte auf.

„Es gibt eine Möglichkeit, die Wohnung überwachen zu lassen. Nur nicht von uns."

Aha? „Ich höre."

„Ich kann das nicht in die Wege leiten. Wenn du wirklich willst, dass jemand die Damen pausenlos schützt, musst du es selbst organisieren."

„Das habe ich verstanden, alter Freund. Und wie?"

„Ich habe einen Informanten. Er versteht sich auf solche Dinge." Er nannte die Adresse eines Cafés. „Weißt du, wo das ist?"

„Na klar, das Dorf liegt in der Gemeinde neben meiner."

„Genau. Geh am besten morgens da vorbei, nach neun Uhr. Und auf jeden Fall vor elf Uhr, sonst sind bereits zu viele Gäste da. Frag nach Tom. Sag ihm, sein Kollege mit der Brille hat dich geschickt."

„Okay …"

„John, erzähl niemandem davon, hörst du? Ich komme in Teufels Küche, wenn das dem Falschen zu Ohren kommt!"

„Philippe, ich verstehe nur nicht, warum …" Er hatte bereits aufgelegt.

Okay, sonderbares Gespräch. Ich schaute auf die Uhr. Es war halb neun. Ich würde eine knappe halbe Stunde bis in das von Philippe genannte Dorf brauchen.

Passte also perfekt.

Das Café sah aus wie jedes andere in Luxemburg: Es war ein alleinstehendes Haus mit einer kleinen Terrasse vor der Tür und seitlich vom Gebäude waren ein paar Parkplätze eingezeichnet. An der Hauswand hing ein übergroßes Schild einer lokalen Brauerei, die auch für die Sonnenschirme auf der Terrasse als Sponsor fungierte, die den alten Holztischen und -bänken Schatten spendeten. Das Café hieß einfach „Am Duerf", *Im Dorf* also.

Ich stellte meinen Wagen auf einem der Parkplätze entlang der Straße ab und schaute mir das Café näher an. Es schien noch geschlossen zu sein, ich konnte kein Licht sehen. Es stand jedoch ein Auto vor dem Gebäude.

Ich vertraute Philippe voll und ganz, also stieg ich aus dem Auto und ging zur Eingangstür des Cafés. Niemand reagierte auf mein Klopfen. Ich drückte den Türgriff nach unten. Die Tür war nicht abgeschlossen. Ich trat ein. Die Inneneinrichtung war genau, wie ich erwartete hatte: In der hinteren Ecke stand ein Billardtisch, eine Dartscheibe hing an der Wand und der Raum war gefüllt mit alten Holztischen und einer Mischung von Stühlen und Hockern. Die Beleuchtung selbst war noch aus, doch in der hinteren Ecke der Bar spendete ein großer Kühlschrank mit Glastür etwas Licht.

„Hallo?"

Keine Antwort.

Ich ging an der Bar vorbei und trat in den Flur. Dieser teilte sich und führte zu den Toiletten und, wie ich vermutete, zu einem Büro. Ich ging zu der Tür und öffnete sie, diese führte jedoch nicht, wie angenommen, zu einem Büro, sondern in ein großes, gemütliches Hinterzimmer.

Entgegen der sanitären Richtlinien des Gesundheitsministeriums hing schwerer Zigarren- und Zigarettenrauch in der Luft und ich erkannte die gegenüberliegende Wand und eine Gestalt davor nur schemenhaft.

„Tom?“

„Wer will das wissen?“, kam die Antwort durch den blauen Dunst in der Ecke und eines der Schemen löste sich von der Wand und trat auf mich zu.

Der Mann war klein und stämmig, hatte muskulöse Arme und trug legere Sportkleidung. Er hatte das Gesicht eines Boxers mit einer breiten, krummen Nase und schwülstigen Lippen. Seine Augen verrieten einen schnellen Verstand und blitzten listig auf, als er vor mir stand.

„Bist du Tom?“, wiederholte ich meine Frage.

„Wer will das wissen?“, wiederholte er einfach seine.

Ich zögerte kurz. „Ein gemeinsamer Freund mit Brille hat mir deinen Namen gegeben."

„Ah, ja?“ Genüsslich zog er an seiner Zigarre und ließ den Rauch langsam aus den Mundwinkeln strömen, sodass sein ganzes Gesicht von Rauchschwaden umgeben war. „Und warum hat unser gemeinsamer Freund das getan?“

Ich hatte keine Lust auf seine Spielchen, machte auf dem Absatz kehrt und ging zur Tür.

„Der Bulle hat mich gewarnt, dass dir meine Art nicht gefallen wird." Ich sah sein breites Grinsen förmlich und drehte mich wieder zu ihm um.

„Du bist also Tom?“

„Der bin ich.“ Süffisant grinste er und wartete ab.

Ich hielt ihm die Hand hin. „Ich bin John.“

Er ergriff meine Hand und klopfte mir kollegial mit der anderen gegen die Schulter.

„Freut mich. Komm! Nimm Platz." Er deutete einladend auf den Tisch, an dem er gerade noch gesessen hatte. Sein Auftreten am Anfang schien nur Teil seiner Fassade zu sein, denn jetzt benahm er sich auf einmal, als würden wir uns schon seit Ewigkeiten kennen.

Wir setzten uns.

„Wenn du was trinken willst, bedien dich an der Bar."

„Passt schon, danke. Du weißt also, warum ich hier bin?"

„Unser gemeinsamer Freund hat mir die Situation schon erklärt."

„Und? Kannst du helfen?"

Er lehnte sich in seinem Stuhl zurück und zog genüsslich an seiner Zigarre. „Erklär mir, was du genau brauchst."

Abwägend sah ich ihn an. Alles schien für ihn Teil eines Spiels zu sein. „Ich brauche jemanden, der dafür sorgt, dass niemand den Frauen noch einmal gefährlich wird."

„Allen dreien? Oder meinst du nur die eine?"

„Die zwei Schwestern und die Mutter, auch wenn ich bezweifle, dass die Mutter wirklich in Gefahr schwebt. Außer natürlich, die versuchen durch sie an die Schwestern zu kommen."

„Verstehe, verstehe. Und wie soll der Schutz aussehen?"

„Es sollte immer jemand in der Nähe sein."

„Verstehe. Nun, ich denke, das lässt sich einrichten."

Ich war erstaunt, dass er das nach den wenigen Erklärungen bereits organisieren würde. Philippe musste für mich gebürgt haben. Aber wer zum Teufel war dieser Mann überhaupt?

„Ich habe ein paar Jungs, die arbeiten für eine lokale Sicherheitsfirma. Alle waren früher beim Militär oder der Polizei. Nicht die üblichen Teilzeitpolizisten der anderen bekannten Firmen hier.“ Tom lachte herzhaft. „Ich sorge dafür, dass die Wohnung bei ihnen vermerkt wird.“

„Wie meinst du das?“. Neugierig geworden, beugte ich mich vor.

„Die Details brauchen dich nicht zu interessieren.“ Er zwinkerte mir zu. „Aber lass es mich so formulieren: Die Wohnung wird ständig überwacht werden. Ohne dass es jemandem auffällt. Schwieriger wird es, wenn die Damen die Wohnung verlassen. Da muss ich zuerst mit ein paar Leuten reden.“

Ich zog die Augenbrauen hoch.

„Wer bist du?“, platzte es aus mir heraus.

Tom brach in ein ansteckendes Lachen aus. „Meine Mutter hat mich immer Tom genannt.“

Jetzt musste ich auch lachen.

„Unser gemeinsamer Freund hat mich um den Gefallen gebeten und ich bin ihm so einiges schuldig.“ Er änderte seine Mimik blitzartig und wurde sehr ernst. „Aber ich würde dir auch helfen, wenn er nicht gefragt hätte.“

Ich war perplex. „Was meinst du damit?“

„Nun, das mag ja erst dein zweiter Kontakt mit diesen Bastarden gewesen sein. Ich gerate jedoch schon seit Jahren mit denen aneinander.“

Aha. Damit war Toms Rolle etwas genauer definiert. Fehlte noch eine wichtige Frage.

„Und was wird das kosten?“

„Nichts. Wie schon gesagt, das ist nicht mein erster Kontakt mit denen …“

Die Rechnung für den Gefallen würde ich wohl später zahlen müssen. Aber das war mir im Moment egal. „Okay. Vielen Dank.“

Er erhob sich. „Dann noch einen schönen Tag.“

Offensichtlich war unser Treffen damit beendet. Ich stand auch auf. „Gibt es eine Nummer, die ich anrufen kann, falls etwas Unvorhergesehenes passiert?“

Er schüttelte den Kopf. „Ich habe kein Handy.“

Fragend sah ich ihn an.

„Kosten nur Zeit und Geld. Lass mir deine Nummer da, dann können meine Leute dich erreichen.“

„Okay.“

Er schob mir einen Notizblock hin und ich schrieb ihm meine Nummer auf. Meinen Namen ließ ich weg.

Er begleitete mich zur Tür. „Ach ja, noch was“, sagte er, als wir schon bei der Eingangstür waren. „Schon mal was von den *Riders* gehört?“

Ich konnte ein Schnauben nicht unterdrücken.

„Nein, warum?“

„Ein alter Kumpel von mir ist Pres bei denen.“

„Pres?“

„President.“

„Ah ja …“ Da hatte wohl jemand zu viel *Sons of Anarchy* geschaut.

„Behalt deine Meinung für dich, okay?“

Offenbar hatte mein Gesicht Bände gesprochen.

„Die Jungs sind schwer in Ordnung. Und sie werden ein Auge auf dich haben.“

„Warum?“

„Na, um deine Sicherheit zu garantieren, warum denn sonst?“ Er sah sichtlich amüsiert aus. „Damit nicht irgendein Spinner dir zu nah kommt.“

„Meinst du einen von den Russen?“

„Nein, wenn ich Spinner sage, meine ich das auch. Du hast dir schließlich einen Namen gemacht.“

„Was?!“ Ich hielt schockiert inne.

„Aber sicher doch. Glaubst du, du könntest drei von den Bastarden ausschalten und keiner würde was davon mitbekommen? In der Szene wissen alle, was passiert ist, und werden sich an dich ranmachen. Ob mit guten oder schlechten Absichten. Also pass auf dich auf! Die Riders werden es auf jeden Fall tun.“

Das waren zu viele Informationen auf einmal für mich und Tom hatte mich schon beinahe zur Tür hinausgeschoben, als ich die Fassung wiedergewann.

„Wie werden sie meine Sicherheit garantieren?“

„John, alter Freund, du stellst zu viele Fragen und machst dir zu viele Sorgen. Die Jungs verstehen ihr Geschäft. Ich habe dir nur einen kleinen *heads-up* gegeben, damit du nicht in Panik gerätst, wenn dir auf einmal immer dieselben Kerle über den Weg laufen.“

Ich gab mich vorerst geschlagen. „Geht klar. Nochmals vielen Dank.“

„Wenn du noch irgendwas brauchst, komm einfach hier im Café vorbei. Die Tür ist immer offen.“

X.

„Hallo, Kat. Ich bin’s, John.“

„Kat ruht sich gerade aus.“

„Nadia?“

„Ja, genau.“

„Hör mal, ich wollte euch nur Bescheid geben. Die Polizei wird auf Streife immer wieder bei euch vorbeifahren, um nach dem Rechten zu sehen.“

„Im Ernst? Oh, hmmm … okay. Das kann sicher nicht schaden. Denkst du nicht auch?“ Sie klang erleichtert.

„Denke auch. Wie geht es euch, wie geht’s dir?“

Sie überlegte kurz. „Ganz okay, denke ich. Kat ist ziemlich mitgenommen und meine Mutter traut sich nicht mehr vor die Tür … Aber sonst ist so weit alles in Ordnung. Denke ich.“

„Und wie fühlst du dich?“

Sie zögerte. „Um ehrlich zu sein? Zufrieden. Die Schweine haben es nicht anders verdient. Ich bereue nichts.“

Das Gefühl kannte ich. „Das ist gut. Du hast dir nichts vorzuwerfen. Du hast mir das Leben gerettet.“

„Und du hast vor ein paar Wochen meiner Schwester geholfen.“

„Stimmt.“

Kurze Pause.

„Wenn du reden möchtest, ich bin da“, fügte ich hinzu.

„Das ist lieb, danke.“

„Okay. Grüß Kat von mir, ja?“

„Mach ich, kein Problem.“

„Danke. Wir hören uns?“

„Hmm, pass auf dich auf, John.“

Ich hatte Nadia nichts von Toms Sicherheitsleuten erzählt.

Zum Teil, weil ich mir nicht sicher war, ob Tom das tatsächlich einfädeln konnte. Vor allem aber auch, weil ich nicht wusste, ob es Kat und ihrer Familie gefallen würde. Ich vertraute Philippe und er schien Tom zu vertrauen, also wollte ich mich darauf verlassen, dass die Überwachung funktionieren würde. Aber ich würde den Plan lieber für mich behalten.

Zumindest vorerst.

Die Tage vergingen und nichts passierte. Auf jeden Fall nichts, was mir aufgefallen wäre. Ich versuchte, mich zu beschäftigen, beziehungsweise wohl eher abzulenken, und trainierte viel, um wieder in Form zu kommen. Meine Wunden verheilten gut und so schraubte ich mein Trainingspensum kontinuierlich hoch.

An einem Donnerstagabend war ich wieder einmal mit Max im *Wild Boar*. Diesmal hatte ich Philippe ebenfalls zu Cider und Burgern eingeladen.

Wir saßen in der hintersten Ecke des Restaurants, ich mit dem Rücken zur Wand. Das war schon immer mein Lieblingsplatz in einem Restaurant gewesen. So paranoid es klang, von hier aus hatte ich die beste Sicht über das Kommen und Gehen und keine ständigen Bewegungen hinter mir.

Wir hatten unsere Burger verdrückt und saßen gemütlich bei unserer zweiten Runde Cider.

„Gibt's etwas Neues?“, fragte Max in die Runde.

„Nein“, antwortete Philippe. „Ich habe gestern Morgen erst mit den Jungs gesprochen, die vor der Wohnung patrouillieren. Keine besonderen Vorkommnisse bis jetzt.“

„Und die Ermittlungen zum Überfall in Kats Wohnung?“, fragte ich.

„Klarer Fall von Notwehr. Die Staatsanwaltschaft ermittelt zwar, wird aber keine Anklage erheben.“

Ich nickte zufrieden.

„Du warst im Dorfcafé?“, fragte Philippe mich und rückte seine Brille zurecht.

„Hmmm“, bejahte ich.

„Und?“

„Was meinst du damit?“

„Ach komm, lass dir nicht alles aus der Nase ziehen!“, entfuhr es Philippe und Max lachte laut auf.

„Hey, du hast gesagt, ich soll dich da raushalten“, gab ich zurück und hob abwehrend die Hände.

„Ja ja, schon klar. Offiziell, selbstverständlich. Ich will nur wissen, ob mein Bekannter dir helfen konnte.“

Ich legte eine theatralische Pause ein und überlegte. „Ich denke schon. Auch wenn ich mit mehr Fragen rausgekommen bin aus dem Café, als ich reingegangen bin …“

Jetzt war es an Philippe, laut zu lachen. „Ja, so ist er. Aber du kannst dich auf ihn verlassen. Er steht zu seinem Wort.“

„Gut. Das hoffe ich auch.“ Ich nahm noch einen Schluck von meinem Cider und sah mich im Restaurant um. Für einen Donnerstagabend in der Stadt war es erstaunlich ruhig. Außer unserem war vielleicht die Hälfte der Tische besetzt und ich überflog die anderen Gäste flüchtig. Just in dem Moment erhob sich jemand an der Bar und schlenderte auf uns zu.

Der Mann bewegte sich wie eine Raubkatze mit langsamen, sicheren Schritten und hielt dabei die anderen Gäste im Blick, ohne uns jedoch aus den Augen zu verlieren. Er trug schwere Lederstiefel zu einer dunklen Jeans, dazu einen breiten Ledergürtel und ein lockeres Flanell-Hemd. Er hatte einen dichten dunklen Bart und die Haare gekonnt nach hinten gekämmt. Er kam auf uns zu. Philippe, der mir gegenübersaß, hatte ihn ebenfalls bemerkt. Hinter mir war eine Spiegelwand und so brauchte er sich nicht umzudrehen, um den Mann im Auge zu behalten. Nur Max schien den Mann nicht zu bemerken und redete weiter. Sein letzter Satz war jedoch unbeantwortet geblieben, weil Philippe und ich abgelenkt waren, und so verstummte Max ebenfalls und sah sich um.

Der Mann von der Bar trat an unseren Tisch und blickte mir direkt in die Augen.

„Hey, Boss, ich wollte dir nur sagen, dass ich ab jetzt von meinen Kumpels übernehmen werde.“ Seine Stimme war ruhig und er wählte seine Worte mit Bedacht.

Zweifelnd sah ich zu ihm hoch. „Boss?“

„Ja, John. Nur so 'ne Redewendung von mir.“ Er grinste.

Ich sah mich im Restaurant um, Philippe und Max schienen ebenfalls überrascht.

„Was meinst du mit *übernehmen von deinen Kumpels*?“

„Zwei unserer Jungs waren bis vor zehn Minuten an einem der Tische am Eingang. Die beiden haben morgen Frühschicht, deshalb habe ich sie abgelöst. Ich werde an der Bar sein.“ Offensichtlich war der Mann sich überhaupt nicht bewusst, dass keiner von uns wirklich verstand, was er uns gerade sagen wollte.

„Wer bist du?“, fragte ich geradeheraus.

Er wirkte sichtlich überrascht.

„Hat man dir nicht gesagt, dass wir uns bis auf Weiteres in deiner Nähe aufhalten werden, falls jemand irgendein krummes Ding versuchen würde?“

Jetzt fiel endlich der Groschen bei mir.

„Du gehörst zu den Riders?“ Sein Äußeres passte überhaupt nicht in das Bild, das ich bis jetzt von einem Biker gehabt hatte.

„Na klar, Mann.“

Ich atmete erleichtert auf.

„Verstehe. Ihr wart die ganzen letzten Tage da?“

„Jep. Ich kann dir sagen, vor allem deine Laufrunden haben uns Sorgen gemacht. Hier im Restaurant gemütlich an der Bar zu sitzen, ist eine willkommene Abwechslung.“ Er lachte.

Philippe und Max hörten unserem Gespräch völlig perplex zu.

„Ich danke dir. Und deinen Kumpels ebenfalls. Richte ihnen das bitte aus.“ Ich hielt ihm die Hand hin.

Herzhaft schlug er ein. „Kein Problem, Boss. Ich geb‘ den Jungs das weiter. Ich bin dann wieder an der Bar, wenn ihr was braucht. Schönen Abend noch.“ Er tippte sich zum Abschied mit einem Finger wie zum Salut an die Stirn und ging dann wieder zurück zur Bar.

Philippe sah mich an wie eine Erscheinung und lachte dann laut auf.

„Verdammt, das war surreal. Ich dachte, wir kriegen Probleme!“

Max lächelte nervös, wohingegen ich in Philippes Lachen einstimmte. „Auf jeden Fall hat dein Mann im Café sein Wort gehalten.“

Wir entspannten uns und wechselten das Thema. Max und Philippe kannten sich ebenfalls seit ihrer Kindheit, und so plauderten wir unbekümmert über die gute alte Zeit.

Die Anwesenheit des Bikers verschaffte mir ein angenehmes Gefühl von Sicherheit. Ich hoffte nur, dass es nicht trügerisch war.

Ein Kellner brachte uns die bestellten Espressos.

„Servieren Sie dem Mann an der Bar dort drüben noch ein Getränk auf unsere Kosten, bitte.“

Der Kellner drehte sich zur Bar um und folgte meinem Blick.

„Das mit dem Getränk ist kein Problem, Monsieur. Aber Ihre Rechnung wurde bereits beglichen.“

Ich zog überrascht die Augenbrauen hoch. „Von wem?“

„Mehr weiß ich nicht, Monsieur. Nur dass der Manager uns Kellner informiert hat, dass Sie Ihre Rechnung nicht zu bezahlen brauchen.“ Er zuckte mit den Schultern, stellte unsere leeren Teller auf ein Tablett und verschwand Richtung Küche.

Philippe, Max und ich warfen uns fragende Blicke zu.

„Was geht hier ab?“, fragte Max laut.

Philippe warf die Hände in die Luft. „Keine Ahnung. John?“

„Hey, ich weiß so viel wie ihr.“

Die Küchentür ging wieder auf, ein Mann trat in den Speisesaal und sah sich um. Er erblickte uns in der Ecke und kam auf uns zu.

„Meine Herren“, sagte er, als er unseren Tisch erreicht hatte. „Ich wollte mich nur erkundigen, ob alles in Ordnung war mit Ihrem Essen?“

„Ja, alles okay, wie immer.“ Ich zögerte einen Augenblick. „Haben *Sie* unsere Rechnung beglichen?“

„Aber ja, Monsieur.“ Auf meinen fragenden Blick hin ergänzte er: „Wenn sich schon jemand offen gegen diese Menschen stellt, hat dieser Mann unseren Respekt verdient.“

Die Fragezeichen standen uns dreien wohl noch immer ins Gesicht geschrieben und so zögerte der Mann, bevor er fortfuhr.

„Sie sind doch John, nicht?“

Mir wurde mulmig zumute.

„Ja …“, antwortete ich vorsichtig.

„Ausgezeichnet!“ Der Mann strahlte. „Dann hat doch alles seine Richtigkeit, nicht? Sie haben genau das Richtige getan!“ Er nahm meine Hand in seine beiden, schüttelte sie ausgiebig und ging dann zurück zur Küchentür. Wir blieben völlig überrumpelt am Tisch zurück.

„Was zum Teufel war das?“, brachte ich schlussendlich hervor.

„Verrückt“, murmelte Philippe.

„Kann mich mal jemand aufklären?“, fragte Max in die Runde.

Philippe und ich sahen uns an. Er nickte mir zu.

„Nun, ich vermute …“, sagte ich. „Ich vermute, dass Philippes Mann im Dorfcafé richtig lag.“ Ich erzählte Max von Tom und dass er gemeint hatte, ich hätte mir einen Namen gemacht.

„Na dann …“, murmelte Max. „Die Geschichte ist also noch lange nicht vorbei.“

„Ich glaube nicht …“

„Wollen wir noch einen trinken gehen?“, fragte Philippe vor dem Restaurant, nachdem wir unseren Kaffee getrunken hatten. Der Biker begleitete uns nach draußen, hielt jedoch respektvoll Abstand zu uns.

„Hmm, ich glaube nicht. Ich bin ziemlich kaputt“, sagte ich und sah Max fragend an.

„Ich wäre noch bei einem Bier dabei. Nur eins, versprochen, John.“

„Na gut“, gab ich mich geschlagen.

Wir schlenderten durch die Straßen in Richtung des *Purple*, eines beliebten Clubs, in dem man zu dieser Uhrzeit noch gemütlich etwas trinken konnte. Der Biker folgte uns in einigen Metern Entfernung. Ich drehte mich zu ihm um.

„Hey, willst du dich uns nicht einfach anschließen?“

„Schon okay, Boss. Ich lass euch in Ruhe. Ignoriert mich einfach.“ Er lachte herzhaft.

„Wie du willst.“

Wir erreichten das *Purple* und stellten uns in die Schlange vor der Eingangstür. Zum Glück warteten nicht allzu viele Leute auf Einlass und zehn Minuten später standen wir an der Bar.

„Prost!“ Wir blieben beim Cider und stießen miteinander an.

Der Club war gut gefüllt, jedoch noch nicht überfüllt und so blieb alles recht übersichtlich. Alle Sitzgelegenheiten waren besetzt und auf der Tanzfläche wimmelten die motivierteren Gäste umher. Die Musik legte irgendein lokaler DJ auf.

Wir unterhielten uns gemütlich. Unser Bikerschutzengel stand ebenfalls an der Bar, etwas abseits von uns, und beäugte die Menge unauffällig. Er nippte an einer Cola.

Nach ein paar Minuten kam eine attraktive junge Frau an die Bar, um Getränke für sich und ihre Freundinnen zu bestellen, und Max, wie immer der ganz gesellige, redete sie an und bald waren sie ins Gespräch vertieft, die Getränke für die Freundinnen vergessen.

Philippe und ich schmunzelten und unterhielten uns weiter.

Max tippte mir auf die Schulter und deutete in die Richtung der Toilette. Ich nickte. Seine Gesprächspartnerin hatte mittlerweile die Getränke vor sich stehen und trug alle bis auf eines zu ihren Freundinnen. Offensichtlich war ihr Gespräch mit Max noch nicht beendet, denn als sie zurückgekehrt war, blieb sie abwartend neben uns stehen und schaute in die Richtung, in die Max verschwunden war.

Philippe und ich redeten weiter, dann sah ich im Augenwinkel Max auf der Treppe zu den Toiletten stehen. Er schwang die Arme über dem Kopf hin und her. Ich sah überrascht zu ihm hoch und hob fragend die Augenbrauen. Er gestikulierte weiter, deutete hinter mich und hob die Hand zum Mund, in der universalen Geste des Trinkens.

Verdutzt drehte ich mich um und sah gerade noch, wie Max‘ Bekanntschaft ihr Glas hob. Instinktiv fasste ich ihr Handgelenk und hinderte sie daran, einen Schluck zu nehmen.

„Hey! Was soll denn das?“, schnauzte sie mich irritiert an.

„Ich …“ Weiter kam ich nicht. Max drängte sich durch die tanzende Menge und stürzte völlig außer Atem an die Bar.

„Jemand … hat … dir … was … reingekippt!“, brachte er japsend hervor.

Als wäre ihr Glas kochend heiß, ließ sie es sofort los und es krachte splitternd zu Boden.

„Was?!“

Max schnappte nach Luft. „Ich hab’s gesehen! Gerade, als ich aus der Toilette kam!“

„Wer?“ Ich sah mich sofort um.

Der Biker hatte mitbekommen, dass etwas nicht stimmte, und war bereits auf dem Weg zu uns.

„So ein schlaksiger Kerl, schwarzes Hemd und Jeans. Mit Brille!“

Wir suchten die Menge ab, sahen jedoch niemanden, der auf Max‘ Beschreibung passte. Die junge Dame stand wie benommen in unserer Nähe, zu keiner Bewegung fähig.

„Max! Geh zum Ausgang! Halte dich bedeckt und bleib dort, egal was passiert. Ruf uns, wenn du ihn siehst!“

„Geht klar.“ Max verschwand sofort ohne Einwände in der Menge.

„Philippe, geh zur Toilette und such von der Treppe aus. Und du …“ Ich drehte mich zu dem Biker um und schaute ihn fragend an.

„Mike", sagte er.

„Okay, Mike. Hilfst du uns?“

„Natürlich! Das Schwein kann sich auf was gefasst machen!“

„Gut!“ Ich klopfte ihm anerkennend auf die Schulter. Ich wandte mich um und legte sanft eine Hand auf die Schulter von Max‘ Bekanntschaft, um sie nicht zu erschrecken. Sie erwachte wie aus einer Trance und sah mich überrascht an. „Aber, warum? Warum macht jemand sowas?“, stotterte sie schockiert.

„Wir haben ihn zum Glück dabei gesehen,“ antwortete ich traurig. „Geh zu deinen Freundinnen. Wir kümmern uns um den Rest.“ Ich schubste sie sanft in die richtige Richtung und wandte mich wieder Mike zu.

„Du hast die Beschreibung mitbekommen?“

„Ja.“ Er war schon dabei, den Raum zu durchsuchen.

„Gut. Gib Bescheid, wenn du ihn siehst!“

Er nickte und verschwand in der Menge Richtung Tanzfläche.

Ich drehte mich um und suchte ebenfalls die Menge ab.

Und dann entdeckte ich ihn.

XI.

„Komm rein, John," erklang Toms Stimme durch die Tür hindurch, als ich gerade an seinem Hinterzimmer im Café ankam. Ich hatte noch nicht einmal geklopft.

„Hast du Kameras installiert?" Ich schloss die Tür hinter mir.

„Brauch ich doch nicht." Tom schmunzelte wie immer. „Meine Großmutter wohnt gleich gegenüber und warnt mich immer, wenn jemand kommt. Dich kennt sie mittlerweile."

Perplex hielt ich kurz inne und musterte ihn kritisch. Tom grinste nur. Ich zuckte mit den Schultern und setzte mich. Ich hatte keine Ahnung, ob das sein Ernst war, hatte aber auch bereits gelernt, nicht zu fragen.

„Und? Wie war dein Abend?" Er schob mir eine Zeitung vor die Nase.

Es handelte sich um eine der Gratis-Tageszeitungen, die vor ein paar Jahren in Mode gekommen waren und vor jedem Supermarkt zu bekommen waren. Ein Foto nahm beinahe das gesamte Titelblatt ein, nur der Name der Zeitung prangte in großen Buchstaben darüber.

Ein grob ausgeschnittenes Pappkartonschild mit einer Schnur dran war zu sehen. Es lag auf dem Boden und gleich daneben war ein kleines gelbes Kärtchen mit einer großen Zehn drauf, ein Kärtchen, wie man es aus dem Fernsehen von einem Tatort kannte. Auf dem Pappkarton stand in dicken Buchstaben: „Ech hu probéiert KO-Drëpsen ze notzen. Ech gouff dobäi erwëscht a krut meng eege

Medizin ze schmaachen. Ech sinn de leschten Dreck!" Noch einmal überflog ich die Worte: *Ich habe versucht, KO-Tropfen zu benutzen. Ich wurde dabei erwischt und musste meine eigene Medizin kosten. Ich bin der letzte Abschaum.*

Fassungslos starrte ich das Foto einen Moment lang an und versuchte, keine Miene zu verziehen.

„Okay. Und was soll ich damit?", fragte ich Tom mit versteinerter Miene.

„Seite zwei."

Ich blätterte um und las den Artikel, der zu dem Foto gehörte.

Am frühen Morgen hatten Passanten im Stadtpark einen Mann nackt an einem Laternenpfahl hängend vorgefunden. Sie riefen eine Polizeistreife bei ihrer Kontrollrunde durch den Park herbei und machten sie auf den Mann aufmerksam: Er war geknebelt und mit schwarzem Klebeband gefesselt worden und das Pappschild hing ihm um den Hals. Sonst hatte der Mann keinerlei Verletzungen, doch die Kälte hatte seinen Zehen und seinen Genitalien übel zugesetzt.

Ich schmunzelte innerlich. Hoffentlich las Tom mir das nicht im Gesicht ab.

„Mike hatte schon immer einen ganz eigenen Sinn für Humor, nicht?", hörte ich Tom sagen und aufs Neue hatte er mich damit kalt erwischt.

„Wie meinst du das?" Ich konnte nicht verhindern, dass meine gespielt lässige Fassade zu bröckeln anfing.

„Ach komm, John. Hast du noch immer nicht verstanden, wie die Dinge laufen?“ Theatralisch warf er die Hände in die Luft. „Der Club, in dem ihr wart, gehört mir.“

Ich schaute mir noch einmal das Foto auf der Titelseite an und sah dann Tom in die Augen, keine Spur von Belustigung mehr in mir. „Der Kerl hat es verdient!“

„Ohne Zweifel.“ Tom zog die Zeitung zu sich rüber. „War das mit dem Laternenpfahl und dem Schild deine Idee oder Mikes?“

„Ist doch egal. Der Kerl hat bekommen, was er verdient hat. Ende der Geschichte.“

Tom sah mich skeptisch an.

„Für jemanden, der behauptet hat, nicht auffallen zu wollen, findest du verdammt viele Wege, dir neue Freunde und Feinde zu machen“, meinte er.

„Was soll das heißen?“

„Du hast es doch gestern in dem Pub bemerkt. Die Leute reden. Nur weil du bis jetzt ein kuscheliges Leben in dem reichsten Land der Welt hattest, heißt das noch lange nicht, dass nicht auch Luxemburg eine Schattenseite hat. Und Menschen, die darin leben. Und diese Menschen reden. Mike gehört auch zu diesen Leuten.“

„Ich glaube kaum, dass man mein Leben bis jetzt als *kuschelig* bezeichnen kann.“, bemerkte ich grimmig.

„Oh, ja, natürlich. Du bist in der Armee. Und kannst mit Waffen umgehen und warst in Afrika. Ich rede von einer ganz anderen Schattenseite. Die, mit der du mittlerweile ebenfalls in Kontakt gekommen bist.“

Ich wusste, dass Tom Recht hatte. Es hatte keinen Sinn, das abzustreiten.

„Also? Laternenpfahl? Schild? Mikes Idee oder nicht?“, fragte er noch einmal.

„Wir haben den Kerl im Club erwischt und zum Hinterausgang geschleppt. Wir waren uns einig, dass wir ein Exempel statuieren werden. Offensichtlich haben wir unserer Kreativität freien Lauf gelassen.“

„Gefällt mir.“ Tom stand auf und ging zu dem kleinen Tisch in der Ecke seines Büros. Er hantierte an einer Kaffeemaschine rum und brachte schließlich zwei Espressos an unseren Tisch.

„Bist du bereit?“, fragte Tom mich und nahm Platz.

Ich nippte an meinem Kaffee. „Bereit wofür?“

„Bogdanow.“

Meine Herzfrequenz stieg sofort. Das Schwein, das mich k.o. geschlagen und als Söldner Frauen und Kinder massakriert hat?

Und ob ich bereit war!

„Wie?“ Ich versuchte, unbeteiligt zu wirken.

„Ganz einfach. Wir schlagen dort zu, wo es wehtut.“

„Und das wäre?“

„Nun ja. Das liebe Geld halt. Klischeehaft, ich weiß. Aber es ist nun einmal die Wahrheit.“

„Und wie wollen wir das anstellen?“, überlegte ich laut.

Tom nippte an seinem Espresso. Wahrscheinlich nur, um eine dramatische Pause zu inszenieren.

„Du bist also dabei?“ Er hob fragend die Augenbrauen.

„Hängt davon ab.“ Ich wurde langsam ungeduldig. „Wie ist der Plan?“

„Okay.“ Tom stellte die Espressotasse auf den Tisch. „Drei von seinen Leuten sind ja schon tot. Das haben wir dir zu verdanken. Der Dicke aus der Altstadt, dem du das Genick gebrochen hast, war einer seiner Männer fürs Grobe."

„Das wundert mich nicht."

„Wohl wahr. Weißt du, wofür in der Branche solche ungehobelten Grobiane am liebsten eingesetzt werden?"

Ich zog fragend die Augenbrauen hoch.

„Menschenhandel."

„Warum gerade dort?"

„Nun, das ist eigentlich ganz einfach. Wer Steuern hinterziehen will, besorgt sich einen guten Finanzberater. Wer Drogen dealen möchte, braucht die brutalsten und rücksichtslosesten Bastarde, die er finden kann, um der Konkurrenz den Rang abzulaufen. Aber, …" Er hob den Zeigefinger. „…, wer Menschenhandel betreiben will, ob zur Prostitution oder für Schwarzarbeit, braucht jemanden, der, ohne mit der Wimper zu zucken, ein Mädchen oder einen Knaben drogenabhängig macht, um sie dann dem Höchstbietenden zum Verkauf anzubieten oder auszuleihen. Genau die Rolle hatte dieser fette Drecksack hier in Luxemburg."

„Okay." Ich folgte Toms Erklärungen der kriminellen Schattenseite der Gesellschaft fasziniert.

„Und nun, da dieses Schwein unter der Erde liegt, braucht Bogdanow jemanden, um seine Pferde wieder an die Leine zu bekommen."

„Seine Pferde? Seine Frauen also?", schlussfolgerte ich angewidert.

„Genau. Zufälligerweise weiß ich, dass so ein Jemand demnächst hier in Luxemburg auftauchen wird. Mit neuer

Ware für den lokalen Markt. Jemand, der den Toten wie einen Heiligen aussehen lassen wird, wenn man dem Klatsch Glauben schenken darf."

„Und woher weißt du, dass dieser Jemand hierherkommen wird?" Ich konnte mir die Frage diesmal nicht verkneifen.

„Das lass mal meine Sorge sein. Ich sage, wir schalten den Kerl aus und übernehmen das Geschäft selbst."

„Auf keinen Fall", knurrte ich sofort.

„Wie bitte?" Tom schien sichtlich überrascht ob meiner Reaktion.

„Auf keinen Fall werde ich dir dabei helfen, die Russen aus der Prostitution zu verdrängen, um das Geschäft selbst zu übernehmen!" Ich hatte meine Stimme deutlich erhoben, versuchte jedoch, nicht zu schreien.

Ganz offensichtlich rasten in Toms Kopf die Gedanken, dann nickte er und trank gelassen den Rest seines Espressos. „Verstehe. Was schlägst du als Alternative vor, wenn ich fragen darf?"

Verzweifelt suchte ich nach einem Ausweg. Und fand ihn. „Unser gemeinsamer Kollege mit der Hornbrille." Ich redete von Philippe.

Tom sah mich erstaunt an. „Ich glaube kaum, dass er an so einer Aktion teilhaben möchte."

„Natürlich nicht. Aber ich könnte mir vorstellen, dass er sehr interessiert daran wäre, einen solchen Menschenhändlerring hochzunehmen!", stellte ich süffisant fest.

„Und wie sollte er das anstellen?"

Ich lächelte kalkulierend. „Das lass mal meine Sorge sein."

Tom beugte sich vor. Dann nickte er anerkennend.

„Okay. Was brauchst du von mir?“

Als ich Philippe später am gleichen Tag noch einweihte, war er begeistert ob dieser womöglich spektakulären Festnahme.

„Mein Plan, um Bogdanows Vorhaben zu durchkreuzen, ist simpel, hat jedoch laut Tom einen Haken.“

„Hat unser gemeinsamer Freund dir die Informationen dafür besorgt?“ Wir befanden uns in Philippes geräumigem Wohnzimmer. Er reichte mir ein Glas Wasser und setzte sich dann zu mir auf die Couch.

Ich nickte.

„Okay … Wann und wo wird der Zuhälter denn auftauchen? Und welcher Haken?“

„Tom wird wissen, ob der Zuhälter tatsächlich über die Grenze fährt oder nicht. Außerdem wird er wissen, wo ihr wahrscheinlich zugreifen könnt.“

Philippe stutzte. „Woher soll er denn an *die* Informationen kommen?“

„Um ehrlich zu sein, ich habe nicht den blassesten Schimmer. Ich dachte, du wüsstest das vielleicht?“

Philippe überlegte. „Nein, keine Ahnung. Vielleicht hat er einen Spitzel in ihrer Organisation? Hmm … Okay. Er wird mir also die nötigen Informationen geben und wir werden wissen, wann und wo wir zugreifen können?“

„Nein, nur wo.“

Er sah mich überrascht an.

„Tom hat keine Männer mehr zur Verfügung, um den Zeitpunkt zu bestätigen, und schon gar nicht, um zu bestätigen, dass der Zuhälter selbst auch vor Ort ist. Anscheinend wird er nur den Transport an der Grenze bestätigen können. Danach sind wir auf uns gestellt."

Philippe wurde hellhörig. „Wir?"

„Ich werde dir die Bestätigung besorgen."

Philippe zog die Luft geräuschvoll durch die Zähne ein. Er schüttelte den Kopf. „Das ist zu riskant, John. Wie willst du das überhaupt anstellen?"

„Tom behauptet, dass der Zuhälter sich mit seinen Männern treffen wird. Um die Ware in Augenschein zu nehmen, bevor sie anfangen sollen, für ihn zu arbeiten. Tom kennt den Treffpunkt. Ich werde da sein und dir bestätigen, ob der Zuhälter auch da ist. Dann könnt ihr ihn euch schnappen und Bogdanow hat einen Lieutenant weniger."

„Hmm ... Tom will also nicht, dass ich direkt mit der Aktion in Verbindung gebracht werden kann, richtig?"

Ich war überrascht, doch mir wurde schlagartig bewusst, dass genau das der Grund sein musste. „Ich glaube schon."

Philippe stand auf und ging im Wohnzimmer auf und ab. „Verstehe ... Ich lasse mir eine Coverstory einfallen. Einen Grund, warum meine Männer und ich in der Gegend sein werden. Ich bin mir nur nicht sicher, wie ich es anstellen soll, um meine Männer abrücken zu lassen und an einem anderen Ort wie geplant den Zugriff zu starten. Ein Notruf könnte genügen ..." Grübelnd ging er weiter hin und her.

„Sein Tipp soll also nicht mit dir in Verbindung stehen?" Ich hatte noch nicht verstanden, warum Tom und

Philippe den Plan so unnötig kompliziert gestalteten. Philippe blieb stehen und sah mich an.

„Genau. Tom und ich arbeiten seit langer Zeit zusammen. Doch offiziell besteht keine Verbindung. In keiner Akte. Tom ist nirgendwo als Informant vermerkt und das soll auch so bleiben. Wir waren immer überaus vorsichtig. Er hat völlig Recht. Nur du kannst die Bestätigung einholen."

„Wie wirst du das denn später erklären?" Er schüttelte den Kopf.

„Ich habe eine Idee, wie. Aber ich muss erst noch ein paar Dinge abklären." Er wollte mich offenbar nicht einweihen. „Und was ist der Haken?"

„Tom sagt, der Zuhälter ist schießwütig und immer bewaffnet. Und er hasst die Polizei."

An dem Tag, an dem laut Toms Informationen der neue Zuhälter in Luxemburg ankommen sollte, klingelte Max in aller Früh bei mir an der Tür und ich ließ ihn rein. Ich hatte ihm eine genaue Liste mitgegeben, und er hatte offenbar das ganze angeforderte Material, das wir brauchen würden, wie besprochen, in seinem Auto gelassen. Wir wollten vermeiden, dass einer meiner Nachbarn etwas mitbekam.

„Hast du alles dabei?", fragte ich Max.

„Jep, alles im Wagen verstaut."

„Gut. Kaffee? Oder Tee?"

„Kaffee, unbedingt."

Ich machte uns zwei starke Espressos und wir setzten uns auf die Couch.

„Dein Plan steht noch immer?", fragte Max.

„Ja. Und du willst noch immer mitkommen?"

„Und ob!"

„Gut. Sollen wir den Plan nochmal durchgehen?"

„Für mich ist eigentlich alles klar. Oder brauchst du das für deinen Seelenfrieden?"

Ich lachte kurz auf. Alles im Voraus zu planen und immer wieder zu wiederholen, gehörte definitiv zu meinen Macken. „Schon gut, schon gut. Lass uns gehen." Ich griff nach meinem Rucksack.

Max hatte uns einen Wagen besorgt. Einer seiner Kumpels hatte vor einiger Zeit eine Autowerkstatt eröffnet und Max hatte den Nissan eines Kunden für den Tag *geliehen* bekommen. So würde man den Wagen nicht mit uns in Verbindung bringen können. Auf jeden Fall nicht direkt.

Wir fuhren also mit Max' Leihwagen zum *Gréngewald*. Nach Toms Informationen sollte der Transport heute Abend gegen 21 Uhr dort ankommen und die Übergabe im Schutz der Bäume stattfinden. Wir parkten im Waldgebiet auf der entgegengesetzten Seite der Stelle, die Tom mir angegeben hatte. Ich wollte unbedingt vermeiden, dass die Gangster unseren Wagen sahen und misstrauisch wurden. Natürlich könnte unser Nissan auch nur einem Unbeteiligten gehören, der abends nach der Arbeit noch eine Runde laufen wollte. Ich ging trotzdem lieber auf Nummer sicher: So würden Max und ich uns zu Fuß durch den Wald vorarbeiten und Stellung beziehen, lange bevor der Transport ankommen würde. Wir würden da sein und alles beobachten. Vor allem würden wir Philippe sofort anrufen und, hoffentlich, zusehen, wie sein Einsatzkommando zugriff und sich den Zuhälter schnappte. Warum Philippe nicht einfach einen seiner eigenen Leute für die Überwachung des Übergabeortes einsetzen konnte oder wollte, hatte ich nicht verstanden.

Tom hatte mir ebenfalls klar und deutlich gesagt, dass ich selbst Philippe informieren müsste. Er hatte nicht genug Männer zur Verfügung, um neben der Bewachung von Kats Wohnung und seinen *normalen Geschäften* weitere Leute für diese Aufgabe abzustellen. Also hatte ich Max gefragt, ob er mir helfen würde und er hatte, ohne zu zögern, eingewilligt. Tom hatte mir die Stelle auf Google Maps gezeigt, an der seines Wissens der Transport ankommen würde. Und er hatte mich gefragt, wie ich vorgehen würde.

In der Armee wurde OpSec, *operational security*, immer großgeschrieben. Aus einfach nachvollziehbaren Gründen. Sensible Informationen über anstehende Aktionen und Missionen wurden mit äußerster Vorsicht behandelt und nur an jene weitergegeben, die die Informationen wirklich brauchten.

Und so hatte ich Tom erklärt, wie ich vorgehen würde, einige wichtige Details jedoch bewusst ausgelassen. Noch dazu hatte ich ihm die falsche Position angegeben, in der ich mich befinden würde, um die Beobachtung durchzuführen. Und Max hatte ich überhaupt nicht erwähnt.

Max hatte keinerlei militärische Erfahrung, doch ich hatte ihm ein paar Grundkenntnisse erklärt und da wir hier ja nicht durch Feindesland marschierten, würde es reichen müssen.

Max stellte den Wagen auf einem Parkplatz ab, der sonst von Spaziergängern und Läufern genutzt wurde. Je auffälliger wir den Wagen abstellten, desto weniger würde ihm Beachtung geschenkt werden. Das war auf jeden Fall die Idee. Wir schulterten unsere Rucksäcke. Ich meinen großen Armeerucksack und Max hatte sich einen typischen Rucksack zum Wandern organisiert. Wir folgten ein Stück weit einem der vielen Wanderwege und, als wir uns vergewissert hatten, dass niemand uns beobachtete, schlugen wir uns in den Wald hinein.

Zielstrebig marschierten wir in die nötige Richtung. Ich hatte am Vorabend die Vorbereitungen getroffen und den Weg analysiert. So nutzte ich jetzt mein Handy, um die Richtung zu bestimmen, in die wir gehen mussten, um ans Ziel zu gelangen. Wir hatten keine Eile und so suchten wir uns den am leichtesten gangbaren Weg durchs Dickicht. Max folgte mir in ein paar Metern Entfernung und ich hörte das Knacksen und Rascheln, das er mit beinahe jedem Tritt verursachte. Ich schmunzelte. Wäre Max ein Rekrut unserer Armee, würde ich ihn sofort zurechtstutzen.

Es waren immerhin vier Kilometer Luftlinie bis zu meinem ausgesuchten OP, *observation point*, und so waren wir doch zwei Stunden lang unterwegs. Als wir uns dem Punkt näherten, gab ich Max ein Zeichen und er schloss zu mir auf.

„Was gibt's?", flüsterte er und verursachte dabei mit seinem schweren Rucksack einen Höllenlärm, als er ihn mit voller Wucht gegen den Baum schlug bei seinem Versuch, sich geräuschlos neben mich zu stellen.

„Wir sind beinahe da.“ Ich deutete in die ungefähre Richtung des Beobachtungspunkts. „Du bleibst hier und hältst dich bedeckt, okay? Ich geh‘ bis ganz nach vorne an die Lichtung und schau nach, ob die Stelle in Ordnung ist. Die Zufahrtsstraße liegt auf der gegenüberliegenden Seite des Parkplatzes.“

„Zufahrtsstraße?“ Max sah mich entgeistert an. „Und warum, bitte, hirschen wir hier stundenlang durch den Dschungel, wenn es eine *Zufahrtstraße* gibt?“

Ich hätte meinen Plan wohl doch noch einmal in meiner Wohnung mit ihm durchgehen sollen.

„*Dschungel* nennt man das hier wohl kaum.“ Ich deutete mit ausladender Geste auf den lichten Wald um uns herum und grinste. Zwischen den Bäumen waren jeweils zwei bis drei Meter Abstand und es gab zwar Gestrüpp und Unterholz, dieses war jedoch nicht sonderlich dicht. „Ich habe dir doch erklärt: Wir müssen unbemerkt in Stellung gehen. Besser ein wenig Bewegung, um zum Übergabeort zu gelangen, als entdeckt zu werden und die ganze Mission zu gefährden.“

„In Stellung gehen? Mission gefährden?“ Er hob die Augenbrauen. „Wir sind hier nicht bei der Armee … Und unsere Gegner sind russische Mafiosi, keine Soldaten.“

„Das mag sein. Aber *Prior Planning Prevents Poor Performance*. Außerdem haben viele von denen auch gedient.“

„Prior Planning …“ Er nickte anerkennend. „Gefällt mir. Werde ich meinen Kollegen vom IT auch mal sagen.“

„Okay. Also du wartest hier auf mich, klar?“

Max nickte und ließ sofort seinen Rucksack zu Boden gleiten. Er setzte sich auf einen Baumstumpf in der Nähe und fing an, in seinem Rucksack nach etwas zu suchen. Ich ließ meinen Backpack bei Max und machte mich alleine auf den Weg.

Ich schlich zum Waldrand und erreichte schließlich meinen geplanten Observation Point. Von meiner Position aus konnte ich den großen Parkplatz des verlassenen Restaurants gut einsehen und beide Zufahrtsstraßen ebenfalls. Einen schöneren Observation Point konnte ein Aufklärer sich nicht vorstellen: Die Sicht war uneingeschränkt und wir konnten in einer kleinen Mulde Stellung beziehen, die vom Parkplatz aus nicht einsehbar war. Zufrieden ging ich zurück zu Max.

Ich beschränkte die Einhaltung militärischer Grundprinzipien für einen Beobachtungspunkt auf ein Minimum und so nutzten wir alles Mögliche, um die nächsten Stunden einigermaßen gemütlich durchstehen zu können. Nachdem ich Max die geplante Position selbst gezeigt hatte und auch erklärt hatte, wo der Transport später höchstwahrscheinlich auftauchen würde, gingen wir ein paar Meter tiefer in den Wald zurück und richteten unser kleines Zeltlager ein. Ich wollte wenigstens zwei Stunden vor der angegebenen Uhrzeit in Stellung gehen, sodass uns mehr als fünf Stunden blieben. Wir plauderten im Flüsterton, aßen das von Max vorbereitete Mittagessen und legten uns schlussendlich sogar für ein paar Stunden aufs Ohr. Das Ganze fühlte sich erst mal eher nach Camping an, doch wir beide wussten, dass dieses unbekümmerte Gefühl von kurzer Dauer war.

Wir verzehrten am frühen Abend noch den Rest unserer Mahlzeit und bereiteten uns dann auf die eigentliche Mission des Tages vor. Jedes Gefühl von Camping war wie auf einen Schlag verschwunden und wir packten konzentriert unsere Sachen. Keiner von uns sagte ein Wort, während wir uns startklar machten. Dann schlichen wir zum Beobachtungspunkt.

Ich hatte uns einen vorzüglichen Platz in der Mulde unter einer Salweide mit dichten, tiefhängenden Ästen ausgesucht. Unser Sichtfeld war klar und ungestört. Max rollte seine zwei Iso-Matten auf. Auf dem zunehmend kälteren Boden zu liegen, wäre beileibe kein Vergnügen. Ich legte meinen Poncho neben mich und nahm das Fernglas aus meinem Rucksack. Wir versuchten, dabei so wenig Lärm wie nur möglich zu veranstalten. Natürlich mit gemischtem Erfolg.

Die untergehende Sonne tauchte den Parkplatz vor uns in rotes Licht und mit der einsetzenden Dämmerung fielen immer längere Schatten der umstehenden Bäume auf den Asphalt, bis die Umgebung schließlich in ein schauriges Zwielicht getaucht wurde.

Wir waren bereit. Fehlten nur noch unsere Gäste.

Geduldig warteten wir und unterhielten uns hin und wieder in sehr leisem Flüsterton, doch die meiste Zeit waren wir still und konzentrierten uns auf den Parkplatz und die Zufahrtsstraßen.

Kurz vor acht Uhr, es war noch ungefähr eine Stunde bis zur angegebenen Uhrzeit, vibrierte mein Handy und ich las zu meiner Erleichterung die vereinbarte Nachricht von Tom. Ausgezeichnet, der Zuhälter war unterwegs hierher.

Ich tippte Max an und deutete ihm mit ausgestrecktem Daumen, dass es ernst wurde. Er nickte und starrte weiterhin geradeaus.

Die Zeit schien langsamer zu laufen und wir warteten zunehmend ungeduldiger ab; wir wussten, dass es vom Grenzübergang bis hierher nur eine Fahrt von ungefähr dreißig Minuten war. Es konnte also nicht mehr lange dauern.

Der Parkplatz wurde in ein düsteres Dämmerlicht gehüllt, schließlich wurde es dunkel und wir erkannten den Wald auf der gegenüberliegenden Seite des Parkplatzes nur noch schemenhaft.

Nach einer knappen Viertelstunde erschienen Scheinwerfer zwischen den Bäumen auf einer der Zufahrtsstraßen und ich merkte, wie sich Max neben mir vor Anspannung verkrampfte. Wir starrten gebannt nach vorne. Als der Wagen tatsächlich auf den Parkplatz fuhr, erkannten wir, dass es sich um einen Kleintransporter handelte. Die weiße Farbe des Transporters war durch die vielen Jahre so verschmutzt, dass man sie auf den ersten Blick für Grau gehalten hätte.

Der Transporter machte eine scharfe Kurve und blieb stehen, die Scheinwerfer genau auf uns gerichtet. Ich spürte Max‘ Nervosität und legte ihm langsam eine Hand auf den Arm, um ihm klarzumachen, sich jetzt auf keinen Fall zu bewegen. Das grelle Licht der Scheinwerfer blendete uns. Einen Moment später schaltete der Fahrer sie aus und wir erkannten dank der Innenbeleuchtung, dass zwei Männer in der Fahrerkabine saßen.

Ich nahm die Hand von Max‘ Arm und konzentrierte mich voll und ganz auf den Transporter. Der Beifahrer rauchte, ich konnte das Aufleuchten des Zigarettenstängels klar und deutlich sehen. Ich nahm das Fernglas zur Hand und versuchte, die Gesichter der Männer zu erkennen. Ich war mir ziemlich sicher, dass Bogdanows Mann fürs Grobe nicht in der Kabine saß.

Ein paar Minuten verstrichen und nichts passierte.

Dann tauchte ein weiteres Paar Scheinwerfer aus dem Wald auf und der dazugehörende Wagen fuhr ebenfalls auf den Parkplatz. Die beiden Männer in der Fahrerkabine schalteten das Standlicht des Transporters an und stiegen aus. Vielleicht waren sie ja sogar vorgefahren und hatten den Insassen des zweiten Autos gesagt, dass die Luft rein war? Die beiden stellten ein ungleiches Paar dar: einer war klein und schmal, der andere groß und korpulent.

Ich konzentrierte mich auf das zweite Auto. Außer dem Fahrer saß niemand in dem Wagen.

„Ich glaube, das ist der Zuhälter!“, flüsterte ich Max zu.

„Im Ernst?“ Er hielt mir die offene Hand hin und ich reichte ihm das Fernglas. „Schwer zu sagen …“, murmelte er und starrte nun ebenfalls gebannt auf den zweiten Wagen.

Die beiden Männer aus dem Kleintransporter warteten nicht ab, bis der Neuankömmling aus dem Wagen gestiegen war, sondern gingen zur Hintertür des Transporters. Ich verlor sie im Dunkeln aus den Augen, bemerkte jedoch, dass der Neuankömmling inzwischen ausgestiegen war.

„Und?“, fragte ich Max.

„Keine Ahnung,“ flüsterte er zurück und reichte mir das Fernglas. Ich nahm es und versuchte, den Mann zu erkennen.

„Ich sage dir, das ist er!“ Ich war mir überhaupt nicht sicher, doch das war mir egal. Alle Informationen hatten bis jetzt gestimmt. Ich bedeckte mein Handy mit einem Teil des Ponchos und schickte Philippe das Signal. Diese Männer wollte ich auf jeden Fall im Gefängnis sehen, egal, ob der Schlächter mit von der Partie war. Ich steckte das Handy wieder weg und hob den Blick.

Die Klappe des Kleintransporters wurde hochgerollt und ich erwartete panische Schreie aus dem Inneren. Doch ich hörte keinen Mucks.

Der Fettwanst schrie etwas und mehrere Frauen stolperten um den Kleintransporter herum. Der zweite Mann stieß sie vorwärts, auf den Neuankömmling zu, und fluchte laut. Dieser hatte sich an sein Auto gelehnt und eine Zigarette angezündet. Als die beiden Handlanger die Frauen vor ihm aufgereiht hatten, zog er noch einmal genüsslich an seiner Kippe und schnippte sie dann auf den Boden, bevor er auf die Frauen zuging.

Es war ein gutes Dutzend Frauen auf dem Parkplatz, alle rückten instinktiv näher zusammen, als der Neuankömmling auf sie zukam. Die meisten von ihnen hatten nur spärliche Kleidung an und hielten sich zitternd die Arme vor dem Körper fest. Ein paar versuchten, zurückzuweichen, doch die beiden Männer hinter ihnen stießen sie sofort wieder nach vorne. Dabei lachten sie gehässig. Mir stieg das Blut in den Kopf und meine Fingernägel bohrten sich mir schmerzhaft in die Haut. Ich konzentrierte mich auf meine

Atmung und versuchte, mich zu beruhigen. Philippes Leute mussten jeden Moment hier sein.

Bogdanows Zuhälter - ich ging einfach davon aus, dass er es war - schritt gemütlich die Reihe der Frauen ab und redete auf sie ein. Wir waren zu weit weg, um etwas zu verstehen, doch er lachte immer wieder hämisch auf, was von seinen beiden Lakaien ebenfalls mit Gelächter quittiert wurde.

„Worauf warten die?“, flüsterte Max und ich zuckte ob der Lautstärke zusammen.

„Sei still!“, zischte ich und starrte auf die Gangster, um zu sehen, ob sie etwas gehört hatten.

Aber die Männer waren viel zu sehr damit beschäftigt, die Frauen einzuschüchtern. Dann jedoch fuhren sie herum und starrten sofort alle drei in den Wald auf der gegenüberliegenden Seite des Restaurants.

„Hast du das auch gehört?“, fragte Max, diesmal deutlich leiser als vorher.

„Ja.“ Ich schaute ebenfalls in die Richtung, aus der ich, genau wie die drei Schieber, ein lautes Knacken gehört hatte. Für einen Moment schoss mir der Gedanke durch den Kopf, dass der Lärm von genau der Stelle kam, an der ich eigentlich meinen Beobachtungsposten hatte einrichten sollen. Die drei Männer horchten noch einen Moment lang, schließlich entspannte sich der Zuhälter. Offensichtlich gaben sie sich mit der Erklärung zufrieden, dass wohl irgendein Tier den Lärm verursacht hatte. Ich atmete beruhigt aus.

Der Zuhälter packte plötzlich eine der Frauen fest am Arm und sie schrie laut auf. Sofort verpasste er ihr einen harten Schlag in die Magengrube und sie sackte auf die Knie. Keuchend versuchte sie sich hochzurappeln, doch der Zuhälter packte sie sofort wieder am Arm und zerrte sie zur Ladefläche.

„Oh nein…!“, entfuhr es Max, der offenbar zu der gleichen Schlussfolgerung wie ich gekommen war.

„Max, wir können nichts tun! Sie haben sicher Waffen dabei.“ Ich versuchte, ihn zu beruhigen und mich gleich mit. „Wir müssen auf Philippes Männer warten!“

„Scheiße, was, wenn sie erst in fünf Minuten kommen?! Oder in zwei? So oder so wird es für die Frau zu spät sein!“

Ich konnte Max verstehen, wusste jedoch nicht, was wir hätten tun sollen. Der Zuhälter erreichte den offenen Kleintransporter und warf die junge Frau nach hinten. Meine Zähne malmten vor unterdrückter Wut. Die Frau startete noch einen verzweifelten Versuch, um zu entkommen. Der Zuhälter schlug sie erneut, diesmal ins Gesicht. Ich hatte mich nicht mehr unter Kontrolle und erhob mich, kochend vor Wut. Max erkannte mein Vorhaben. Er stand ebenfalls auf. Wir würden sicher nicht tatenlos zusehen, wie dieses Schwein die Frau vor unseren Augen vergewaltigte! Ich vernahm plötzlich ein leises Rattern, das immer lauter wurde. War das etwa …?

Ein Helikopter donnerte über unsere Köpfe hinweg. Max und ich warfen uns sofort auf den Boden. Der grelle Suchscheinwerfer des Helikopters erleuchtete den gesamten Parkplatz. Mehrere Polizeiautos rasten mit Blaulicht und Sirenen über die beiden Zufahrtsstraßen auf den Parkplatz und umzingelten den Übergabeort.

Max und ich pressten uns auf die Erde, in der Hoffnung, dass niemand uns bei unserem unbedachten und jäh gestoppten Rettungsversuch gesehen hatte. Mehrere Polizeibeamte in schwarzen Kampfanzügen sprangen aus den Wagen und preschten zielstrebig auf die beiden Männer bei den Frauen zu. Ich hoffte inständig, dass sie den Zuhälter ebenfalls gesehen hatten, konnte jedoch nichts erkennen.

„John!“, zischte Max und riss mich aus meinen Gedanken. „Wir müssen hier weg!“

Er hatte natürlich Recht: Selbst Philippe würde nicht erklären können, warum wir beide hier im Dunkeln im Wald gelegen hatten. Ich hob den Daumen und da alle Polizeibeamten damit beschäftigt waren, den Parkplatz zu sichern und die beiden Männer zu bändigen, profitierten Max und ich von dem Geschehen. Wir nahmen unsere Sachen vom Beobachtungspunkt und zogen uns heimlich zurück. Wir packten alles noch hastig in unsere Rucksäcke und entfernten uns leise von unserem Zeltlager. Zuerst schlichen wir nur, schließlich erhöhte ich jedoch das Tempo und führte Max zurück zu dem unfreiwillig ausgeliehenen Wagen.

XII.

Der Zuhälter war entkommen.

Auf jeden Fall sah es ganz danach aus, denn als ich am frühen Morgen die lokalen Nachrichten auf meinem Handy las, war zwar von einem Zugriff im *Gréngewald* die Rede, jedoch nur von zwei festgenommenen Kriminellen und ihren Opfern. Hatte der Zuhälter es tatsächlich geschafft, zu entwischen? Möglich wäre es. Er musste sich nur schnell genug ins Gebüsch geschlagen haben, während die Polizei seine Handlanger festgenommen hatte. In einem Wald war es tierisch schwer, jemanden zu verfolgen, und das Blätterdach machte den Helikopter nutzlos.

Ich fluchte frustriert und hatte schon beinahe Philippes Nummer gewählt, als ich mich eines Besseren besann. Dieses Mal war er vielleicht entkommen. Aber ich war mir sicher, dass sich bald die nächste Gelegenheit bieten würde. Ich kontrollierte meine Atmung, etwas, das ich in den letzten Monaten schon viel zu oft hatte machen müssen, und öffnete den Messenger. Ich schrieb eine, wie ich hoffte, unbekümmert klingende Nachricht in unseren gemeinsamen Groupchat, den ich mit Max und Philippe am Laufen hatte, und lud beide zu mir auf eine Pizza am Wochenende ein.

Wenn der Zuhälter tatsächlich entkommen war, würden weder Philippe noch ich oder Max jetzt etwas daran ändern können. Ich musste mich unbedingt in Geduld üben.

Ich war zwar nach unserer Aktion vom Vortag noch recht platt, doch eine Runde laufen schien mir jetzt genau das Richtige zu sein und so schnürte ich meine Adidas und zog ein paar Runden durch den Wald.

Ich hatte es zum Grundprinzip meiner Joggingrunde gemacht, mein Handy zu Hause zu lassen, und so tat ich es auch diesmal. Als ich wieder in meiner Wohnung war, duschte ich ausgiebig und zog gemütliche Klamotten an. Ich hatte für heute nichts geplant. Ich nahm mein Handy und bemerkte, dass ich neben Philippes und Max´ Zusagen fürs Wochenende eine weitere Nachricht bekommen hatte.

„*Hey, wie geht's?*"

Mein Herz schlug sofort schneller. Die Nachricht war von Nadia, die Schwester von Kat.

Meine vorherige Freundin hatte das Soldatenleben nie nachvollziehen können und als ich ihr gesagt hatte, dass ich in ein paar Monaten für eine gewisse Zeit nach Afrika gehen würde, hatte sie Schluss gemacht. In Mali hatte ich mich auf meine Arbeit konzentriert und danach hatte ich längere Zeit im Krankenhaus verbracht. Doch jetzt? Jetzt verspürte ich dieses sonderbare Gefühl von innerer Aufregung und mein Puls raste. Und das schon wegen einem „Hey, wie geht's?" Ich musste über mich selbst lachen.

„*Alles in Ordnung. Und selbst?*" Ich musste nicht lange auf eine Antwort warten.

Die nächsten Stunden verbrachten wir mit Textnachrichten. Bewusst vermieden wir beide die unangenehmen Themen und machten einen großen Bogen um die Zwischenfälle in der Altstadt und in ihrer Wohnung, durch die wir uns überhaupt kennengelernt hatten, sondern konzentrierten uns auf unsere Hobbys und unser bisheriges, normales Leben.

Ihr Humor gefiel mir, vor allem, wenn ich in Betracht zog, wie ihre familiäre Situation wegen des Krieges war.

Von der momentanen Situation mit der Russenmafia ganz zu schweigen.

Ich erzählte ihr auch von meinem Leben und gegen Abend, als die Sonne anfing unterzugehen, wusste ich, dass ich sie gerne näher kennenlernen würde.

„*Sollen wir uns treffen?*“, fragte ich sie schließlich und starrte gebannt auf mein Handy.

Ein paar Minuten vergingen, quälend langsam, wie ich fand, dann kam ihre Antwort.

„*Unbedingt! Wann und wo?*“

Für diesen Tag stand erst einmal der Pizza-Abend mit Max und Philippe an.

„Philippe hat sich abgemeldet", sagte ich, als Max in meine Wohnung trat.

„Oh, okay. Warum das denn?“

„Irgendwas Berufliches, er hat keine Details genannt.“

„Dann finden wir wohl auch heute Abend nicht raus, ob unsere Nacht- und Nebelaktion geholfen hat, was?“ Max zuckte sichtlich enttäuscht die Schultern.

„Nein, leider nicht.“

Wir machten es uns gemütlich und bestellten bei unserem Lieblingsitaliener. Dort herrschte offenbar großer Andrang, die Pizzen würden eine Stunde auf sich warten lassen.

„Hast du alles abgegeben?“

Max hatte den Leihwagen am Tag nach unserer Aktion zurückgebracht und auch den größten Teil seiner Ausrüstung, schließlich hatte er sich beinahe alles bei Freunden und Familie ausleihen müssen.

„Ja, alles in Ordnung." Er nickte. „Und du? Warst du noch mal im Dorfcafé?“

„Nein. Ich wollte auf Nummer sicher gehen und mich dort nicht gleich wieder blicken lassen … Tom ist der Einzige, der mich mit diesen Festnahmen in Verbindung bringen könnte.“

„Hmmm …“

Es entstand eine längere Pause.

„Glaubst du, dieser Mistkerl hat die Frau im Transporter vergewaltigt?“, fragte Max leise und ich bemerkte, wie sehr dieser Gedanke ihn quälte.

„Ich denke nicht. Auf jeden Fall nicht an dem Abend.“

Max schaute hoch.

„Max, wir müssen uns mit dem Gedanken abfinden, dass zumindest ein paar von den Frauen vermutlich bereits vorher vergewaltigt wurden … So funktionieren diese Banden. Schläge, Drogen und Vergewaltigung. Bis alle gefügig sind. Wahrscheinlich haben sie an anderen schon ein Exempel statuiert, um auf Nummer sicher zu gehen.“

Max‘ bestürzter Gesichtsausdruck schockierte mich.

„Aber zumindest die Frauen vom Parkplatz werden nicht mehr so leben müssen.“ Verzweifelt versuchte ich, ihn aufzumuntern.

Gezwungen lächelte er.

„Das stimmt wohl."

Ich ließ ihn ein paar Augenblicke seinen Gedanken nachhängen. „Auf jeden Fall hast du gute Arbeit geleistet “, fügte ich hinzu.

„Wie meinst du das?“

„Na, für deinen ersten Einsatz auf einem Observation Point war das ganz in Ordnung!“ Ich boxte ihm kollegial gegen die Schulter. Er spielte mit und ließ sich zur Seite fallen. Er lachte.

„Hat sich eher wie Camping angefühlt. Ist es das, wofür der Staat euch so viel Geld gibt? Damit ihr im Wald Verstecken spielen könnt?!“

Wir lachten beide und seine Stimmung besserte sich ein wenig, auch wenn das Erlebte ihm offensichtlich zu schaffen machte.

Als der Pizzalieferant uns nach anderthalb Stunden vor dem sicheren Hungertod bewahrt hatte, erzählte ich Max von meinem *Gespräch* mit Nadia und, so wie sich das gehörte, zog er mich damit auf, als wären wir noch in der Grundschule.

Ich machte mir jedoch Sorgen um seinen Gemütszustand und nahm mir vor, ihn gleich am nächsten Tag noch mal anzurufen, um zu sehen, wie es ihm ging.

Am Tag danach machte ich mich am frühen Abend auf den Weg zu meinem Date mit Nadia. Endlich zufrieden mit meiner Kleiderauswahl für den Abend, parkte ich mein Auto auf dem nächstgelegenen Parkplatz und ging zum vereinbarten Restaurant, *Neapoli*, einem Italiener der gehobeneren Küche. Ich war natürlich unverbesserlich und deshalb eine halbe Stunde vor der abgemachten Zeit vor Ort, also wanderte ich ziellos umher, um mir die Zeit zu vertreiben. Ich machte mir weiterhin Sorgen um Max: Die Aktion im Gréngewald hatte ihn sichtlich mitgenommen und ich beschloss, ihn lieber nicht mehr für eventuelle zukünftige Aktionen mit einzuplanen. Ich hatte mich ein paar Blocks vom Lokal entfernt und wollte gerade umdrehen, als zwei Männer zielstrebig auf mich zukamen.

Sofort gingen in mir die Alarmglocken los und mein Oberkörper spannte sich an. Die Straße war noch recht belebt und ich fragte mich, ob man mich tatsächlich vor so vielen Zeugen umbringen würde.

Doch als die beiden näherkamen, erkannte ich, dass einer der beiden Mike war, und ich musste innerlich lachen. Langsam wurde ich paranoid. Doch dann schalt ich mich einen Narren. Besser paranoid als tot.

„Hey, Boss, wie geht's?“, rief mein Bewacher jovial und strahlte über beide Ohren.

Sein Kumpel entsprach viel eher dem typischen Bild eines Bikers mit seinem langen ZZ Top-Bart, den schweren Motorradstiefeln und haufenweise Piercings im Gesicht.

Ich ergriff Mikes ausgestreckte Hand und reichte dem anderen Biker ebenfalls die Hand.

„John, das ist Ern. Ern, John", stellte Mike uns vor. „Wo geht´s denn heute hin, mein Freund?“

Mit gespielter Entrüstung zog ich die Augenbrauen hoch. „Müsstest du das nicht schon längst wissen?“

Mike lachte laut auf. „Nein, nein, ich hab heute frei. Aber keine Angst, du bist nicht allein.“ Er zwinkerte mir zu.

Ich nickte dankbar.

Mike schaute sich um, wie um sich zu vergewissern, dass niemand in Hörweite war. „Hat dir mein Werbeplakat am Laternenpfahl gefallen?“ Er grinste schelmisch.

Ich musste unwillkürlich schmunzeln. „Eigentlich schon. Ich weiß nur nicht, ob das besonders klug war."

„Ach was!" Er machte eine wegwerfende Handbewegung. „Der Kerl hatte es verdient. Er kann von Glück reden, so glimpflich davongekommen zu sein!"

Da musste ich ihm Recht geben.

Wir verabschiedeten uns und ich ging zurück in Richtung des *Neapoli*.

Mein Date wartete bereits vor dem Restaurant, war also ebenfalls deutlich zu früh aufgetaucht.

Nadia sah atemberaubend aus. Sie trug einen beigen Strickpullover, enge Jeans und Stiefeletten. Ihren Mantel hielt sie in ihrer Armbeuge und als ich auf sie zukam, lächelte sie. Ihre dunklen Haare hatte sie hochgesteckt und ihre blauen Augen funkelten, diskret, aber bewusst geschminkt, sodass sie noch auffallender waren. Ihr Lächeln verwandelte sich in ein schelmisches Schmunzeln und sie deutete tadelnd auf ihre Armbanduhr.

„Na na, ich dachte, Pünktlichkeit wird in der Armee für eine wichtige Tugend gehalten?"

Wir küssten uns zur Begrüßung auf die Wange.

Ich spielte mit und warf einen verlegenen Blick auf meine eigene Uhr.

„Tut mir leid, ich bin nur zehn Minuten zu früh, das ist mir noch nie passiert!"

Sie lachte und ich war mir sicher, dass mein Herz einen Schlag ausgesetzt hatte. Ich stimmte mit ein.

„Wollen wir?" Sie deutete auf die Eingangstür des Restaurants.

„Unbedingt!“ Ich machte eine auffordernde Geste und ließ ihr den Vortritt.

Neapoli war eingerichtet, wie es der Name schon vermuten ließ: klassische Dekorationen mit jedoch modernen Möbeln und eine ganze Wand schmückte ein gigantisches Fresko der namensgebenden Stadt mit dem rauchenden Vesuv im Hintergrund.

Die Empfangsdame brachte uns zu unserem Tisch in der hintersten Ecke des Restaurants und ich atmete innerlich auf. Ich hasste es, mitten in einem großen Raum zu sitzen. Nadia wählte den Platz mit dem Rücken zu den anderen Gästen und ich sah sie überrascht an. „Willst du nicht auf die andere Seite?“

„Nein, danke. Ich weiß, dass das eigentlich die Regel ist, aber ich fühle mich wohler, wenn ich weiß, dass du den Raum einsiehst.“

Ich war ob ihrer Offenheit erstaunt, nahm jedoch ohne Einwände Platz.

Die Bedienung brachte uns zwei Menükarten und verschwand dann in der Küche. Ich sah Nadia an. „Fühlst du dich aber wohl hier?“

Sie lächelte. „Ja, keine Sorge. Aber wenn ich auf deinem Platz sitzen würde, könnte ich mich nicht davon abhalten, die ganze Zeit den Saal zu durchsuchen. Das will ich heute Abend vermeiden.“

Ich nickte verständnisvoll. Und frohlockte innerlich. „Geht klar, ich übernehme das dann“, sagte ich in gespielt ernstem Ton und konnte ihr zum Glück ein Lachen hervorlocken. Da wir schon beim Thema waren, sah ich keinen Grund, nicht weiter zu fragen. „Und wie geht es dir?“

„Ganz okay, denke ich. Meine Mutter schläft schlecht und Kat ist jetzt immer unterwegs. Ich versuche, mich halt abzulenken. Sport hilft.“ Sie zuckte mit den Schultern.

„Ich verstehe. Geht mir genauso. Magst du lieber über was anderes reden?“

„Ja, gerne. Schließlich können wir an dem Geschehenen nichts mehr ändern.“ Sie lächelte und holte tief Luft. „So. Also dann zu uns beiden.“

Wir redeten und lachten ausgiebig und ich muss gestehen, dass ich zum ersten Mal seit Wochen nicht von meinen Sorgen geplagt wurde. Und ich sah, dass es ihr genauso ging.

Als das Dessert aufgetischt wurde, legte Nadia diskret ihre Hand auf meine und mir wäre vor Schreck beinahe der Löffel aus der Hand gefallen. Um mich war es geschehen, daran gab es keinen Zweifel mehr.

Nachdem wir gezahlt hatten, standen wir uns verlegen vor dem Restaurant gegenüber.

„Wo hast du denn geparkt?“, fragte ich. „Soll ich dich begleiten?“

Wir hatten während des Essens entschieden, den geplanten Kinobesuch lieber ausfallen zu lassen.

„Kat hat unser Auto“, antwortete sie. „Ich bin mit der Bahn hier.“

„Oh, okay. Na, dann bring ich dich nach Hause?“ Ich wollte nicht zu aufdringlich sein, wollte jedoch auch auf keinen Fall, dass wir uns jetzt schon verabschieden mussten.

„Um ehrlich zu sein, ich würde viel lieber mit zu dir kommen“, sagte sie sanft.

Mein Herz tat mir heute Abend schon beinahe leid.

„Gerne“, brachte ich hervor.

„Versteh mich nicht falsch,“ fuhr sie fort. „Ich will mich nicht aufdrängen. Ich will nur nicht, dass der Abend vorbei ist.“

„Ich auch nicht.“ Wir lächelten uns an. „Wollen wir? Mein Auto steht gleich da vorne die Straße hoch.“

Nadia verbrachte die Nacht bei mir. Wir redeten bis zu später Stunde und als selbst der Kaffee uns nicht mehr wachhielt, schlief sie auf der Couch ein, bevor sie ihren letzten Satz vollenden konnte. Ich nutzte den Moment, um hastig in meinem Schlafzimmer aufzuräumen, und fuhr erschrocken hoch, als sie auf einmal im Zimmer stand und kicherte.

„Was gibt’s denn da zu kichern?“, fragte ich lachend.

„Nichts, nichts, ich muss sagen, das ist schon ziemlich sympathisch.“ Sie grinste über beide Ohren.

„Wie meinst du das?“

Sie deutete auf die Unordnung.

„Das zeigt, mit welcher Grundeinstellung du heute ins Restaurant gekommen bist. Und bestätigt mir das, was ich mir gedacht hatte.“ Sie kam näher an mich ran. „Hätte es hier ausgesehen wie bei *American Psycho*, hätte ich Reißaus genommen.“ Jetzt stand sie direkt vor mir. „Aber du bist genau der Mann, für den ich dich gehalten habe.“

Sie küsste mich sanft und wir umarmten uns. Und dann ließen wir uns wieder los. Ich spürte starkes Verlangen nach mehr, doch ich wollte nichts überstürzen. Wir hatten uns unter schwierigen Umständen kennengelernt. Wie hieß es so schön: *Slow is smooth, smooth is fast.*

„Lassen wir es langsam angehen, ja?“ Sie nahm meine Hand in ihre.

„Gerne.“

„Die Nacht würde ich trotzdem gerne hier bei dir verbringen. Ist das für dich in Ordnung?“

„Natürlich. Warum habe ich sonst so gut aufgeräumt?“ Ich zwinkerte ihr zu. „Ich habe sogar eine extra Zahnbürste für dich.“

Jemand klingelte Sturm an meiner Wohnungstür und so fuhr ich am Morgen jäh aus dem Schlaf hoch. Nadia lag neben mir und regte sich ebenfalls.

„Bleib ruhig liegen, ich seh mal nach“, sagte ich zu ihr und stieg aus dem Bett. Nachdem ich mir schnell eine Jogginghose und ein T-Shirt angezogen hatte, ging ich zur Tür und nahm den Hörer der Gegensprechanlage ab. „Ja?“

„Ich bin's, Max, mach auf!“ In seiner Stimme lag Panik.

Ich drückte auf den Knopf und hörte, wie unten die Tür aufgerissen wurde und Max‘ Schritte durchs Treppenhaus schallten. Er bog in die Richtung meiner Wohnung ab und kam mit schnellen Schritten auf mich zu. Ich trat zur Seite und ließ ihn ein.

„Warum zum Teufel gehst du nicht ans Telefon?“, schoss es aus ihm raus.

Ich zwang mich, ruhig zu bleiben. „Warum sagst du mir nicht einfach, was los ist?“

Max schloss die Augen und holte tief Luft. „Sie haben das Dorfcafé abgefackelt.“

„Was?!“

„Philippe hat mich vorhin angerufen. Er stand gerade vor den Überresten von Toms Café. Die haben ganze Arbeit geleistet.“

Ich lud Max mit einer Geste ein, mir ins Wohnzimmer zu folgen, und wir setzten uns auf die Couch.

„Und Tom?“

„Wohlauf. Philippe sagt, er ist untergetaucht. Er hat Philippe eine Nachricht geschickt, um ihn zu informieren, dass bei ihm alles okay ist, aber jemand gerade dabei ist, sein Café anzuzünden …“

„Moment, er hat angerufen, *während* sie sein Café angezündet haben?“, fragte ich fassungslos.

Max warf mir nur einen wissenden Blick zu.

„Wahrscheinlich hat ihn seine Oma gewarnt …“ Ich musste grinsen.

„Findest du das lustig?“, fragte Max überrascht. „Warum zum Teufel bist du nicht ans Telefon gegangen?“

„Weil er geschlafen hat.“ Nadia, die in der Tür zu meinem Schlafzimmer stand, kam zu uns.

Max‘ Blick war Gold wert und ich musste herzhaft lachen. Er starrte Nadia völlig perplex an, während sie mir einen Kuss gab. Sie hatte sich ein altes T-Shirt von mir übergezogen und Boxershorts von mir an. Und sah auch darin einfach umwerfend aus.

Max‘ Blick wanderte von ihr zu mir und endlich schien der Groschen zu fallen.

„Max, darf ich dir Nadia vorstellen? Nadia, das ist mein Kumpel Max, den du gerade so aus der Fassung gebracht hast.“

„Freut mich.“ Nadia lächelte und hielt Max die Hand hin.

„Ebenso.“ Max schüttelte ihr die Hand.

Nadia setzte sich zu uns auf die Couch.

„Kaffee?“, fragte ich sie.

„Gerne.“

„Max?“

„Auch.“

Ich stand auf und ging in die Küche. Nachdem ich uns drei einen Kaffee gemacht hatte, gesellte ich mich wieder zu ihnen.

„Toms Café wurde abgefackelt“, klärte ich Nadia kurz auf. Sie hob bestürzt die Augenbrauen.

„Was hat Philippe sonst noch gesagt?“, fragte ich Max, das Gespräch wieder aufnehmend.

„Nichts. Nur halt, dass Tom untergetaucht ist und vom Café bis auf Asche nicht mehr viel übriggeblieben ist.“

Ich nahm einen Schluck und überlegte laut.

„Okay, also entweder hatte noch jemand anderes eine Rechnung mit Tom offen und der Zeitpunkt ist reiner Zufall oder …“

„… oder die Russen wissen, dass Tom mitmischt, und haben ihm eine Nachricht geschickt", spann Max meinen Gedankengang zu Ende.

„Genau.“

Für einen Moment herrschte Schweigen.

„Nun gut, im Moment können wir an der Situation nichts ändern und auf eigene Faust werden wir keine Antworten bekommen“, schaltete Nadia sich ein.

„Du hast völlig Recht. Ich werde Tom einen Besuch abstatten und sehen, was ich herausfinden kann“, entschied ich.

„Soll ich mitkommen?“, fragte Max.

Ich überlegte kurz. „Nein. Je weniger Leute mit ihm Kontakt aufnehmen, desto besser, denke ich.“

Max verabschiedete sich, schließlich musste er zur Arbeit.

Ich konnte mich noch nicht von Nadia trennen und war froh, dass sie neben mir auf der Couch sitzen blieb und keine Anstalten machte, ebenfalls aufzubrechen.

„Was denkst du?“, fragte ich sie.

„Auf jeden Fall war das kein Zufall. Ich fürchte, wir müssen vorsichtig sein. Oder eher, noch vorsichtiger.“

Ich nickte.

„John, ich mache mir Sorgen um meine Schwester und meine Mutter …“ Sie hatte Tränen in den Augen.

Ich war mir nicht sicher, ob es eine kluge Entscheidung war, aber nach letzter Nacht wollte ich keine Geheimnisse mehr vor ihr haben.

„Seit dem Überfall in eurer Wohnung steht das Gebäude unter ständiger Beobachtung.“

In ihren Augen spiegelte sich Bestürzung, zugleich glaubte ich jedoch auch Erleichterung zu erkennen.

„Wie meinst du das?“

Betreten räusperte ich mich.

„Nun, wie du weißt, hat Philippe nach dem Angriff immerhin dafür gesorgt hat, dass die regulären Streifen regelmäßig bei euch vorbeifahren … Mehr konnte er leider nicht tun. Aber Tom hat Kontakte zu einer Sicherheitsfirma und die hat das übernommen.“ Ich warf ihr einen besorgten Blick zu und wartete nervös auf ihre Reaktion.

Ich sah, wie sie in Gedanken die Vor- und Nachteile abwog. Sie wandte sich von mir ab und starrte auf den Boden. Dann drehte sie sich wieder zu mir.

„Ich bin natürlich nicht begeistert, dass fremde Männer unsere Wohnung den ganzen Tag lang beobachten und wir nichts davon wussten, …“

Ich schluckte schwer.

„… aber ich bin dir unheimlich dankbar, dass du das für uns getan hast!“ Sie lächelte.

Mir fiel ein Stein vom Herzen und ich strahlte sie ebenfalls an.

„Und die Überwachung läuft noch immer?“, fragte Nadia.

„Tom hat mir bis jetzt nichts anderes gesagt und ich vertraue ihm. Was das betrifft, auf jeden Fall …“

„Wie meinst du das?“

„Naja, sagen wir mal so: Ich habe keine Ahnung, welche Rolle er wirklich spielt. Er ist angeblich Philippes Informant und scheint erheblichen Einfluss zu genießen. Aber sonst? Ich kenne ihn kaum. Ich denke, wir bleiben lieber vorsichtig.“

XIII.

Nadia blieb noch ein paar Stunden bei mir, dann fuhr sie nach Hause. Nachdem ich sie zu ihrem Auto begleitet hatte, ging ich zurück zu meiner Wohnung.

Vor meiner Haustür wartete Mike. „Hey, John, wie geht's?"

Ich reichte ihm die Hand. „Alles In Ordnung. Warum bist du hier?"

„Tom schickt mich", sagte er leise. „Er lässt ausrichten, dass du ihn für ein paar Tage nicht suchen sollst. Von dem Feuer weißt du bereits, nehme ich an?"

Ich nickte. „Ein paar Tage, sagst du?"

„Ja. Er wird dich wissen lassen, wo er ist, und dann kannst du zu ihm. Im Moment ist er beschäftigt."

„Geht klar. Kannst du ihm eine Nachricht von mir überbringen?"

„Natürlich."

„Sag ihm, die Überwachung von Kats Wohnung hat oberste Priorität für mich, okay? Wenn er irgendwo Leute abziehen muss, dann jene, die mich schützen sollen. Ich kann auf mich selbst aufpassen."

Mike überlegte kurz. „Okay, John. Aber sei vorsichtig, ja?"

Wir verabschiedeten uns. Warum sagte mir jeder andauernd, dass ich vorsichtig sein sollte?

Das Schlimmste für mich an der Situation war, dass ich selbst überhaupt keine Kontrolle hatte. Konnte ich Tom wirklich trauen? Alle Zeichen deuteten darauf hin, dass Tom selbst eine Art lokale Mafiagröße war. Ob er wohl sein eigener Herr war? Half er mir nur, weil sich unsere Interessen momentan überschnitten? Bis jetzt hatte er Wort gehalten. Nein, verbesserte ich mich. Bis jetzt hatte es den Anschein, als hätte er Wort gehalten. Vielleicht hatte Tom nie irgendeinen Schutz für Nadia und ihre Familie organisiert? Vielleicht würde er jetzt meinen eigenen Schutz abziehen und wir wären alle auf uns allein gestellt?

Ich atmete tief durch und mein Körper entspannte sich zumindest ein wenig. In Mali hatte ich auch jegliche Sorgen hintangestellt und mich damals auf zwei mögliche Szenarien mental vorbereitet: Entweder würde ich überrumpelt werden von einem Angriff, einer Sprengfalle oder ähnlichem und würde nichts dagegen tun können. Oder ich würde eine Chance haben, zu reagieren, und in dem Fall auf meine Ausbildung vertrauen müssen. Die gleiche Vorgehensweise schien mittlerweile hier in Luxemburg angebracht zu sein.

Die Tage verstrichen ohne besondere Vorkommnisse. Die lokalen Nachrichten berichteten zwar von dem Brand im Dorfcafé, erklärten jedoch, dass es sich wohl um eine defekte elektrische Heizung gehandelt hatte. Ich vermutete, dass Philippe hier seine Finger im Spiel hatte.

In zwei Wochen war mein psychologisches Gutachten geplant und ich fühlte mich bereit, wieder arbeiten zu gehen. Auch wenn ich mich natürlich fragte, wie die Situation sich weiter entwickeln würde und was das für meine Arbeit bedeutete.

Nadia und ich verbrachten viel Zeit miteinander in meiner Wohnung. Sie hatte ihrer Mutter und Ekaterina bereits vor unserem ersten Date von uns erzählt und beide schienen keinerlei Einwände zu haben.

Ich hatte weder von Tom noch von Philippe etwas gehört. Max und ich hatten uns ein paar nichtssagende Nachrichten geschickt, um uns gegenseitig auf dem Laufenden zu halten.

Am dritten Tag nach dem Brand im Café fand ich einen Zettel in meinem Briefkasten mit einer Adresse und einer simplen Nachricht: *15 Uhr, Zettel zerstören.*

Offenbar war Tom jetzt bereit, mich zu sehen. Ich informierte Max und sagte ihm, dass ich mich noch heute bei ihm nach meinem Besuch bei Tom melden würde, doch er antwortete mir sofort unverblümt per Textnachricht: *Du gehst da einfach hin? Bist du bescheuert?*

Zuerst starrte ich die Nachricht nur an und versuchte, den Sinn dahinter zu verstehen. Dann fiel es mir wie Schuppen von den Augen.

Max hatte Recht. Jeder hätte mir diesen Zettel in den Briefkasten legen können. Ich konnte auf keinen Fall einfach alleine um 15 Uhr an besagter Adresse auftauchen! Was, wenn die Russen dort bereits auf mich warteten?

Ich überlegte, was ich jetzt machen sollte, und nahm dann mein Handy. Ich schickte Mike eine Nachricht: *Danke für die Postkarte.*

Ich wartete ab.

Nach ein paar Minuten piepste mein Handy. *Gerne. Ich würde dir das Hotel auch empfehlen, am besten für ein entspanntes Wochenende alleine, zum Abschalten.*

Ich atmete beruhigt auf. Die Nachricht war also tatsächlich von Tom.

Ich schrieb Max, dass alles in Ordnung sei, und suchte die Adresse im Internet. Natürlich ohne die Adresse selbst einzugeben. Ich suchte das besagte Dorf Neuhausen ab, bis ich die richtige Adresse gefunden hatte. Tom wäre sicher stolz auf mich. Oder würde mich auslachen ob meiner Paranoia. Egal.

Ich gab Nadia Bescheid, dass ich am Nachmittag einen alten Kumpel besuchen und mich danach bei ihr melden würde. Dann kochte ich mir etwas zu essen und wartete geduldig, bis es Zeit war, aufzubrechen.

Ich parkte mein Auto ein paar hundert Meter die Straße runter und schlenderte gemütlich zu der angegebenen Adresse. Es war ein großes Mietshaus und als ich vor den dutzenden Namensschildern im Eingangsbereich stand, fragte ich mich, wie zum Teufel ich herausfinden sollte, wo Tom war. Doch wie immer wurde ich nicht von Tom enttäuscht.

„*Dritter Stock",* krächzte es aus der Gegensprechanlage und gleich darauf surrte das Schloss der Eingangstür.

Im dritten Stock angekommen, sah ich, dass am Ende des Flurs eine Tür einen Spalt weit offenstand, und ging zielstrebig darauf zu. Als ich die Tür gerade aufmachen wollte, wurde sie aufgerissen und ich stand einem großen, athletisch gebauten Mann mit Glatze gegenüber.

„*What THE FUCK do you want?!*“

Bevor ich angemessen antworten konnte, ertönte eine Stimme aus dem Inneren der Wohnung. „*Ian, chill. I told you who would stop by!*“

Tom tauchte im Flur hinter dem Mann auf. „Komm rein, John.“

Schelmisch grinste Ian mich an und ließ mich rein. Tom ging, ohne auf mich zu warten, ins Wohnzimmer und ich folgte ihm, Ian dicht hinter mir im Schlepptau.

„Nette Gesellschaft hast du hier, Tom“, sagte ich und deutete mit dem Daumen hinter mich, sobald Tom sich zu mir umgedreht hatte.

„Das ist Ian. Er passt auf mich auf.“ Tom zuckte mit den Schultern und setzte sich aufs Sofa. Ich nahm ihm gegenüber Platz.

„Bodyguard?“, fragte ich.

„Ja. Gehört zu einer irischen Sicherheitsfirma. Ex-Special Force und so weiter.“

„Verstehe.“ Ich warf dem Iren einen Blick zu. Er musterte mich ebenfalls und grinste breit. Ich erhob mich und hielt ihm die Hand hin. „John.“

„Ian.“ Er ergriff meine Hand und drückte fest zu. Ich hielt dagegen und lächelte. Er nickte anerkennend und ließ dann los.

Offensichtlich wollte Tom jemanden außerhalb seiner eigenen Leute bei sich haben, um für seine Sicherheit zu sorgen. Interessant.

„Okay, wenn sich alle kennengelernt haben, können wir zur Sache kommen?“, fragte Tom. Ich glaubte, einen Anflug von Nervosität zu bemerken, das konnte jedoch auch vorgespielt sein. Ich traute ihm alles zu.

„Den Zuhälter haben Philippes Leute nicht erwischt“, stellte Tom fest.

„Habe ich mir schon gedacht“, gab ich zurück.

„Der Plan hat trotzdem gut funktioniert. Unser gemeinsamer Freund meinte, dass wir sie zum Untertauchen gezwungen haben. Bis jemand mein Café abgefackelt hat, versteht sich …“

Ich wartete ab.

„Ich habe die letzten Tage damit verbracht, mein Arbeitsumfeld zu überarbeiten. Wenn jemand ohne Weiteres mein Café anzünden kann, habe ich offensichtlich ein Sicherheitsproblem. Ich denke jedoch, dass ich das behoben habe.“

Ich wartete weiterhin ab. Mein Schweigen verunsicherte Tom offenbar, denn er redete entgegen seiner eigentlichen Art weiter.

„Die wollten mir eine Nachricht schicken und die habe ich erhalten. Jetzt bin ich an der Reihe.“

„Eine Nachricht schicken? Das ist alles, was die wollten, meinst du?“, fragte ich überrascht.

Er schmunzelte leicht.

„Hätten die mich ausschalten wollen, wäre ich jetzt tot. Nein, die wollten mir nur sagen, dass ich mich raushalten soll.“

Ich hatte wohl doch noch einiges zu lernen über diese Parallelwelt, in die ich hineingeraten war. „Okay. Und was wirst du jetzt tun?“

„*Ihr Café* ebenfalls anzünden, ist doch klar?!“ Tom brüllte vor Lachen.

Ich rieb mir ungläubig die Augen. „Gleiches mit Gleichem vergelten?“

„So ungefähr. Vergiss nicht, was ich dir gesagt habe: Das ist nicht mein erster Kontakt mit denen. Wir haben jetzt lange genug umeinander herumgetanzt. Jetzt werde ich …"

Ein lautes Surren meines Handys unterbrach ihn. Ich zog das Handy reflexartig aus der Hosentasche und wollte abheben, da knurrte Tom mich an: „Geh ran, und es ist das Letzte, was du tun wirst!"

Ungläubig starrte ich ihn an, doch sein Blick war todernst. Ich drückte auf den Knopf und das Surren hörte auf.

Toms Gesichtszüge entspannten sich und ich steckte das Handy wieder in die Hosentasche.

„Ich hätte dich dran erinnern sollen: keine Handys." Er grinste, als wäre nichts passiert.

Ich lachte ebenfalls, war jedoch überzeugt, dass mein Lachen viel nervöser klang, als von mir gewollt. Ian hatte die Interaktion interessiert beobachtet.

„Also, wo war ich? Ach ja: Ich werde diesen Schweinen eine Antwort schicken. Die sollen nicht glauben, dass ich vor denen den Schwanz einziehen werde. Nicht hier, in meinem eigenen Land."

Tom schien von seinem Plan felsenfest überzeugt, also entschied ich, nicht weiter darauf einzugehen. In meinen Augen war das nichts anderes als stumpfes Auf-die-Brust-Trommeln vor seinem Gegenüber. Ich hätte eigentlich mehr von ihm erwartet. Das Feuer musste ihn ganz schön aus der Fassung gebracht haben.

„Verstehe", murmelte ich. Ich wechselte das Thema: „Warum bin ich hier?"

„Ah, richtig. Nimm." Tom stand auf und ging zu einem kleinen Schreibtisch in der Ecke des Raumes. Er nahm einen dicken Umschlag und warf ihn mir zu.

Ich fing ihn überrascht auf. Er war erstaunlich schwer. Ich öffnete ihn und sah einen ganzen Haufen Geldscheine.

„Was soll das?“, fragte ich Tom überrascht.

„Na, dein Anteil.“

„Anteil? Anteil woran?“

Tom kam zurück und setzte sich wieder aufs Sofa.

„Ich habe mit dem Pres der Riders gesprochen und mit meinen eigenen Leuten: Die meisten Geschäfte haben die letzten Wochen mehr abgeworfen als sonst und vor allem sind noch mehr Geschäfte hinzugekommen. Die Besitzer haben von dir gehört und wollen sich *bedanken.*“ Er grinste breit.

Schlagartig wurde mir bewusst, was passiert war in den letzten Wochen, und welche Rolle ich offenbar dabei gespielt hatte.

Der Fakt, dass ich mich gegen die Russenmafia gewehrt hatte und damit durchgekommen war, hatte Toms Ruf aufpoliert und seine krummen Geschäfte florierten offensichtlich deswegen. Jetzt bezahlten die Menschen ohne Murren ihr Schutzgeld oder wandten sich an Tom, um ihre Probleme zu lösen, weil sie mich mit Tom assoziierten. Und Tom hatte sicher niemanden vom Gegenteil überzeugt. Viel eher hatte er mich bewusst mit eingebunden, um diese Ansicht noch zusätzlich zu untermauern!

Ich schaute zu Ian und dann wieder zu Tom. Meine Hände fühlten sich klamm an. Ich saß verdammt tief in der Scheiße.

Meine Kehle war mit einem Mal staubtrocken und ich räusperte mich laut. „Tom, ich weiß die Geste zu schätzen, aber damit habe ich nichts zu tun. Ich arbeite noch immer für den Staat."

Er musterte mich. „Du willst das Geld nicht?"

Ich suchte nach einer Antwort, die mir aus der Schlinge helfen könnte, doch ich konnte keinen Ausweg erkennen, ohne Tom vor den Kopf zu stoßen.

Tom nahm offenbar mein Schweigen als Antwort. „Ist mein Geld dir nicht gut genug?"

„Das ist es nicht. Ich brauche es nicht, verstehst du? Ich habe nichts dafür getan."

Toms Blick wanderte langsam zu Ian. Dann huschte ein Lächeln über sein Gesicht und er wandte sich wieder mir zu. „Aber den Schutz für Kat und deine kleine Freundin willst du doch noch, oder nicht?"

Wut kochte in mir hoch und meine Faust ballte sich zusammen, bevor ich es verhindern konnte. „Natürlich," stieß ich gepresst zwischen den Zähnen hervor.

„Verstehe, verstehe, …" Tom stand auf, schritt im Wohnzimmer auf und ab und fuchtelte mit seinen Händen in der Luft herum. „Ich darf also helfen, mich aber nicht bei dir erkenntlich zeigen." Es war eine Feststellung.

Ich atmete tief ein, bevor ich zu einer Antwort ansetzte, doch Tom schnitt mir das Wort mit einer Geste ab.

„Nein! Nein, nein, schon okay. Ich verstehe." Er blieb stehen und fixierte mich mit einem emotionslosen Gesichtsausdruck. „Ich werde die Damen natürlich weiterhin beschützen lassen, keine Frage. Vor allem jetzt, wo du ja mit der Jüngeren anbandelst."

Ein Schauer lief mir den Rücken runter.

„Das Geld werde ich für dich aufbewahren." Er grinste. „Vielleicht brauchst du es ja irgendwann."

Wortlos reichte ich ihm den Umschlag und er nahm ihn entgegen.

„In Ordnung. Ich denke, du kannst jetzt gehen."

Ich zögerte kurz, dann stand ich auf und ging zum Eingang. Ian folgte mir, öffnete die Tür und hielt sie geöffnet, bis ich im Treppenhaus stand, dann fiel die Tür hinter mir ins Schloss.

Ich war mir nicht sicher, was zum Schluss genau passiert war, ich wusste nur, dass ich mich anscheinend in einer sehr prekären Situation befand. Hatte Tom mich nur zu sich bestellt, um mir den Umschlag mit Geld zu geben? Ich wusste, dass mehr dahintersteckte, doch das Gespräch hatte mich zu sehr geschockt, um einen klaren Gedanken fassen zu können.

Und dann kam es noch schlimmer.

Mein Telefon surrte erneut. Ich entfernte mich schnell von Toms Tür und nahm ab.

„Ja?"

„Was zum Teufel hast du dir dabei gedacht?" Es war Philippe.

„Wie meinst du das?" Ich hatte die Fassung noch nicht ganz zurückgewonnen.

„Du bist in Toms Gebäude?"

Ich räusperte mich.

„Du musst nicht antworten, verdammt. Ich habe dich live und in Farbe gesehen."

„W-w-as?", stammelte ich, völlig überrumpelt.

„Nach dem Brand im Café haben wir Tom unter Beobachtung gestellt. Das Mietshaus wird überwacht, im Eingang ist eine Kamera, die wir angezapft haben."

Ich verharrte wie angewurzelt im Treppenhaus.

„Verdammt."

„Okay. Ist jetzt eh zu spät. Geh nach draußen und lass dir nichts anmerken. Vielleicht stellt keiner hier die Verbindung zwischen dir und Tom her. Ich tue, was ich machen kann." Er überlegte. „Halt dich von dem Kerl fern, hörst du?"

„Glaub mir, das habe ich vor."

„Und jetzt?", fragte Nadia besorgt. Ich hatte ihr gleich am Abend alles erzählt.

„Ich glaube, das Beste ist, wenn ich mich einfach fernhalte von Tom und allen, die dazugehören … Ich kann jetzt sowieso nichts mehr ungeschehen machen …" Ich hatte mich von dem Schock noch immer nicht ganz erholt.

Betreten schaute Nadia zu Boden.

„Was ist denn?", fragte ich besorgt.

„Hältst du dich denn jetzt auch von mir fern?"

„Was?! Nein!" Ich nahm ihre Hand. „Das habe ich doch nicht gemeint."

„Wäre aber vielleicht besser … Immerhin haben die Mafiosi schon einmal versucht, uns zu liquidieren. Ich denke nicht, dass sie so einfach aufhören werden …"

„Mag sein. Das Gleiche gilt doch für mich."

„Das stimmt." Ihre Stimme klang schon fester.

„Außerdem soll doch einer versuchen, sich zwischen uns zu stellen“, verkündete ich im Brustton der Überzeugung.

Nadia grinste. „Wie Romeo und Julia meinst du?“ Wir lachten beide.

„Ich hoffe nicht! Immerhin endet deren dreitägige Liebesgeschichte mit einem offenen Bandenkrieg und einem Doppelselbstmord.“ Ich küsste sie.

Sie erwiderte den Kuss und sah mir dann frech in die Augen. „Wir stehen das gemeinsam durch. Und wenn dir jemand zu nah kommt, mach ich ihn fertig.“

XIV.

Mehrere Tage vergingen und wir hörten weder etwas von Tom noch von Philippe. Ob Tom wohl schon das Café der Russenmafia abgefackelt hatte? Auf jeden Fall war bis jetzt noch nichts von irgendeinem Feuer in einem Café in den Nachrichten erwähnt worden.

Ich verbrachte den Abend vor meinem psychologischen Gutachten mit Nadia und Max bei mir in der Wohnung und machte mich am folgenden Morgen auf den Weg in die Kaserne. Ich schaute in meinem alten Büro vorbei, um meine Uniform anzuziehen, begegnete jedoch keinem Bekannten, da ich wie immer viel zu früh aufgetaucht war.

Ich ging in das Gebäude, in dem die psychologische Abteilung untergebracht war, und wollte gerade zum Büro der Chefpsychologin aufbrechen, als mich ein Angestellter aus unserer Personalabteilung abfing.

„John? Sehr gut, du bist schon hier. Komm mit, sie warten bereits auf dich."

„Sie?", fragte ich überrascht.

Er blieb mir eine Antwort schuldig und stieg zielstrebig die Treppen hoch. Also folgte ich ihm und, im Flur angekommen, sah ich, dass er mir die Tür zu einem der Gesprächszimmer aufhielt.

„Hier rein, John."

Ich fühlte mich seltsamerweise an Schlachtvieh erinnert, das man im Unwissen ließ bis zum bitteren Ende und sollte leider herausfinden, dass dieser Vergleich – verstörend genug – vorzüglich passte.

Vor mir saßen mein direkter Vorgesetzter, Oberstleutnant Winkel, und der Personalchef der Armee. Abgerundet wurde die Runde durch unseren sogenannten *legal advisor*, kurz LEGAD, und unseren Experten für Karriereberatung. Völlig überrumpelt stand ich vor ihnen und es dauerte einen Moment, bis ich mir bewusst wurde, was mich hier erwartete.

Mehr, um mir etwas Zeit zu verschaffen und mich zu sammeln, als um tatsächlich formkorrekt bei meinem Vorgesetzten Meldung zu erstatten, nahm ich Haltung an und salutierte.

„Herr Oberstleutnant, melde mich wie befohlen für mein psychologisches Gutachten zur Stelle." Ich nahm die Hand runter und wartete ab.

„Ja, sehr gut. Gut. John, ich mache es kurz, ich habe gleich danach eine wichtige Besprechung." Als ob er wirklich etwas nachsehen würde, wühlte er in einem Dokumentenstapel vor sich herum und zog ein Blatt Papier hervor. „Ja, genau. Also: Eigentlich war für heute ein psychologisches Gutachten angesetzt, um festzustellen, ob du, nach allem, was du in Mali und danach leider auch hier zu Hause erlebt hast, wieder den regulären Dienst aufnehmen kannst."

Ich wartete ab und fragte mich, was jetzt wohl kommen konnte.

„Genau. Leider mussten wir feststellen, dass du nicht nur einmal, sondern gleich zweimal in polizeilichen Ermittlungen aufgetaucht bist, bei denen es um gewalttätige Auseinandersetzungen mit Todesfolge geht."

Ich wollte widersprechen, besann mich jedoch eines Besseren. Nichts, was ich hier sagen würde, würde mir helfen. Es war ein abgekartetes Spiel. Das Urteil war bereits gefällt.

„Jetzt hat man uns noch informiert, dass du außerdem engen Kontakt mit einer lokalen Mafiagröße pflegst."

Da war es also. Ich blieb stumm und starrte teilnahmslos auf einen Punkt an der Wand hinter meinem Vorgesetzten.

„Deswegen haben wir folgendes entschieden: Du nimmst dir die nächsten Wochen noch weiter frei, bis du alle Urlaubstage aufgebraucht hast. Das gibt dir genug Zeit für die nächsten zwölf Monate, wenigstens, unbezahlten Urlaub anzufragen." Verdammt.

„In der Zeit klärt sich die Situation hoffentlich auf und du kannst wieder ohne Zwischenfälle deinen Dienst verrichten."

Ich wählte meine Wörter mit Bedacht. Ich wusste, dass alles, was ich hier und jetzt sagen würde, später in einem Disziplinarverfahren gegen mich verwendet werden würde. „Mit Verlaub, Herr Oberstleutnant, soweit ich weiß, kann einem Staatsdiener nicht befohlen werden, unbezahlten Urlaub anzufragen."

Der LEGAD schaltete sich ein. „Das stimmt. Und das hat der Herr Oberstleutnant ja auch nicht getan. Er hat Ihnen lediglich nahegelegt, diesen Weg zu gehen. Um alle legalen Probleme für Ihre Person zu umgehen." Miese Ratte.

„Ich verstehe." Fieberhaft überlegte ich und suchte nach einem Ausweg. Aber sie hatten mich kalt erwischt. „Was passiert, wenn ich entscheide, keinen unbezahlten Urlaub zu wollen?“

„Dann sehen wir uns gezwungen, der Polizei zu empfehlen, tiefer zu graben. Zudem werden wir weitere Untersuchungen wegen möglichen Fehlverhaltens Ihrerseits im Dienst anstellen.“ Das war wieder der Personalchef. Der Nagel im Sarg meiner Karriere.

„Verstehe. Nun, die Herren, ich danke Ihnen für dieses Gespräch. Ich werde darüber nachdenken.“ Ohne zu salutieren, stürmte ich aus dem Raum.

„Aber das kann die Armee doch nicht machen?“, stammelte Max schockiert. „Du hast doch nichts getan?“

Nadia und er waren sofort zu mir nach Hause gekommen.

„Schon möglich. Aber sie haben es getan ... In dem Raum konnte ich nur verlieren. Ich muss überlegen, was ich jetzt tun soll. Mir bleiben noch fünf Wochen bezahlter Urlaub.“

Nadia sagte nichts. Max schüttelte ungläubig den Kopf.

„Nach allem, was passiert ist?“, fragte er mehr sich selbst.

„Ich war nicht vorsichtig genug. Ich hätte einen großen Bogen um Tom machen sollen, jetzt ist es zu spät.“

„Denkst du, es war Tom?“, fragte Nadia plötzlich.

Ich sah sie überrascht an und überlegte.

Max antwortete jedoch sofort. „Warum sollte Tom John bei der Armee anschwärzen?“

Ich sah Nadia an. „Was denkst du?“

„Ich denke, es wäre möglich. Bei uns in der Ukraine definitiv. Hier in Luxemburg? Ich weiß nicht, aber ich könnte es mir vorstellen."

„Wie sollte er das denn gemacht haben?", hakte Max nach.

„Keine Ahnung", antworte ich achselzuckend. „Es reicht schon, wenn er Philippe gesagt hat, dass ich bei der Aktion im Nachtclub mit dabei war oder sogar die Entscheidungen getroffen habe. Oder er könnte angedeutet haben, dass ich die Angreifer zu Nadias Wohnung gelockt habe, um die Mafiosi dort auszuschalten? Möglich wär's. Oder er kennt jemanden bei uns in der Armee. Das Land ist klein, das scheint mir sogar noch am plausibelsten."

Es klingelte an der Tür. Mühsam stand ich auf und ging zum Eingang, während hinter mir weiterhin Nadia und Max debattierten, ob und, falls ja, wie Tom involviert sein könnte.

Ich nahm den Hörer der Gegensprechanlage ab. „Ja?"

„Ich bin´s, Philippe."

Ich öffnete ihm die Haustür, ließ die Wohnungstür einen Spalt weit offen und ging zurück ins Wohnzimmer.

„… und warum sollte er das überhaupt wollen?", beendete Max seine Frage und sah mich an. „Philippe?" Ich nickte und nahm wieder Platz.

„Vielleicht will er John an sich binden?", gab Nadia zu bedenken. „Am besten gelingt ihm das, wenn John keine anderen Möglichkeiten mehr hat!"

„Störe ich?" Philippe stand am Eingang des Wohnzimmers.

Ich winkte ihn herein und er nahm ebenfalls Platz.

„Wir haben ein Problem", sagte er lakonisch.

Sofort hatte er unsere ungeteilte Aufmerksamkeit.

„Mike ist verschwunden."

Mein Herz zog sich zusammen, als wäre es in Eiswasser getaucht worden. Max sah ebenfalls bestürzt aus.

„Wer ist denn Mike?", fragte Nadia.

„Einer der Riders, die auf uns aufpassen." Ich wandte mich Philippe zu. „Was meinst du mit *verschwunden*?"

„Nun, seine Frau hat ihn seit drei Tagen nicht mehr gesehen und er ist auch nicht mehr auf der Arbeit aufgetaucht, hat sein Vorgesetzter gesagt."

Betretenes Schweigen setzte ein.

„Verdammt", knurrte ich wütend. Nadia legte mir tröstend die Hand auf den Arm.

„Zufall?", warf Max hoffnungsvoll in die Runde.

„Die Zufälle häufen sich in letzter Zeit", gab Philippe zu Bedenken.

„Was war sein letzter Auftrag?", fragte ich.

„Tom sagte, er hätte auf euch aufgepasst." Philippe nickte zu mir und Nadia.

Ich überlegte. „Das macht doch keinen Sinn. Wenn die Mafiosi zu uns wollen, warum schalten sie unseren Begleitschutz aus und belassen es dabei?"

„Ganz einfach", erwiderte Philippe. „Sie wollen eure Reaktionen testen. Oder unsere."

Max, Nadia und ich sahen ihn überrascht an.

„Ihr wisst schon, was ich meine. Schließlich wurden wir alle oft genug zusammen gesehen."

„Mitgegangen, mitgehangen?", fragte Max.

„So ungefähr“, antwortete Philippe. „Auf jeden Fall, ich dachte mir, ihr solltet es wissen.“ Er erhob sich und wollte gehen.

„Moment“, sagte ich und Philippe blieb stehen. „Was hat Tom sonst noch gesagt?“

„Nun … nichts Besonderes. Er hat nur gesagt, dass es auf alles eine Antwort gibt. Keine Ahnung, was er damit gemeint hat.“

Philippe drehte sich um und ging zur Tür. Ich warf Max und Nadia einen wissenden Blick zu und wir warteten, bis die Tür ins Schloss fiel.

„Was meinst du?“, fragte Max mich.

„Tom wird mir meine Fragen beantworten müssen. Und zwar bald.“

Nadia nickte. Dann versteinerte sich ihre Miene. „Heißt das, dass wir keinen Schutz mehr haben?“

„Ich glaube, Tom braucht den jetzt genauso dringend wie wir.“

XV.

Auf einem Foto, das ausnahmslos jedes Titelblatt der luxemburgischen Presse zierte, war zu erkennen, dass das Restaurant *Sankt Petersburg* restlos zerstört worden war. Die Bombe hatte ein klaffendes Loch dort hinterlassen, wo vorher die großen Fenster und die Eingangstür gewesen waren. Offensichtlich verstand der Bombenleger etwas von seinem Handwerk, denn außer dem Restaurant war nichts in der näheren Umgebung beschädigt worden, wenn man von den Autos absah, die auf der Straße geparkt hatten und nun allesamt keine Fensterscheiben mehr hatten.

Seit der berüchtigten Periode der *Bommeleeër-Affaire* Mitte der Achtzigerjahre hatte es in Luxemburg nichts Vergleichbares mehr gegeben. Damals hatten bis heute nicht identifizierte Täter zuerst einen lokalen Stromanbieter, schließlich den Staat selbst bedroht und zu erpressen versucht. Untermauert hatten sie ihre Forderungen mit mehreren Sprengstoffattentaten auf Strommasten, Regierungs- und Pressegebäude, bei denen zum Glück niemand ernsthaft verletzt worden war. Hintergründe, die wahren Motive und der Grund für das plötzliche Ende der Anschläge lagen immer noch im Dunkeln und so manche Verschwörungstheorie rankte sich um die ganze Geschichte.

Bei dem aktuellen Bombenanschlag auf das Restaurant im Bahnhofsviertel gab es für mich keinen Zweifel, wer dahintersteckte. Schließlich war der Name des Restaurants Sankt Petersburg und es war, selbst der lokalen Presse zufolge, eine berüchtigte Absteige für russische *kriminelle Elemente* gewesen. Bis jetzt auf jeden Fall. Dies musste also Toms Antwort sein. Oder zumindest ein Teil seiner Antwort.

Jene Antwort, die auch die breite Öffentlichkeit erreichen sollte.

Es beruhigte mich, dass keine Menschen zu Schaden gekommen waren. Laut Presseberichten war das Restaurant bereits vorzeitig geschlossen worden und das Personal hatte das Lokal verlassen, kurz bevor es zur Explosion gekommen war. Der Anschlag hatte noch in der Nacht stattgefunden, nachdem Philippe bei mir aufgetaucht war und uns verkündet hatte, dass Mike vermisst wurde. Tom hatte also offensichtlich Wort gehalten.

Am Tag danach saß ich in meiner Wohnung auf der Couch und scrollte mich durch die sozialen Medien, die natürlich auch überfüllt mit Videos der Bombenexplosion waren. Es klingelte an meiner Tür. Ich ging zur Gegensprechanlage, doch niemand antwortete mir. Ich erkannte auch auf der Straße keine suspekten Bewegungen, also entschied ich, die Post holen zu gehen. Nadia hatte die Nacht zu Hause verbracht und so hatte ich keine großen Pläne für den Tag.

Ich öffnete den Briefkasten und erkannte den Umschlag sofort: Schnell nahm ich ihn an mich und ging zurück in meine Wohnung, den Umschlag mit einem Teil meiner Jacke verdeckend. Tom hatte mir meinen *Anteil* zukommen lassen und es steckte ein Zettel zwischen den Geldnoten: *Vielleicht brauchst du es ja jetzt?*

Tom wusste also bereits, dass ich von der Armee unfreiwillig beurlaubt worden war. Weshalb sollte er mir sonst gerade jetzt das Geld zukommen lassen? Oder wusste er davon, weil er selbst dafür verantwortlich war?

Ich saß grübelnd am Küchentisch, eine dampfende Tasse frischen Kaffee vor mir. Mein Vorgesetzter hatte Recht gehabt mit der Aussage, dass ich *Kontakt mit einer lokalen Mafiagröße pflegte* … Aber doch nur, um Nadia und ihrer Familie Schutz zu besorgen. Oder?

Toms Beweggründe, mir einen Anteil zuzugestehen, waren mit Sicherheit nicht nur rein spendabler Natur. Hatte Nadia Recht mit der Annahme, dass Tom mich an sich binden wollte? Und wenn ja, warum? Brauchte er nur einen weiteren Handlanger? Ich hatte offensichtlich noch viel zu lernen in dieser Parallelwelt, doch ausnahmslos jeder Mafiastreifen hatte mich gelehrt, dass Unwissen mich in diesem Milieu der Gefahr aussetzte, schamlos ausgenutzt zu werden und als Sündenbock dazustehen, wenn der Vorhang fiel …

Das Geld brauchte ich auf jeden Fall nicht. Zumindest noch nicht: Ich hatte genug Erspartes, um zwei bis drei Monate über die Runden zu kommen. Doch was dann? Was, wenn die Armee mich unehrenhaft entließ? Wäre Tom dann wirklich meine einzige Alternative?

Nein! Ich schalt mich einen Narren. Ich brauchte weder das Geld noch die Perspektive auf ein Jobangebot.

Was ich jedoch brauchte, waren Toms Kontakte und seinen Schutz. Wer würde sonst Nadia und Kat und, ja, auch mich, beschützen?

Ich befürchtete, dass dieser Schutz verschwand, sobald ich Toms ausgestreckte Hand abwies …

Philippes Warnungen in den Wind schlagend, entschloss ich mich, zu Tom zu fahren und ihn zur Rede zu stellen. Ich wollte wissen, ob er tatsächlich etwas damit zu tun hatte, dass man auf dem besten Weg war, mich aus der Armee zu schmeißen.

Ich griff nach meiner Jacke und öffnete meine Wohnungstür.

Davor stand Ian und grinste mich an.

„What the …?!“, rief ich aus.

„Tom lässt fragen, ob du deine Meinung geändert hast?“, fragte Ian mich lässig auf Englisch, mit starkem irischem Akzent.

„Wie bist du ins Gebäude gekommen?“, fragte ich ihn perplex.

„Please.“ Er lachte schulterzuckend und trat einfach in meine Wohnung.

Wieder einmal fand ich mich völlig überrumpelt in einer Situation wieder, in der offenbar jede mögliche Reaktion bedacht worden war und ich vor Fakten gestellt wurde.

„Komm doch rein“, murmelte ich resignierend und folgte Ian in mein eigenes Wohnzimmer.

Er sah sich um und nickte beeindruckt. „Offensichtlich verdient man recht gut bei euch in der Armee. Meine Wohnung zu Hause sah nicht so aus, solange ich im aktiven Dienst war.“

„Und jetzt?“

Er lachte herzhaft. „Kann nicht klagen.“

„Kaffee?“

„Warum nicht?“ Er ging von Fenster zu Fenster und analysierte die Umgebung.

„Und? Hast du über Toms Angebot nachgedacht?“

„Welches Angebot denn?“, fragte ich unschuldig.

Er blieb stehen und sah mich mit erhobenen Augenbrauen an.

„Er hat dir doch einen Anteil an seinen Geschäften angeboten?“

Ich lachte auf. „Daran könnte ich mich erinnern!“

Er antwortete mir nicht sofort, sondern zeigte nur vielsagend mit dem Finger auf den mit Geld gefüllten Umschlag auf dem Küchentisch. „Tom hält große Stücke auf dich. Er sagt, du hast Mumm. Und vor allem jetzt braucht er einen starken Partner an seiner Seite.“

„Vor allem jetzt?“, hakte ich nach. Im Stillen dachte ich: *Partner*?

Erneut zeigte er nur mit dem Finger auf den Tisch, diesmal auf die Titelseite der Tageszeitung mit dem zerstörten Restaurant. Ich bediente die Kaffeemaschine und machte mir gleich auch einen starken Espresso.

„Ah ja, verstehe.“ Ich hielt ihm die dampfende Tasse Kaffee hin.

Er nahm sie entgegen und setzte sich dann an den Küchentisch.

„Also?“

„Wie ich Tom bereits gesagt habe: Ich habe schon eine feste Stelle. Beim Staat.“

„Ist das so?“ Ein ironisches Grinsen zuckte kurz über sein Gesicht.

Ich setzte mich zu ihm. „Hatte Tom etwas damit zu tun?“

„Nein,“ kam sofort die Antwort.

Ich staunte. „Ganz sicher nicht?“

„Tom war überrascht, als er davon Wind bekommen hat. Er sagt, er hätte dich lieber als Freelancer gehabt, aber so oder so will er mit dir zusammenarbeiten.“

Mir wurde ob der Implikationen dieser Aussagen beinahe schwindelig. Wie hatte es nur dazu kommen können, dass ich aus der Armee herausmanövriert wurde und eine *lokale Mafiagröße*, wie mein Vorgesetzter Tom genannt hatte, unbedingt mit mir zusammenarbeiten wollte? Hatte ich dafür meinem Land gedient?

„Und wie würde Tom sich das vorstellen? Dass ich, so wie du, sein Bodyguard werde?“

„Aber nicht doch!“ Wieder lachte er laut und herzhaft auf.

Ich fragte mich, warum ich diese Menschen immer wieder zum Lachen brachte.

„Warum würde er denn noch einen Bodyguard brauchen? Er hat doch schon mich.“ Er zwinkerte mir zu.

„Du hältst ja große Stücke auf dich.“ Jetzt lachte ich selbst.

„He, hör mal, nichts für ungut, aber ich weiß, wozu ich fähig bin. Meine Kumpels und ich verdienen gutes Geld in unserer neuen Branche mit dem Können, das wir im Dienst für unser Land gelernt haben. Sollte Tom in Gefahr sein, sind wir die beste Adresse.“

„Wir?“

„Ich war nur das Vorauskommando. Mittlerweile ist mein Team komplett.“

„Verstehe. Okay, also werde ich kein Bodyguard.“

„Nein.“

„Was dann?“

Er hob abwehrend die Hände.

„Das musst du Tom fragen.“

„Das werde ich.“

„Gut. Das Geld kann ich also hierlassen?“

Ich betrachtete den Umschlag. Sollte ich das Geld behalten? Und Toms Schutz?

„Ja.“

Vorerst.

Nadia sollte zum Abendessen zu mir kommen und mit jeder Minute, die ihr Besuch näherkam, wuchs meine Nervosität.

Wie sollte ich ihr erklären, dass ich das Geld angenommen hatte? War ich jetzt nicht genau so schlimm wie die Gangster, die ihre Schwester in der Stadt und dann ihre Mutter und ihre Schwester in ihrer Wohnung angegriffen hatten? War ich jetzt nicht genauso ein Teil des Problems wie Tom?

Als sie schließlich in die Wohnung trat, las sie sofort in meinem Gesicht, dass etwas nicht stimmte. Sie legte eine Hand auf meinen Arm.

„Was ist los?“

Ich erzählte ihr von Ians Besuch und von meiner wohl folgenschweren Entscheidung. Als ich aufhörte zu reden, sah sie mir lange in die Augen, bis ich beschämt den Blick senkte.

„Und du denkst, ich würde dich jetzt mit diesen Männern in eine Schublade stecken?“, fragte sie sichtlich erstaunt.

„Natürlich!“

Sie schmunzelte schelmisch und küsste mich auf den Mund.

„Du könntest nie so sein wie die! Du machst das alles aus ganz anderen Beweggründen. Wir brauchen Toms Schutz. Das heißt doch nicht gleich, dass du für ihn arbeitest!“

„Nein …?“

„Nein. Ich denke, wir müssen versuchen, eine Lösung zu finden, um auf Distanz zu gehen. Oder das Problem aus der Welt zu schaffen …“

„Wie meinst du das?“

Sie nahm meine Hand.

„Siehst du eine realistische Möglichkeit, dass die Russen je aufhören, uns zu jagen? Denkst du, sie werden die Angelegenheit irgendwann als geklärt ansehen? Außer wenn wir tot sind, meine ich.“

Ich überlegte. Sie stellte mir die gleichen Fragen, die ich mir bereits selbst gestellt hatte: Gab es einen Ausweg, der nicht mit unserem Tod endete? Konnten wir uns irgendwann in Sicherheit spüren? Ich dachte an den Angriff in Kats Wohnung, an Toms abgefackeltes Café. An Mike.

„Nein“, antwortete ich mit fester Stimme.

Sie nickte.

„Ich auch nicht.“

Für einen Moment herrschte Schweigen und wir starrten beide vor uns auf den Boden. Ich drehte mich zu ihr.

„Wir müssen kämpfen. Es gibt keinen anderen Ausweg. Und dafür brauchen wir Toms Hilfe."

„Sehe ich auch so", stimmte sie zu.

„Vielleicht wird es für uns eine Möglichkeit geben, zu verhandeln, aber nur aus einer Position von Stärke. Davon sind wir momentan meilenweit entfernt."

„Siehst du? Du versuchst nur, uns zu schützen. Und das liebe ich an dir."

Ich sah überrascht auf. Sie lächelte. Ich war bei Weitem nicht so überzeugt wie sie, dass meine Beweggründe tatsächlich andere waren als die von Tom. Doch als ich ihr in die Augen schaute, wurde mir klar, dass ich alles tun würde, um sie zu schützen. Die Mittel dafür waren mir mittlerweile egal. Hauptsache, sie war in Sicherheit.

Ich sah in ihren Augen, dass sie es ernst meinte. Ich küsste sie und sie erwiderte den Kuss innig.

„Ich liebe dich", sagte ich nervös.

„Ich liebe dich auch", antwortete sie, ohne zu zögern. Sie lächelte. „Wollen wir ins Schlafzimmer gehen?"

Den Rest des Abends dachte ich herzlich wenig über Toms Angebot nach.

Ich hatte eine Entscheidung getroffen.

Mein Plan hatte Form angenommen, die Details musste ich noch mit Tom besprechen. Ich hatte es satt, abzuwarten, was die Russen als nächstes planten, und Mikes Verschwinden war eine deutliche Warnung. Warum wir nicht auch erneut angegriffen worden waren, war mir hingegen ein Rätsel. Hatten sie Mike aus dem Verkehr gezogen und waren danach gestört worden, bevor sie zu uns gekommen waren? Oder sollte das Ausschalten unseres Schutzengels tatsächlich nur eine letzte Warnung sein?

Möglicherweise befanden sich Tom und die Russen bereits in einer so heißen Phase der Konfrontation, dass die Russen uns lieber nur auf Abstand hielten, anstatt uns ganz auszuschalten und die Polizei auf den Plan zu rufen?

So oder so brauchte ich Toms Input, um dieses Rätsel zu lösen.

Schlussendlich blieb uns kein anderer Ausweg, als die Russen so arg in Bedrängnis zu bringen, dass wir sie dazu zwingen konnten, uns in Ruhe zu lassen. Dafür gab es keine andere Möglichkeit, als Gleiches mit Gleichem zu vergelten, genau wie Tom es getan hatte. Da die Polizei scheinbar kein Interesse daran hatte, die Russenmafia zu bekämpfen, blieb Tom unsere einzige Anlaufstelle.

Doch bevor ich Tom aufsuchen würde, um die Details unserer Partnerschaft zu klären, hatte ich zwei wichtige Gespräche zu führen. Das erste hatte ich gestern Abend bereits mit Nadia gehabt.

Für das zweite setzte ich mich in meinem Wohnzimmer auf die Couch und nahm mein Handy in die Hand. „Hola, Carlos, que tal, amigo?“

„Hey, John! Wie geht´s, wie steht´s?“

Ich hatte mit Carlos nach dem Angriff auf das Hotel in Bamako immer wieder Kontakt gehabt, meistens hatten wir uns nur erkundigt, ob es dem jeweils anderen gut ging. Von dem Angriff in der Stadt hatte ich ihm bereits erzählt. Den Rest erklärte ich ihm jetzt am Telefon.

„*Mierda!*“, fluchte er, nachdem ich geendet hatte. „Und wieder die Russen, was?“

„Genau.“

„John, mein Freund, was kann ich für dich tun?“

Ich erklärte ihm meinen Plan und warum ich ihn angerufen hatte.

„Was hältst du davon?“

„John, das ist ein *no-brainer*. Die haben mich hier in die hinterste Ecke der Kaserne verfrachtet. Ich klicke jeden Tag wie blöd auf einer Maus herum und es interessiert keinen, ob ich zum Dienst auftauche oder nicht. Die haben mich für *nur bedingt einsatzfähig* erklärt und das wird auch so bleiben, bis ich alt und bucklig bin. Lange Rede, kurzer Sinn: Ich bin dabei. Wann soll ich da sein?“

Mir fiel ein Stein vom Herzen. „Es hat keine Eile. Bring deine Sachen zu Hause in Ordnung und lass mich wissen, wann du kommen kannst. Ich hol‘ dich dann am Flughafen ab.“

Er knurrte zufrieden. „Geht klar, John, geht klar. Hör mal …“ Er hielt kurz inne. „Warte auf mich, ja? Ich hab mit den Schweinen noch was zu klären, nach dem, was die in Bamako gemacht haben! Ich will nicht da auftauchen und du hast sie alle schon alleine erledigt, hörst du?“

Ich lachte kurz auf. „Keine Sorge. Ich warte auf dich.“

„*Bueno*! Die Schweine werden das alles noch bereuen.“ Er stockte und knurrte dann: „Für Arturio!“

„Für Arturio“, stimmte ich zu.

„John. Wir sehen uns. *Hasta pronto*!“

Damit war mein Plan bereit, ausgeführt zu werden. Ich hatte Max schon am Tag davor eingeweiht, Carlos war das letzte Puzzlestück gewesen. So wie ich Carlos, den Bären, kannte, würde er bis Ende der Woche hier sein. Bis dahin musste Tom sich gedulden.

Ich zog meine Laufschuhe an und drehte ein paar Runden durch die Straßen. Ich zählte darauf, dass die Russen genug mit Tom und seinen Leuten zu tun hatten und mich in Ruhe lassen würden. Dabei ging ich Schritt für Schritt meinen Plan durch und suchte nach Fehlern und Gefahren bei der Ausführung. Zufrieden mit dem Resultat meiner Analyse bog ich wieder in meine Straße ein und gönnte mir eine lange Dusche, nachdem ich ausgiebig gedehnt hatte.

Jetzt hieß es warten.

XVI.

Wo war Mike? Was war ihm zugestoßen? War ihm überhaupt etwas zugestoßen?

Ich kannte den Mann ja kaum und wusste nur von Philippe, dass er verschwunden war. Vielleicht war das für ihn ein normales Verhalten?

Oder die Russen hatten ihn erwischt und ausgeschaltet. Bei allem, was in den letzten Wochen und Monaten passiert war, hatte ich Schwierigkeiten damit, zu glauben, dass Mike einen geplanten Ruhestand begonnen hatte, und wusste vielmehr intuitiv, dass er irgendwo tot unter der Erde lag.

Schlimmer noch. Er war höchstwahrscheinlich als Warnung für uns getötet worden.

Ich hatte Nadia gebeten, bei mir in der Wohnung zu bleiben, zumindest bis ich mit Tom geredet hatte. Und zu Tom wollte ich erst, wenn Carlos angekommen war.

„Ich verstehe nicht, warum du auf deinen spanischen Kollegen warten willst“, hatte Nadia gemeint, nachdem ich ihr meinen Plan erklärt hatte.

„Ich weiß nicht, wozu dieser Ire fähig ist … mit Tom alleine würde ich schon klarkommen. Aber auf gar keinen Fall setze ich mich noch einmal der Situation hilflos aus, mit Tom und seinen Söldnern alleine in einem Raum zu sein. Wenn du Carlos siehst, wirst du sehen, warum ich auf ihn warten möchte.“

„Ah, verstehe.“ Sie überlegte. „Und was ist mit Max?“

„Max übernimmt eine andere Aufgabe. Die Rolle des Bodyguards, zur Abschreckung, passt nicht zu ihm.“ Bei der Vorstellung, Max würde mit verschränkten Armen und aufgesetztem ernstem Blick hinter mir stehen, um Tom einzuschüchtern, musste ich unwillkürlich lachen. Nadia offenbar auch, denn sie schmunzelte ebenfalls.

„Hast du noch was von der Armee gehört?“, fragte sie mich, das Thema wechselnd.

„Ja …“ Ich zog den eingeschriebenen Brief hervor und legte ihn ihr hin.

Sie überflog den Inhalt und sah mich dann mit traurigem Blick an.

„Tut mir leid …“

Ich nickte nur. Ich hatte mich damit abgefunden. Der Brief bestätigte meine offizielle Anfrage auf unbezahlten Urlaub und erklärte mich also de facto für arbeitslos. Momentan befristet auf ein Jahr. Ich hegte jedoch keinerlei Hoffnungen mehr, dass die Situation sich in den folgenden zwölf Monaten verbessern würde.

Zum Glück hatte ich die letzten Jahre herzlich wenig Zeit gehabt, Geld auszugeben, und die Prämien für meine Auslandseinsätze waren glücklicherweise alle bereits ausbezahlt worden, sodass ich mir fürs Erste keine Sorgen machen musste, auf der Straße zu landen. Trotzdem arbeitete mein Gehirn bereits fieberhaft daran, herauszufinden, wo mein nächster Gehaltsscheck herkommen sollte … wenn es denn nicht von Tom sein sollte.

Mein Handy vibrierte laut auf dem Holztisch auf.

Es war eine Nachricht von Tom: „*?*“

Simpel, wortkarg und doch deutlich ausgedrückt.

Ich warf einen Blick auf den Kalender an der Wand und antwortete ihm: „*12.*“ Der Zwölfte Mai war in fünf Tagen und ich war zuversichtlich, dass Carlos bis dahin in Luxemburg sein würde.

Tom antwortete mit einem Ausrufezeichen, das ich als Einverständnis interpretierte. Sollte er doch Ian wieder vorbeischicken, wenn er mehr sagen wollte. Die Zeit, ständig nach seiner Pfeife zu tanzen und seinen Plänen hinterherzuhinken, war vorbei.

Max und ich warteten im Untergeschoss des *Findel*, dem einzigen größeren Flughafen in Luxemburg, auf Carlos.

Die Türen der Ankunftshalle öffneten und schlossen sich ständig, jeweils einen kurzen Blick auf die Zollkontrolle und die Gepäckfließbänder dahinter freigebend. Nach mehreren eintreffenden Flügen aus Osteuropa erkannten wir schließlich, dass die folgenden Passagiere aus dem sonnigen Süden kamen: Viele hatten kurze Hosen und Sandalen an, ausnahmslos alle waren braungebrannt. Schließlich ging die Tür ein weiteres Mal auf und Carlos kam zielstrebig auf uns zu. Beruhigt stellte ich fest, dass er noch immer genau so athletisch war wie damals in Mali. Er hatte sich jedoch einen dichten Bart wachsen lassen und den Kopf kahl rasiert, was seinem bereits imposanten Erscheinungsbild einen zusätzlichen Grad an Wildheit verlieh. Ausgezeichnet!

Wir umarmten uns brüderlich und ich stellte ihm Max vor.

„Freut mich, freut mich“, sagte Carlos und schüttelte Max die Hand. Er drehte sich zu mir um. „Wann fangen wir an?“

Ian öffnete Carlos und mir die Tür zu Toms Wohnung und wir traten ein. Ich hatte Carlos´ Anwesenheit nicht im Voraus abgeklärt und konnte zu meiner Genugtuung, wenn auch nur für einen schwindend kurzen Augenblick, erkennen, dass Ian überrascht war. Ein Schmunzeln huschte über Ians Gesicht und er nickte mir anerkennend zu.

Carlos und ich traten ins Wohnzimmer und jetzt war es an Toms Reihe, überrumpelt festzustellen, dass ich nicht alleine aufgetaucht war.

Ich reichte Tom die Hand zum Gruß und stellte ihm Carlos vor. „Tom, das ist Carlos, ein Kumpel von mir. Wir haben in Mali zusammengearbeitet."

Tom musterte Carlos´ imposante Statur und reichte ihm ebenfalls die Hand.

„Freut mich." Carlos ergriff Toms Hand und drückte mit Sicherheit fester zu als nötig, doch Tom verzog keine Miene. Carlos lächelte freundlich und bezog dann, wie besprochen, hinter mir Stellung. Ian positionierte sich ihm gegenüber und die beiden beäugten sich misstrauisch: Wahrscheinlich schätzten beide gerade ab, wer von den beiden in einem Zweikampf gewinnen würde. Da beide kein Luxemburgisch verstanden, konnten Tom und ich uns ungestört unterhalten.

„Ich sehe, du lernst dazu." Tom nickte zu Carlos rüber.

Ich wartete ab.

„Gut. Ich hätte dir ungern das Einmaleins beigebracht: Niemals alleine auftauchen, wenn du nicht weißt, was auf dich wartet." Er lachte auf und ich schmunzelte ebenfalls.

„Und ich sehe, du stehst zu deinem Wort“, antwortete ich vielsagend. Der Bombenanschlag dominierte weiterhin die Presse, doch sonst war es bis jetzt nicht zu weiteren besonderen Vorkommnissen gekommen. Auf jeden Fall nicht in der Öffentlichkeit.

„Ich habe keine Ahnung, wovon du sprichst.“ Er zwinkerte mir zu.

„Natürlich.“

Schweigen.

„Hast du etwas von Mike gehört?“, fragte ich schließlich.

Seine schon beinahe emotionale Reaktion überraschte mich.

„Nein …“ Er schüttelte den Kopf und presste die Lippen fest aufeinander. „Wir haben bis jetzt nichts gehört.“

Dass Mikes Verschwinden offenbar endgültig war, setzte mir zu, doch ich versuchte, den Gedanken hintanzustellen, und konzentrierte mich auf meinen Plan.

„Was gedenkst du, jetzt zu unternehmen?“, fragte ich Tom.

„Was Mike betrifft?“

„Nein. Was die Russen angeht.“

Wie erwartet, erwischte ich ihn auf dem kalten Fuß, weil ich nicht weiter nach Mike fragte.

„Im Moment warten wir ab …“ Er versuchte sichtlich, Zeit zu schinden, um seine Gedanken zu ordnen.

Ich ließ ihm die Gelegenheit nicht. „Verstehe. Dann habe ich einen Vorschlag.“ Ich erklärte Tom meinen Plan.

Er willigte vorbehaltlos ein.

Jetzt gab es kein Zurück mehr. Für keinen von uns.

XVII.

Carlos gefiel mein Plan und er hatte sich, ohne zu zögern, bereit erklärt, die Rolle zu übernehmen, die ich ihm zugedacht hatte.

Toms Bombenanschlag auf das russische Restaurant hatte mir die Gelegenheit vermasselt, selbst einen ersten Schlag auszuteilen, doch glücklicherweise schienen sich die Russen uneins, wie sie jetzt ihrerseits auf Toms Antwort reagieren sollten. Oder sie bereiteten ihren Gegenschlag akribisch vor … wohl eher Letzteres.

Also musste ich die Russen ein weiteres Mal aus der Reserve locken, und zwar diesmal absichtlich, und ihnen keine Chance geben, sich neu zu sammeln, und um ihnen schlussendlich den Gnadenstoß versetzen zu können.

Carlos würde mir als Vorschlaghammer dienen. Und als Köder. Diese Idee gefiel dem verrückten Hund. Eher verrücktem Bären, dachte ich und warf einen Blick auf Carlos massiven Körperbau.

Tom hatte herausgefunden, dass der neue Chefzuhälter der Russenmafia in einem Bordell im Norden des Landes sein Hauptquartier eingerichtet hatte. Die Idee, dass es in diesem größtenteils ländlichen Teil von Luxemburg ein Bordell gab, das noch dazu als einziges Gebäude an einer wichtigen Kreuzung zweier Landstraßen stand, schien mir recht sonderbar. Aber auch in solch abgelegeneren Gegenden bestand ein Markt für die Machenschaften des organisierten Verbrechens.

Die erste Phase meines Plans war bereit, ausgeführt zu werden. Max war sofort Feuer und Flamme gewesen, als ich ihm erklärt hatte, dass ich plante, den Zuhälter auszuschalten. Die Episode auf dem Parkplatz im *Gréngewald* und wahrscheinlich noch viel mehr die versuchte Vergewaltigung der jungen Frau auf der Ladefläche des Kleintransporters hatten Max in seinen Grundfesten erschüttert und hatten, wo er sonst von sehr ruhiger Natur war, etwas in ihm geweckt.

„Verdammt, ja, ich bin dabei! Natürlich bin ich dabei!“, hatte er sofort gerufen, als ich ihm meinen Plan offengelegt hatte.

Und so saßen Max und ich ein weiteres Mal in einem *geliehenen* Wagen seines Kumpels und beobachteten das Bordell aus der Entfernung. Zum Glück hatten wir einen abgelegenen Schrottplatz entdeckt, der uns eine ausgezeichnete Sicht bot und unser Auto würde nicht auffallen. Das Bordell war gut beleuchtet und so brauchten wir nur normale Ferngläser, um alles im Blick zu behalten. Wir waren seit zwei Stunden hier und Carlos würde in den nächsten Minuten, wie geplant, auf den Plan treten. *Deus ex Machina*.

Es herrschte reger Betrieb in dem Lokal und Tom hatte uns erklärt, dass die meisten Kunden nur den Stripclub besuchten, der als legale Front diente. Anscheinend gelangte man nur mit Einladung in das Bordell. Deshalb beinhaltete unser Plan für diesen Abend auch nicht, dass wir den Zuhälter direkt konfrontieren würden.

„Denkst du, unser Plan funktioniert?“, fragte Max aufgeregt.

„Mal schauen. Ich habe auf jeden Fall vollstes Vertrauen in Carlos.“

„Auch in seine Kompetenzen als Don Juan?“, fügte Max mit einem Schmunzeln hinzu.

Ich lachte nur als Antwort und behielt weiterhin den Eingang des Lokals im Auge.

„Ich glaube, da kommt er!“, rief Max aus.

Die Silhouette der Person, die gerade aus einem Auto gestiegen war und in Richtung Eingang ging, war unverkennbar auch aus dieser Entfernung deutlich als Carlos‘ bärenhafte Figur auszumachen.

„Na, dann mal los“, murmelte ich und folgte Carlos mit dem Fernglas, bis er durch die Eingangstür verschwunden war.

Max und ich warteten geduldig und hielten das Lokal abwechselnd im Blick, um jegliche Schwierigkeiten, die sich möglicherweise anbahnten, zu sehen und eingreifen zu können.

Nach einer guten Stunde wurde Max ungeduldig. Ich selbst hatte genug Erfahrung mit oftmals unnötigem und endlos scheinendem Warten. *Hurry up and wait* war eine inoffizielle Hauptdevise des militärischen Alltags.

„Ich hoffe, Carlos amüsiert sich nicht zu viel …“, murmelte Max.

Just in dem Moment ging die Eingangstür auf und Carlos schlenderte zu seinem Auto.

„Okay, fahr‘ los", sagte ich zu Max.

Er startete den Wagen und wir fuhren mehrere Kilometer weit zu dem vereinbarten Treffpunkt mit Carlos. Er erreichte den abgelegenen Parkplatz am Eingang des Waldes wenige Minuten nach uns, stieg aus seinem Auto, schlenderte herüber und nahm auf dem Rücksitz Platz.

„Und? Wie war's?", fragte Max.

„Ich hatte schon unangenehmere Aufträge." Carlos lautes Lachen dröhnte durch den Wagen.

Max und ich stimmten mit ein, dann wurde ich wieder ernst.

„Also?", hakte ich nach.

Carlos strich sich über den Bart und überlegte kurz. „Lass es mich so sagen: Der neue Boss ist nicht gerade beliebt bei den Tänzerinnen. Die sind alles andere als erfreut über seine Personalführung."

„Das heißt?", fragte Max.

„Nun, ich musste mich nicht groß anstrengen, um alles über den Neuen herauszufinden, was es herauszufinden gibt. Zumindest, was unsere Interessen betrifft … Die junge Dame, die für mich getanzt hat, war sehr gesprächig."

„Getanzt?", hakte ich wieder nach.

„Ja, ganz ehrlich, nur getanzt … Der hintere Teil des Lokals ist nur für Stammkunden und Freunde des Chefs."

„Ah, ja."

„Auf jeden Fall, ich habe nur angedeutet, dass ich gehört habe, dass das Lokal unter neuer Führung steht, und schon hat sie mir erzählt, was für ein verfluchtes Schwein der Kerl ist. Offenbar geht er sehr grob mit den Frauen um und vergnügt sich gerne mit ihnen."

Max verspannte sich neben mir.

„Dieser Drecksack", knurrte er wütend, ließ Carlos dann jedoch weiterreden.

„Drecksack trifft es gut. Viel wichtiger jedoch noch für uns: Er ist heute beinahe alleine in dem Lokal."

Ich horchte überrascht auf. „Im Ernst?“

„Ja. Irgendwo steigt heute Abend eine Megaparty und die meisten seiner Leute werden dort sein. Ich habe nur zwei Gangster ausgemacht, die heute für die Sicherheit zuständig sind in dem Schuppen.“

Ich warf Max einen Blick zu.

„Könnte die Gelegenheit sein“, murmelte er und sah mich wiederum fragend an.

„Nicht nach Plan.“

„John, vielleicht kriegen wir die Chance nie wieder!“

Ich überlegte. Der erste Schritt meines Plans war für heute Abend eigentlich gewesen, den Zuhälter nur zu beobachten, seine Routine kennenzulernen und später auf einen günstigen Moment zu warten. Dass dieser günstige Moment schon heute Abend eintraf, erwischte uns unvorbereitet.

„Carlos, was meinst du?“ Ich sah Carlos im Rückspiegel an.

„Chelsea hat mir gesagt, dass der Boss immer um halb eins aus dem Lokal kommt und nach Hause fährt.“

Ich fragte nicht, wer Chelsea war, es konnte sich nur um die Tänzerin handeln.

„Alleine?“

„Keine Ahnung.“

Ich sah Max an und schüttelte den Kopf. „Zu riskant. Wir sind nicht darauf vorbereitet.“

„John, das ist doch die Gelegenheit!“

„Außerdem sind Toms Männer nicht vorgewarnt.“

„Dann warnen wir sie eben jetzt!“, sagte Max bestimmt.

Ich atmete tief durch. Max hatte Recht. So eine Chance würde sich uns wahrscheinlich nie wieder bieten. „Okay."

„Okay?"

„Ja, wir schnappen ihn uns heute."

Max schlug sich begeistert auf den Oberschenkel.

„Okay für dich, Carlos?"

„*Claro*."

Carlos und ich schlichen uns an das Bordell heran. Max hielt sich auf Abruf bereit und behielt alles im Blick. Sobald wir den Zuhälter überwältigt haben würden, würde er mit seinem Wagen zu uns kommen und wir würden verschwinden.

Es war schon nach ein Uhr morgens und der Parkplatz war größtenteils leer. Wir wussten nicht, welches Auto wem gehörte, und so hockten Carlos und ich reglos hinter der niedrigen Steinmauer, die das Areal umgab, und warteten ab. Die Eingangstür öffnete sich. Ich verkrampfte mich und starrte gebannt auf den Parkplatz. Zwei Männer traten aus dem Lokal und verabschiedeten sich voneinander, dann ging jeder zu seinem Auto.

„Das sind die Sicherheitsleute", flüsterte Carlos.

Wir konnten unser Glück kaum fassen. Die beiden Gangster fuhren davon und wenn Carlos' Informationen stimmten, blieb nur noch der Chef des Lokals übrig. Chelsea hatte Carlos gesagt, dass die meisten der Frauen Zimmer im Obergeschoss des Lokals hatten.

„Wie selbstsicher kann man sein?", fragte ich Carlos und er zuckte die Achseln.

Kurz darauf ging die Tür ein weiteres Mal auf und es war tatsächlich der Zuhälter, der auf den Parkplatz trat.

Wie vorher abgesprochen, huschte Carlos sofort an mir vorbei und bewegte sich in gebückter Haltung in die Richtung, in die der Zuhälter ging, um ihm notfalls den Weg abzuschneiden. Ich selbst ging in die andere Richtung und wir nahmen unser Ziel in die Zange. Der Mann hatte mittlerweile offensichtlich sein Auto erreicht, denn er zückte seine Schlüssel aus der Hosentasche und öffnete die Fahrertür. Verblüffenderweise handelte es sich nicht um eine protzige Nobelkarosse, sondern um einen steinalten Citroen. Carlos würde ihm als Erster entgegentreten. Ich bewegte mich gezielt in eine vorteilhafte Position, sodass Carlos und ich beim Angriff auf den Zuhälter immer im Sichtfeld des anderen bleiben würden, um einander decken zu können. Das klassische taktische Dreieck halt.

Carlos erreichte das Auto des Zuhälters und richtete sich auf. Als der Gangster Carlos erblickte, fuhr er ihn wütend an.

„Verdammter Penner, was treibst du dich noch hier auf meinem Parkplatz herum? Hoffst du, deiner Herzensdame über den Weg zu laufen?“ Das sagte er alles in einem gebrochenen Englisch mit schwerem, russischem Akzent.

Ich hörte noch, wie Carlos anfing, ihm zu antworten, vorgeblich lallend, um seine Aufmerksamkeit auf sich zu ziehen, doch ich verstand nicht, was er sagte. Der Zuhälter wohl genau so wenig, denn er schmiss mit einer Bierflasche nach Carlos und fluchte laut, bevor er sich umdrehte und Anstalten machte, in sein Auto zu steigen. Ich schlich mich weiter heran und duckte mich hinter den Citroen.

Ich umrundete das Auto und preschte in vollem Lauf auf den Zuhälter zu. Dieser bemerkte mich zu spät. Er hatte jedoch die Tür seines Autos schon geöffnet und war bereits halbwegs eingestiegen, sodass ich mich mit voller Wucht gegen seine Tür warf. Die Tür schlug hart gegen seinen Oberkörper. Er schrie kurz auf, doch Carlos hatte sich bereits auf ihn geworfen und presste ihm die Hand auf den Mund. Sein Schrei brach abrupt ab. Ich warf einen besorgten Blick in Richtung Bordell, um zu sehen, ob uns jemand gesehen oder gehört hatte.

Der Zuhälter wehrte sich gegen Carlos‘ Griff, doch Carlos war der Nahkampfspezialist seiner Einheit gewesen, und so hatte das Schwein keine Chance. Carlos änderte gekonnt seinen Griff, drückte ihm den Arm gegen die Halsschlagader und hielt den Mann wie in einem Schraubstock fest. Er schnürte ihm die Blutzufuhr des Gehirns zu. In wenigen Sekunden war der Zuhälter ohnmächtig und hing schlaff in Carlos‘ massiven Armen.

„Schnell, bring ihn weg von hier!“, raunte ich Carlos zu.

„Und du?“

„Ich nehme sein Auto und folge euch.“

„Gute Idee!“, grunzte Carlos und hob den Mann wie eine übergroße Puppe hoch. Er stampfte davon Richtung Eingang des Parkplatzes. Ich sah bereits die Scheinwerfer von Max‘ Wagen und konzentrierte mich auf meine Aufgabe.

Plötzlich gellte ein panischer Schrei durch die Nacht. Ich fuhr zum Bordell herum. Ich sah eine Frau in der Eingangstür stehen und hektisch gestikulieren: Sie deutete in meine Richtung und rief etwas ins Gebäude. Kurz darauf wurde sie von zwei Männern zur Seite geschoben und die beiden stürzten auf den Parkplatz.

Verdammt!

Der Zuhälter hatte seine Schlüssel fallen gelassen, als ich die Tür gerammt hatte. Ich suchte den Boden ab, konnte die Schlüssel jedoch nirgends finden. Mir wurde plötzlich bewusst, dass ich jetzt, wo die Entführung aufgeflogen war, das Auto nicht mehr verschwinden lassen musste. Ich Idiot! Die Sicherheitsleute hatten den Parkplatz bereits fast überquert und würden in wenigen Sekunden bei mir sein. Ich schaute zu Max und Carlos, doch Carlos hievte den Zuhälter gerade auf den Rücksitz und rutschte selbst gleich hinterher. Ich rief seinen Namen, doch er hatte die Tür bereits hinter sich zugezogen. Max fuhr, wie besprochen, sofort davon.

Ich war auf mich allein gestellt.

Ich drehte mich zu den beiden Sicherheitsleuten um und nahm Kampfposition ein. Beide waren gebaut wie Rugbyspieler. Wer war die größere Bedrohung? Mir blieb keine Zeit für lange Überlegungen. Als sie Max` Wagen davonfahren sahen, bremsten sie ab und näherten sich mir vorsichtiger. Sie waren in der Überzahl und klar im Vorteil. Ich atmete tief ein, um meinen Puls zu beruhigen. Die beiden trugen identische Kleidung, ein dunkles Polo-Shirt, schwarze Jeans und schwere Stiefel. Sie glichen sich auch sonst so sehr, dass mir für einen Moment der Gedanke kam, dass es sich vielleicht tatsächlich um Zwillinge handelte.

Die Zwillinge waren jetzt auf meiner Höhe und umkreisten mich gekonnt. Ich durfte mich auf keinen Fall in die Mangel nehmen lassen, sonst hatte ich keine Chance.

Ich stellte mich so nahe wie möglich an den alten Citroen des Zuhälters, um mir zumindest den Rücken freizuhalten.

Der Zwilling zu meiner Linken stürzte plötzlich nach vorne. Ich roch eine Finte und so drehte ich meinen Oberkörper leicht zu ihm hin, blieb jedoch stehen. Er brach seinen Angriff abrupt ab und sein Kumpel stürzte wie erwartet im gleichen Moment auf mich zu. Ich erwischte ihn mit einem Fußtritt am Knie. Er stürzte und rollte sich schreiend am Boden, sein Knie umklammernd. Ich fuhr herum. Der andere Angreifer starrte überrascht auf seinen Kollegen. Ich nutzte den Moment der Schwäche sofort aus, versetzte ihm in schneller Folge zuerst einen Schlag ins Gesicht, dann einen Uppercut in die Magengrube und setzte mit einen rechten Haken nach. Meine Faust erwischte ihn an der Schläfe. Er ging in die Knie und schwankte benommen hin und her. Ich trat ihm gegen den Brustkorb. Er sackte nach hinten und blieb regungslos liegen.

Sein Kollege umklammerte noch immer mit schmerzverzerrtem Gesicht sein Knie. Er war offensichtlich keine Bedrohung mehr.

Doch ich konnte ihn nicht so zurücklassen. Er würde sofort Hilfe holen.

Ich ging zu ihm rüber und als er mich sah, hob er abwehrend die Hände. Ich ergriff seinen Kopf und schlug ihn hart gegen den Wagen hinter ihm. Er blieb ohnmächtig liegen.

Wir hätten uns doch die Zeit nehmen sollen, die Routine des Zuhälters zu studieren, und einen günstigeren Moment abwarten sollen, um ihn zu entführen … Ich warf einen

Blick zum Bordell, konnte jedoch die Frau von vorhin nirgends entdecken.

Den Autoschlüssel des Zuhälters entdeckte ich hinter dem Vorderreifen. Ich warf einen letzten Blick auf die ohnmächtigen Zwillinge, stieg dann in den klapprigen Citroen und fuhr zurück zum Schrottplatz.

So hatte ich mir den ersten Teil meines Plans nicht vorgestellt.

Wir trafen uns mit Toms Männern wie verabredet und übergaben ihnen den Zuhälter. Dann setzten Carlos und ich Max zu Hause ab und machten uns auf den Weg zurück in meine Wohnung.

Das Adrenalin ließ langsam nach.

„Bist du okay?“, fragte Carlos.

„Ja. Ja, mir geht's gut, danke, Mann.“ Ich hielt den Blick weiterhin auf die Straße gerichtet.

„Erste Phase erfolgreich abgeschlossen“, stellte Carlos fest.

„Sieht so aus ...“

Das Display meines Autos zeigte mir an, dass Philippe mich anrief. Ich ging ran.

„Wo zum Teufel steckt der Kerl?“, schrie Philippe.

Ich war völlig überrumpelt. „Was?!“

„Ich habe gefragt, wo der Mann ist?“

„Ich ... was? Was meinst du damit?“

„Verdammt, John, hör auf mit den Spielchen! Toms Männer sollten uns den Zuhälter übergeben, aber es ist niemand aufgetaucht.“

Carlos sah mich fragend an.

„Ich … wir haben alles wie besprochen erledigt. Vielleicht sind sie noch auf dem Weg zu euch?“

„Bullshit, John. Was habt ihr da für eine Show abgezogen? Der Mann sollte in Polizeigewahrsam sein und nicht …“

Ich legte auf und schnitt ihm so das Wort ab. Carlos stieß einen leisen Pfiff aus. Sofort rief Philippe noch einmal an, doch ich ignorierte den Anruf und warf Carlos einen fragenden Blick zu.

„Wir fahren zu Tom.“

„Hab‘ ich mir schon fast gedacht.“

Ian öffnete uns die Tür und Carlos und ich stürmten ins Wohnzimmer.

„Tom? Tom?!“, rief ich wiederholt.

„Was ist denn?“ Er kam aus einem der Zimmer. Er war vollständig angezogen, war also entweder noch wach gewesen oder Ians Männer hatten ihn vorgewarnt.

Ich ging auf ihn los, packte ihn am Kragen und presste ihn gegen die Wand.

„Was zum Teufel haben deine Männer mit dem Zuhälter gemacht?“

Tom regte sich nicht, sondern starrte mich nur an. „Nimm. Deine. Verdammten. Pfoten. Von. Mir."

Ich erwiderte seinen Blick für einen Moment, dann ließ ich ihn los.

Er sah mich weiterhin unverhohlen an, dann rückte er sein Hemd zurecht. Er hob den Blick. „Du fühlst dich hintergangen, ich verstehe das. Deswegen, und *nur* deswegen, kommst du damit heute davon. Aber glaube mir, das ist das letzte Mal, dass du die Hand gegen mich erhebst. Ist das klar?“ Seine Stimme war ruhig, aber sein Unterton war so bedrohlich, wie ich es noch nie gehört hatte.

Ich starrte nur zurück.

„Also? Warum haben deine Männer ihn nicht der Polizei übergeben?“

„Ganz einfach. Du wolltest ihn nur aus dem Verkehr ziehen, um Bogdanow zu schwächen. Ich wollte ihn *wirklich* ausschalten. Sieh es als *win-win* an: Du musstest dir die Hände nicht zu schmutzig machen und wirst den Mann trotzdem nicht wiedersehen müssen.“ Er lächelte.

„Das war so nicht abgemacht! Ich habe nicht eingewilligt, Menschen einfach so ermorden zu lassen!“

„Ermorden?“ Tom setzte einen schockierten Gesichtsausdruck auf. „Wer hat denn etwas von Ermorden gesagt? Wir haben uns um den Zuhälter gekümmert. Wie und warum, braucht dich nicht zu interessieren.“

Ich starrte ihn wütend an, wusste jedoch, dass die Diskussion damit zu Ende war. Ohne ein weiteres Wort zu sagen, drehte ich mich um und verließ die Wohnung, dicht gefolgt von Carlos.

Carlos wartete, bis wir wieder in meinem Auto waren, dann drehte er sich zu mir um. „Wo liegt das Problem?“

„Carlos, anstatt der Polizei geholfen zu haben, einen Verbrecher aus dem Verkehr zu ziehen, haben wir einem Kriminellen geholfen, einen Konkurrenten auszuschalten.“

Er zuckte die Achseln. „Dafür bin ich hergekommen. Mir egal, wie wir das vollbringen, Hauptsache, den Schweinen legen wir das Handwerk.“

Ich blieb stumm und hing meinen Gedanken nach.

Bei meiner Wohnung angekommen, parkte ich den Wagen und wir gingen zum Treppenhaus. Ich verlangsamte meine Schritte und Carlos schloss zu mir auf.

„Danke, dass du mir den Rücken freigehalten hast." Ich wusste, dass Carlos Ian in Schach gehalten haben musste, als ich Tom gegen die Wand gedrückt hatte.

„No problemo." Carlos blieb abrupt stehen und streckte seinen Arm aus, um mich zurückzuhalten. Wir waren im Flur vor meiner Wohnungstür und als Carlos mich stoppte, schaute ich nach vorne.

Die Tür war aufgebrochen worden und stand sperrangelweit offen.

XVIII.

Ich rannte Richtung Wohnung. Carlos packte mich am Arm und versuchte so, mich zurückzuhalten. Unwirsch schüttelte ich seine Hand ab. Ich hatte nur einen Gedanken: Nadia!

Ich stürmte in die Wohnung. Zuerst fielen mir die vielen zertrümmerten Möbel auf, dann sah ich Nadias reglosen Körper neben der Wohnzimmercouch liegen. Ich spürte, wie sich eine eiskalte Hand um meine Eingeweide schloss.

Ich näherte mich ihr vorsichtig, um sie nicht zu erschrecken, doch dann bemerkte ich, dass sie bewusstlos war. Tränen schossen mir in die Augen. Sachte hob ich ihren Kopf hoch und bettete ihn in meinen Schoß, ihr Gesicht mit beiden Händen umschlossen. Es war bereits übel angeschwollen und ein langer, hässlicher Schnitt zog sich über ihre rechte Gesichtshälfte.

Carlos hatte die Wohnung nach den Eindringlingen durchsucht und stand nun unschlüssig neben mir.

„Ist sie …?“, fragte er vorsichtig.

„Nein, sie atmet. Ruf einen Krankenwagen. Und die Polizei.“ Er zückte sein Handy.

Ich konnte nichts für Nadia tun, sondern hielt nur ihren Kopf fest und strich ihr sachte übers Haar.

Ich weiß nicht, wie lange ich so dagesessen hatte, bis die Sanitäter in die Wohnung kamen und mich sanft von ihr wegschoben, um sich um sie kümmern zu können. Ich stand schockiert in meiner zertrümmerten Wohnung und schaute zu, wie die Männer Nadia auf eine Bahre legten und in den wartenden Krankenwagen brachten.

„John.“ Es war Carlos. „John, fahr‘ mit ins Krankenhaus. Ich warte hier auf die Polizei und komme dann nach.“

Ich nickte nur und wollte nach draußen gehen, da blieb mein Blick an einem Stück Papier hängen, das auf dem Küchentisch lag. In großen, roten Druckbuchstaben, aus welchem Grund auch immer kam mir der Gedanke, dass es wohl mit Nadias Lippenstift geschrieben worden war, standen nur zwei Wörter drauf: „*Final warning*“. Ich spürte, wie blanker Zorn in mir aufloderte.

Ich packte den Zettel, hob das Buch „Vom Kriege“ auf, das zwischen den anderen verstreut am Boden herumlag, und versteckte ihn darin.

„Warum?“, fragte Carlos sanft.

„Keine Ahnung“, antwortete ich abwesend und verließ die Wohnung.

Ich saß im Wartesaal vor Nadias Behandlungsraum. Carlos war noch nicht aufgetaucht. Zu so später, oder wohl eher früher Stunde war der Wartesaal leer. Ich hatte Kat bereits vom Auto aus angerufen und sie war auf dem Weg ins Krankenhaus, zusammen mit ihrer Mutter.

Die Ärzte hatten mir bis jetzt noch nichts gesagt und so wartete ich ab. Meine Gedanken kreisten. Ich vermutete, dass ich unter Schock stand, konnte jedoch daran im Moment nichts ändern. Die Sorgen um Nadia fraßen mich innerlich auf. Ich hatte sie alleine und ohne jeglichen Schutz in der Wohnung gelassen und auch nicht reagiert, als wir unseren Plan änderten. Der Gedanke, wie mehrere Schläger die Tür aufbrachen und sie in Todesangst durch die

Wohnung jagten und verprügelten, war mehr, als ich verkraften konnte.

„Sind Sie die Begleitung der jungen Dame, die vor Kurzem eingeliefert wurde?“, vernahm ich eine Stimme aus der Distanz und hob meinen Blick.

Eine junge Krankenpflegerin, offensichtlich am Ende ihrer Schicht, denn sie sah arg mitgenommen aus, stand am Eingang und sah mich fragend an.

Ich bejahte und folgte ihr. Es schien mir sonderbar, dass ich ohne Weiteres zu Nadia durfte, ich stellte jedoch keine Fragen. Die Krankenpflegerin schien sich das Gleiche zu denken, denn sie warf mir einen flüchtigen Blick zu, doch ihr fehlte wohl die Energie, nachzufragen.

Sie öffnete die Tür des Behandlungsraums und bedeutete mir, einzutreten.

Nadia lag auf einem der zwei Krankenhausbetten. Ihr Gesicht war mittlerweile beinahe bis zur Unkenntlichkeit zugeschwollen. Die große Schnittwunde und mehrere kleinere Kratzer waren verarztet worden. Beide Arme waren ruhiggestellt und ich nahm an, dass die Resultate der Röntgenaufnahme abgewartet wurden, bevor sie den Gips anlegten.

Ich blieb wie angewurzelt stehen und atmete ein paar Mal tief ein und aus. Die Krankenpflegerin wartete respektvoll und redete erst, als ich mich wieder gefasst hatte.

„Keine Angst, sie wird überleben", tröstete sie mich. „Man hat ihr übel mitgespielt, zum Glück jedoch nichts, was bleibende Schäden hinterlassen wird … Na ja, bis auf die Schnittwunde im Gesicht. Das wird eine Narbe. Ich nehme an, das war Absicht, sonst hat sie nämlich keine Schnitt- oder Stichverletzungen."

Ich nickte nur, zog den Stuhl neben Nadias Bett zu mir heran und setzte mich.

„Ich lasse Sie eine Weile allein. Wir warten noch auf die Resultate der Blutabnahme, dann komme ich wieder vorbei. Rufen Sie, wenn Sie etwas brauchen." Sie zeigte auf den Notfallknopf an der Wand.

Ich reagierte nicht und sie verließ das Zimmer.

Kurz darauf öffnete sich die Tür erneut und ich erwartete Kat und ihre Mutter zu sehen, doch es war Philippe.

Er trat an mich heran und legte mir tröstend eine Hand auf die Schulter. Ich atmete schwer und flüsterte: „Hilf mir ..."

„Was hast du gesagt?"

Ich hob den Blick und sah ihn an.

„Hilf mir. Hilf mir, die Schweine fertigzumachen, die ihr das angetan haben!"

Philippe atmete laut ein und aus. „Ich habe dich gewarnt, dass die Herde dich überrennen wird. Du wolltest nicht auf mich hören."

„Ich weiß, was du gesagt hast. Ich brauche keinen Unterricht in Geschichte. Ich brauche deine Hilfe. Und ich meine nicht nur ein paar Akten über Kriminelle oder eine polizeiliche Untersuchung über den Angriff heute Nacht. Ich meine tatsächliche Unterstützung! Um diesen Schweinen das Handwerk zu legen!" Wut und Hass kochte in mir hoch.

Philippe schien zu überlegen. Dann sah er zu Nadia auf dem Krankenhausbett.

„Du hast meine volle Unterstützung. Bei *allem*."

Überrascht schaute ich ihn an. „Im Ernst?"

„Ja. Ich muss vorsichtig sein, aber ich werde dir helfen, wo ich nur kann!"

Ich war ehrlich geschockt. Ich hatte alles erwartet, aber nicht, dass Philippe einwilligen würde, mir zu helfen. Mehr zu helfen, als er es bis jetzt schon getan hatte. Ich stand auf und hielt ihm die Hand hin.

„Danke."

Er ergriff sie und legte seine drauf.

„Du musst vorsichtig sein, hörst du? Ich riskiere meinen Job, aber ihr setzt euer Leben aufs Spiel." Er nickte bedeutungsvoll zu Nadia hin.

„Ich werde aufpassen. Aber ich werde sie auch dafür zahlen lassen."

Philippe nickte. „In Ordnung. Wo fangen wir an?"

Weiter kamen wir nicht, denn Carlos trat mit Kat und ihrer Mutter in den Raum. Sobald sie Nadia sahen, brachen sie in Tränen aus. Ich trat respektvoll einen Schritt zurück, um ihnen Platz zu lassen. Nadias Mutter stürzte zu ihr und konnte sich gerade noch zurückhalten, sie nicht zu umarmen. Stattdessen kniete sie sich an ihr Bett und wischte ihr sanft eine Strähne aus dem Gesicht.

Kat hingegen trat näher an mich heran. „Waren das diese verdammten Schweine schon wieder?", zischte sie wütend.

Ich nickte nur.

Sie atmete tief ein, hielt die Luft lange an und atmete konzentriert wieder aus. „John. Mach die Schweine fertig!"

Überrascht sah ich sie an. Ich hatte mir eine völlig andere Reaktion von ihr erwartet. Ich dachte, sie würde mir die Schuld geben. So wie ich es selbst tat. Doch offensichtlich war sie anderer Meinung.

Ich drückte mein Kreuz durch.

„Ich gebe dir mein Wort."

Zufrieden nickte sie, wandte sich von mir ab und ging zu ihrer Mutter und ihrer Schwester.

Ich fühlte mich fehl am Platz, deshalb deutete ich Carlos und Philippe, dass wir aus dem Zimmer gehen sollten. Die beiden nickten und folgten mir nach draußen.

Ich sah Carlos an. „Und?"

„In deiner Wohnung ist alles geklärt. Die Polizei hat das Nötige untersucht und die Tür verriegelt. Aktuell ist deine Wohnung offiziell ein Tatort und du kannst nicht mehr rein."

„Das ist ganz normal nach so einem Zwischenfall", schaltete Philippe sich ein.

Carlos sah ihn an. „Und du bist?"

„Carlos, das ist Philippe. Ein alter Schulfreund von mir. Philippe, das ist Carlos. Wir waren zusammen in Mali", stellte ich die beiden einander vor. Ich hatte Carlos zwar schon von Philippe erzählt, das musste Philippe jedoch nicht unbedingt wissen.

Die beiden reichten sich die Hände. Ich sah mich um: Wir waren ungestört, der Flur war menschenleer.

„Okay, Philippe. Du hast gesagt, du wirst uns helfen?", fragte ich hoffnungsvoll.

„Ja. Aber … John. Glaubst du nicht, heute Nacht ist schon genug passiert? Geh, und leg dich ein paar Stunden aufs Ohr.“

„Nein. Die Mafiosi glauben, sie hätten es uns heute gezeigt, und sind sicher überzeugt, dass wir klein beigeben werden. Jetzt ist genau der richtige Moment, zuzuschlagen!“

„John“, schaltete Carlos sich ein. „Ich denke, dein Kumpel hier hat Recht. Lass uns eine kleine Verschnaufpause einlegen und überlegen, wie wir weitermachen sollen. Außerdem, willst du nicht bei deiner Freundin bleiben?“

Ich schüttelte den Kopf. „Im Moment kann ich nichts für Nadia tun. Aber ich kann sofort zurückschlagen und sie kalt erwischen … Philippe?“

„Ja, John?“

„Ich hoffe doch sehr, dass es zumindest jetzt reicht, um Nadia und ihre Familie unter Polizeischutz zu stellen?“

„Habe ich bereits in die Wege geleitet. Ich habe meinen Chef schon von unterwegs angerufen und er hat eingewilligt. Die Beamten müssten jeden Moment hier sein. So lange bleibe ich auf jeden Fall.“

„Ich danke dir, mein Freund. Carlos? Wir fahren zu Tom. Philippe, ich melde mich bei dir, sobald ich dort angekommen bin. Ich werde Informationen brauchen.“

„Geht klar. Ich denke, ich weiß, was dir vorschwebt.“

Tom öffnete uns persönlich die Tür.

„John!“ Brüderlich umarmte er mich. „Tut mir leid, Mann. Ich habe gehört, was passiert ist.“

Natürlich hatte er bereits davon gehört. „Danke, Tom. Können wir reinkommen?“

„Natürlich, natürlich.“

Wir setzten uns ins Wohnzimmer. Ian war zum ersten Mal, seit er in Luxemburg aufgetaucht war, nicht zugegen.

„Ist der Zuhälter definitiv aus dem Verkehr gezogen worden, Tom?“, fragte ich geradeheraus.

Tom schien überrascht ob meiner Frage, mit der ich sofort mit der Tür ins Haus gefallen war. Dann nickte er.

„Gut!“ Ich hakte den Zuhälter von meiner mentalen Liste ab. „Was auch passiert, wir werden heute noch einen weiteren ihrer Leute ausschalten.“

Tom zog anerkennend die Augenbrauen hoch. „An wen hast du da gedacht? Bogdanow?“

„Nein. Zuerst einen seiner Top-Leute. Wir müssen sie schwächen, bevor wir uns an den Boss herantrauen. Aber ich gebe mich nicht mit irgendeinem Handlanger zufrieden.“

Tom rieb sich gedankenverloren übers Kinn. „Das wird nicht einfach sein, auf die Schnelle einen seiner Lieutenants aufzutreiben und zu erwischen …“

Ich warf Carlos einen wissenden Blick zu und schmunzelte. „Lass das meine Sorge sein, Tom. Einen Moment.“ Ich hob den Zeigefinger, um ihm deutlich zu machen, dass er sich gedulden musste, zog mein Handy hervor und wählte Philippes Nummer. Dabei ignorierte ich Toms schockierten Gesichtsausdruck wegen des Handys.

„Philippe? Gut. Gibt’s was Neues von Nadia? … Okay, danke. … Nein, schon in Ordnung. Solange jemand auf sie aufpasst. Kat wird mich schon informieren, wenn es was

Neues gibt. … Ja, genau. Okay … hör mir mal zu. Ich brauche den genauen Aufenthaltsort von einem von Bogdanows Leuten. Einer seiner Lieutenants. Nicht irgendein Handlanger, okay?“

Für einen Moment herrschte Stille. Toms verdutzter Gesichtsausdruck war Gold wert. Ich wartete. Philippe gab mir die gewünschten Informationen.

XIX.

Philippes Leute hatten in den letzten Wochen vollständige Tagesabläufe der höchsten lokalen Mitglieder der Russenmafia aufgestellt. Diese Profile hatte jemand aus der Chefetage des Polizeiministeriums in Auftrag gegeben, warum auch immer. Auf jeden Fall würden uns diese Informationen bei der nächsten Phase meines Plans auf vorzügliche Art behilflich sein. Auch wenn die Weise, wie diese Phase ablaufen würde, seit Nadias Hospitalisierung eine dramatische Kursänderung vorgenommen hatte.

Einer von Bogdanows Lieutenants, Dimitri Petrow, und zugleich einer der Männer, die uns in der Altstadt überfallen hatten, ging jeden Mittwochabend in sein Lieblingsrestaurant, ein kleines italienisches Lokal namens *Donna*. Und ließ sich von Nichts und Niemandem davon abhalten, selbst nach dem Bombenanschlag hatte er seine Routine nicht unterbrochen. Arroganter Bastard. Ich hoffte, dass Petrow, ungeachtet der Entführung des Zuhälters, an seinem allwöchentlichen Kalbsbraten in dem kleinen Restaurant festhielt.

Nachdem Philippe mir die Informationen durchgegeben hatte, erläuterte ich Tom alles Nötige.

„Kennst du das *Donna*?“, fragte ich ihn schließlich.

„Ja. Der Sohn einer meiner Männer arbeitet dort als Kellner. Das dürfte helfen.“

„Irgendwelche Ratschläge?“

Tom überlegte. „Bist du dir sicher, dass du das durchziehen willst? Ich könnte mir eine Alternative überlegen und einer meiner Leute könnte das durchziehen.“

„Nein!“, sagte ich bestimmt. „Ich übernehme das.“

Die Entlassung, wenn auch zeitlich begrenzt, hatte etwas in mir ausgelöst und der Überfall auf Nadia hatte mir den Rest gegeben. Jetzt hieß es Nägel mit Köpfen machen.

„Wie du willst.“ Tom gab sich geschlagen, doch ich sah, dass er meine Entscheidung respektierte. Und ich konnte noch etwas anderes in seinen Augen sehen. War es etwas wie Stolz?

„Ich brauche einen Plan des Restaurants. Am besten mit der wahrscheinlichen Position der Zielperson. Wird er in Begleitung sein? Wie komme ich rein und wieder raus?“ Ich ging in meinem Kopf die anderen nötigen Punkte durch.

„Ich würde vermuten, dass Petrow ein paar seiner Männer mit dabei haben wird,“ fügte Tom hinzu. „Aber das lässt sich nicht im Voraus sagen. Spätestens, wenn er dort auftaucht, werde ich dafür sorgen, dass du alle Fakten kennst. Was brauchst du sonst noch von mir?“

„Eine Waffe.“

Max war am Boden zerstört, als ich mit Carlos im Schlepptau bei ihm auftauchte und ihm erzählte, was mit Nadia passiert war. Ich wollte ihn nicht noch tiefer in die Sache verwickeln, doch er bot seine Dienste sofort an. Und ich nahm sie bereitwillig an. Mir war jede Hilfe recht.

Wir fuhren zu dritt ins Krankenhaus. Mittlerweile hatte ich seit nahezu sechsundzwanzig Stunden nicht geschlafen und ich wusste, dass das keine guten Voraussetzungen für meine Mission an diesem Abend waren. Ich nahm mir vor, am Nachmittag ein paar Stunden Schlaf nachzuholen, doch zuerst musste ich nach Nadia sehen.

Im Krankenhaus vor Nadias Zimmer angekommen, wurden wir von einem jungen Polizeibeamten erwartet.

„Herr Dalheim? Ich wurde informiert, dass Sie uneingeschränkten Zugang haben. Ihre Begleitung muss ich leider bitten, hier draußen zu warten."

Ich dankte ihm und trat ins Zimmer. Kat war noch immer an der Seite ihrer Schwester, ihre Mutter saß in einem Sessel am Fenster und schien zu schlafen.

Kat kam mir entgegen. „Und?"

„Heute Abend. Es wird ein Anfang sein. Mehr sage ich dir besser nicht."

Sie nickte und ließ mich zu ihrer Schwester.

Mittlerweile hatte Nadia beide Arme im Gips und die Schwellung in ihrem Gesicht hatte bereits nachgelassen, deshalb leuchtete ihr Gesicht jetzt in hässlichen Farbtönen. Sie war wach. Ich sah, wie ihre Augen zu mir wanderten, und eine Träne lief ihr übers Gesicht.

„Sie kann nicht sprechen, weißt du?", flüsterte Kat hinter mir sanft.

Ich beugte mich zu Nadia hinunter.

„Es tut mir so leid."

Sie blinzelte und schluckte schwer.

„Ich werde mich persönlich um diese Mistkerle kümmern! Die Polizei passt auf dich und deine Familie auf. Mach dir um mich keine Sorgen. Ich werde gleich morgen wieder herkommen, hörst du?"

Meine Kehle schnürte sich zu und ich musste meine Zunge zwingen, weiterhin die nötigen Wörter zu formen.

Nadia rollten jetzt Tränen die Wangen runter und ich zögerte, sie wegzuwischen, hatte Angst, ihr wehzutun. Ich sah, wie Nadia kaum merklich nickte. Damit hatte ich meinen Marschbefehl. Ich stand auf und berührte sie sanft an der Schulter. Dann wandte ich mich zur Tür. Ich drückte Kat zum Abschied einen Kuss auf die Wange und verließ das Zimmer.

Max lud Carlos und mich zu sich nach Hause ein, da meine Wohnung weiterhin als Tatort galt und abgeriegelt war. Nachdem wir schweigsam zu Mittag gegessen hatten, zog ich mich ins Gästezimmer zurück und legte mich aufs Ohr.

Plötzlich rüttelte jemand an meiner Schulter. Jäh fuhr ich hoch. Es war Max. Ich musste überraschenderweise sofort eingeschlafen gewesen sein.

„Ian ist hier."

Schlaftrunken nickte ich und zog mich schnell an.

„Was gibt's Neues?", fragte ich Ian, als ich mich zu den anderen ins Wohnzimmer gesellte.

Zur Antwort hielt Ian mir ein Blatt Papier hin. Es handelte sich um eine Skizze des Restaurants. Ich studierte den Grundriss des Lokals und sah dann zu Ian hoch. „Hat Tom sonst noch was gesagt?"

Ian erklärte mir alles, was Tom in der Zwischenzeit herausgefunden hatte, und als er alle meine Fragen beantwortet hatte, öffnete er eine Sporttasche, die neben ihm stand, und reichte mir eine kleine Waffenkiste.

Darin befand sich eine Glock 17, die Dienstwaffe der Armee und auch sonst weltweit äußerst beliebt. Neben der

Pistole lagen zudem zwei Magazine und ein kleiner Holster. Außerdem hielt Ian mir eine Kiste mit 9 mm PARABELLUM Geschossen hin und ich nahm sie entgegen.

„Danke. Wem gehört die?“, fragte ich Ian.

„Lass das mal …“

„… Toms Sorge sein. War ja klar.“ Schmunzelnd betrachtete ich die Waffe und kontrollierte dann die Patronenkammer. Ich testete, ob die Pistole funktionierte, und hörte ein befriedigendes Klicken, als ich den Abzug sachte betätigte.

„In Ordnung. Ist das alles?“, fragte ich den Iren.

„Nein. Tom sagt, dass Petrow einen Stammtisch hat, und zwar den hier.“ Er deutete mit dem Finger auf eine Stelle der Skizze. „Außerdem wird er üblicherweise von zwei Leibwächtern begleitet, die jedoch nicht mit ihm an einem Tisch sitzen dürfen.“

„… nicht sitzen *dürfen*?“, fragte ich überrascht.

Ian zuckte die Schultern.

„Hierarchie. Die beiden sitzen entweder an einem der Nebentische oder stehen vor dem Eingang Wache. Je nachdem, wie die Zielperson gelaunt ist.“

Ich verinnerlichte mir die möglichen Positionen der Leibwächter und deutete Ian, fortzufahren.

„Tom hat arrangiert, dass der Kellner dich unauffällig am Hintereingang empfangen wird und ins Innere des Restaurants bringt. Danach bist du auf dich alleine gestellt. … Das war‘s, damit ist mein Teil erledigt.“ Zufrieden lächelte er, machte lässig auf dem Absatz kehrt und ging zur Tür.

Sobald diese hinter Ian ins Schloss gefallen war, wollte ich etwas zu Max sagen, da überkam mich eine Welle von

Übelkeit. Ich stellte den Pistolenkoffer schnell auf einem kleinen Tisch ab und sprintete zur Toilette. Die Implikationen dessen, was ich gerade in Erwägung zog, waren anscheinend zu viel für meinen Körper gewesen und ich kotzte mir die Seele aus dem Leib.

Mit schussbereiten Waffen in einem Krisengebiet bereit zu sein, um sich zu verteidigen, war eine Sache. Mit einer geladenen Pistole in ein Restaurant zu stürmen, um jemanden umzubringen, war eine ganz andere.

Max sah mich wehleidig an, als ich aus der Toilette kam, und Carlos klopfte mir kumpelhaft auf die Schultern. „Gut so, John. Habe mich schon gefragt, wann es dich überkommt."

„Wie meinst du das?"

„Wenn du nicht vor der Aktion heute Abend gekotzt hättest, hätte ich mir ernsthafte Sorgen um deinen Seelenfrieden gemacht", verkündete Carlos und lachte trocken.

Ich lächelte verschwitzt und setzte mich zu den anderen auf die Couch, wo wir drei den Plan von heute Abend noch einmal Schritt für Schritt durchgingen und keine Möglichkeiten außer Acht ließen, die die Mission gefährden könnten.

Dieses Mal stellte auch niemand infrage, dass ich den Plan danach noch einmal und noch einmal und noch einmal durchgehen wollte.

Das *Donna* befand sich direkt an der Hauptstraße, die durch Belair, eines der besseren Viertel der Stadt Luxemburg, hinausführten. Max würde sich mit meinem Fluchtwagen - unfassbar, dass ich etwas in Luxemburg plante, das einen Fluchtwagen erfordern würde - auf der gegenüberliegenden Straßenseite bereithalten. Carlos würde erneut die Vorhut sein.

Ich hatte mein Auto mehrere Häuserblocks entfernt geparkt und ging jetzt langsam durch die Straßen zum Restaurant. Dabei schien klar, dass mich viele Passanten sehen würden, deshalb entschied ich, nicht zu versuchen, unentdeckt zu bleiben. *Hiding in plain sight*, nannten das die Amerikaner. Gemütlich schlenderte ich über den Bürgersteig.

Carlos war, wie ich wusste, bereits im *Donna* und bestellte sich etwas zu essen. Er hatte mir schon bestätigt, dass Petrow tatsächlich in dem Lokal war, und zwar an seinem Stammtisch.

Keine Bodyguards zu sehen. Obschon mir das recht seltsam vorkam, doch vielleicht wurden die Leibwächter woanders gebraucht? Die Voraussetzungen, diese Mission erfolgreich zu erfüllen, waren damit sprunghaft gestiegen.

Ich bog von der Hauptstraße in eine Seitenstraße ab und ging durch die Hintergasse weiter. Mein Benehmen würde nun definitiv als suspekt eingestuft werden, sollte jemand mich beobachten. Ich erreichte in wenigen Minuten den Hintereingang des Restaurants und klopfte an die Tür.

Langsam ging sie auf und just in dem Moment vibrierte mein Handy. Ich hatte den Verdacht, dass es eine Nachricht von Carlos war, konnte das jedoch jetzt nicht kontrollieren, denn die Tür wurde offengehalten, und rasch trat ich in das Gebäude. In dem Halbdunkel des Flurs machte ich nur schemenhaft eine Person aus.

„Wer schickt dich?“, fragte die Person mich aus dem Schatten heraus.

„Justitia.“ Das Codewort hatte ich im Voraus mit Tom abgemacht. Etwas pathetisch, aber das war mir sofort in den Sinn gekommen.

„Okay, komm rein.“ Es handelte sich um den Sohn des Mannes, der für Tom arbeitete.

Er war ein ungefähr zwanzigjähriger Kellner mit gestylten Haaren und einem Ohrring. Misstrauisch beäugte er mich.

„Keine Ahnung, was das soll und was hier abgeht, ich will es auch nicht wissen“, stellte er klar, zeigte auf eine Treppe am Ende des Flurs und drehte mir bewusst den Rücken zu.

Ich hatte andere Sorgen, als mich um die Zufriedenheit dieses Burschen zu kümmern, und ließ ihn ohne ein weiteres Wort stehen. An der Treppe angekommen, blieb ich stehen und schaute auf mein Handy. Es war tatsächlich eine Nachricht von Carlos und er hatte mir nur ein Ausrufezeichen als Textnachricht geschickt.

Lautlos fluchte ich. Die Bodyguards waren also trotzdem zugegen. Ich schickte Carlos ein Ausrufezeichen zurück. Er hatte bei unserer Vorbesprechung vorgeschlagen, zu versuchen, die Bodyguards auszuschalten. Ich hatte dankend angenommen: Zwei Schützen würden mögliche Zeugen verwirren und ich konnte mich auf Petrow konzentrieren.

Ich stieg die Treppen hoch und stand dann vor der Tür, die in den Hauptsaal des Restaurants führte. Tief atmete ich ein und aus. Es gab kein Zurück mehr und das war gut so.

Ich hatte es satt, eine passive Rolle in dieser Gewaltspirale zu spielen, die mich in ihren Bann gezogen hatte. Hier und jetzt würde ich diesem Chaos ein Ende setzen! Ich sah mich noch einmal im Treppenhaus um. Ich war alleine.

Vorsichtig zog ich die Glock 17 aus dem Holster unter meiner Jacke hervor und lud die Waffe durch. Ein kurzer Check bestätigte mir, dass sich eine Patrone in der Kammer befand. Ich konzentrierte mich auf meine Atmung und drückte die Klinke der Tür nach unten.

Ich öffnete die Tür langsam und ging in den Saal hinein.

Den Rest des Restaurants nahm ich kaum wahr, so fokussiert war ich auf Petrow. In meinem peripheren Blickfeld glaubte ich, Carlos‘ massive Statur auszumachen, und meine Augen blieben für einen Augenblick an zwei griesgrämigen Männern hängen, die komplett versteift an einem Tisch in der Nähe saßen, höchstwahrscheinlich Petrows‘ Bodyguards. Das Restaurant war ungefähr zur Hälfte gefüllt: Die anderen Gäste ignorierend, hielt ich zielstrebig auf den Stammtisch des Russen zu.

Ich hatte entschieden, das alles ohne jegliche Maske oder sonstige Tarnung durchzuführen. Der Mann sollte mich wiedererkennen. Mir war bewusst, dass dies eine völlig unsinnige Entscheidung war, und es war mir egal, ob mich sonst noch jemand erkannte. Ich wollte diesmal eine Nachricht schicken.

Ich entdeckte den Russen sofort und eilte mit weitausholenden Schritten auf ihn zu. Seine Augen weiteten sich, als er mich bemerkte. Die gleiche Arroganz, die er auch in der Altstadt an den Tag gelegt hatte, verschwand, als er die Pistole in meiner Hand wahrnahm. Er geriet in Panik und versuchte verzweifelt, sich zu erheben, um zu fliehen, doch ich gab ihm keine Zeit dafür. Binnen weniger Augenblicke war ich bis an seinen Tisch herangekommen. Ich blieb stehen, als er sich bereits halb erhoben hatte. Er spürte, dass ich vor ihm stand und hielt inne, den Blick auf mich gerichtet.

Dankbar, dass der Russe einen Stammtisch an der hinteren Wand des Restaurants bevorzugt hatte und ich mir keine großen Sorgen um mögliche Querschläger machen musste, hob ich meine Pistole, umklammerte sie fest mit beiden Händen und drückte ab.

Auf so kurze Distanz musste ich nicht einmal zielen. Meine Muskeln wussten genau, wann sie die Pistole auf das gewünschte Ziel gerichtet hatten.

Ich traf ihn mit drei Schüssen in schneller Reihenfolge in den Brustkorb und den Bauch. Er sackte noch in der Bewegung in sich zusammen, den Stuhl umstoßend und den Teller mit seinem halbverzehrten Kalbsbraten mit sich reißend, als er versuchte, sich am Tisch festzuklammern. Hart schlug er auf dem Boden auf und ich ging um den Tisch herum.

Ich war überzeugt, dass er bereits tot war, schoss ihm jedoch noch in den Kopf, um auf Nummer sicher zu gehen.

Als hätte sich dichter Nebel gelichtet, schlug mir auf einmal die Geräuschkulisse des Restaurants entgegen. Mehrere Menschen kreischten schockiert. Mir wurde bewusst, dass ich möglicherweise noch zwei andere Probleme zu lösen hatte und ich wirbelte herum. Doch Carlos trat bereits in Aktion.

Die Bodyguards, beide athletisch gebaut mit einem leichten Hang zu massiven Muskelbergen, versuchten, völlig überrumpelt, aufzustehen. Beide zogen gerade aus dem Inneren ihrer Anzüge ihre Pistolen. Carlos umrundete schnell einen der großen Tische und hatte seine eigene Pistole bereits auf die Leibwächter gerichtet. Diese hatten den massiven Spanier nicht bemerkt, sondern wandten sich erwartungsgemäß mir zu. Carlos drückte ab. Der erste Leibwächter wurde von der Wucht der Kugel herumgerissen. Die nächste Kugel traf seinen Kollegen in die Brust. Dieser sackte sofort in sich zusammen. Bevor der erste Bodyguard reagieren konnte, schoss Carlos noch zweimal in schneller Folge auf ihn, traf ihn am Kopf und an der Schulter. Er ging ebenfalls zu Boden.

Ich kontrollierte beide mit einem kurzen Blick auf Lebenszeichen. Zufrieden mit dem Resultat verschwand ich, ohne die anderen Gäste eines weiteren Blickes zu würdigen, durch das Treppenhaus, dicht gefolgt von Carlos.

XX.

Am Tag nach dem Tod des Mafioso und seiner Bodyguards war die luxemburgische Presse natürlich voll von den Ereignissen in dem italienischen Restaurant. Und dieses Mal hatten auch die ausländischen Nachrichten etwas aus dem kleinen Nachbarland zu berichten.

Von einem simplen „Drei Tote in Luxemburg-Stadt“ über „Bandenkrieg in der Steueroase?“ bis hin zu „Pizza Infernale“ war alles an kreativen Titeln mit dabei. Wobei die Zielperson des *Hits*, so wurde ein Auftragsmord in Kreisen der Organisierten Kriminalität genannt, wie ich von Tom gelernt hatte, ja eigentlich einen Kalbsbraten bestellt hatte. Naja, ich wusste das, die Journalisten nicht unbedingt. Beziehungsweise konzentrierte die Presse sich auf andere Details.

Wie zum Beispiel, dass der Täter laut Zeugenaussagen anscheinend maskiert gewesen war und von eher kleiner Statur. Noch dazu wurde nur *ein* Täter erwähnt. Ich staunte nicht schlecht, als ich die erste Täterbeschreibung las. Nachdem ich mehrere andere Zeitungen mit meinem Handy aufgerufen hatte, wusste ich, dass diese falschen Informationen kein Zufall sein konnten. Hatte da Tom seine Finger im Spiel gehabt? Oder Philippe? Oder alle beide? Ich wusste auf jeden Fall, dass ich weder maskiert gewesen noch von kleiner Statur war …

Ich hatte die Nacht über kein Auge zugetan. Im Gegensatz zu dem Angriff auf das Hotel in Bamako, wo ich vollkommen überrascht worden war und, überwältigt von den

Ereignissen, auf Autopilot geschaltet hatte, um zu überleben, hatte es sich hier ganz klar um einen Mord gehandelt. Die Ermordung dreier Menschen. Durch mich. Auch wenn ich die Entscheidung selbst getroffen hatte und meine Motive glasklar gewesen waren - und es auch immer noch waren -, so fand sich mein Gewissen doch anscheinend nicht mit meinen Taten ab.

Ich hörte meine Psychotherapeutin förmlich sagen: „Und wie haben Sie sich dabei gefühlt?"

Die ehrliche Antwort war: Ich hatte überhaupt nichts dabei empfunden. Keine Angst. Keine Zweifel. Keine Empathie.

Ich hatte nur gewusst, dass diese drei Männer mit Sicherheit von dem Überfall auf Nadia gewusst hatten, vielleicht sogar auch direkt daran beteiligt gewesen waren. Und dass ich diese Bedrohung ausschalten wollte. Und musste.

Und jetzt gab es definitiv kein Zurück mehr.

Wie oft hatte ich mir das schon gesagt in den letzten Wochen?

Nadia war wach, als ich am frühen Morgen nach dem *Hit* zu ihr ins Krankenhaus ging.

Der Polizeibeamte ließ mich erneut ohne weitere Fragen zu ihr durch.

Nadia war alleine. Ich ging zu ihr ans Bett und zog einen der Klappstühle zu mir, um mich zu setzen. Sie folgte meinen Bewegungen mit den Augen, ohne den Kopf oder Oberkörper zu bewegen. Sie musste schreckliche Schmerzen haben. Ich hoffte, dass die Schmerzmittel wirkten.

„Hey, wie geht's dir?“, fragte ich sie sanft.

Ich sah an ihrem Blick, dass sie mich gehört hatte, doch sie reagierte nicht. Schließlich bewegte sie kaum merklich ihre Lippen und versuchte zu sprechen, doch kein Laut kam heraus.

„Schon gut, mein Herz, schon gut.“ Um sie zu beruhigen, legte ich meine Hand ganz vorsichtig auf ihre Schulter. „Es ist alles in Ordnung, es wird keine bleibenden Schäden geben, wenn du erst mal völlig genesen bist …“

Eine Träne rollte ihr die Wange runter und sie schluckte schwer.

„Soll ich einen Krankenpfleger rufen?“, fragte ich besorgt.

Sofort schüttelte sie den Kopf, wenn auch mit sehr sparsamen Bewegungen. Dann sah sie mich einfach nur an.

„Ich kümmere mich um Kat und deine Mutter. Philippe hilft uns auch, mittlerweile habt ihr alle drei Polizeischutz bekommen. Außerdem …“, ich rückte näher ans Bett. „Außerdem haben wir angefangen, zurückzuschlagen. Diese Schweine werden büßen für das, was sie dir angetan haben.“

Sie so zu sehen, war schwer zu verkraften, doch ich wiederholte mir immer und immer wieder im Kopf, dass es für sie noch viel schwerer sein musste, so dazuliegen.

„Ich komme am Nachmittag wieder vorbei, okay?“

Sie nickte langsam.

„Ich seh nach, ob Kat noch hier in der Gegend ist.“

Zärtlich küsste ich sie auf die Stirn und verließ das Zimmer.

Tom und ich hatten uns bei meinem letzten Besuch auf verschiedene Treffpunkte geeinigt und uns ein simples System ausgedacht, um zu wissen, wann wir welchen Treffpunkt nutzen würden. Wir waren uns einig, dass es sicherer war, als jedes Mal in seiner Wohnung aufzutauchen.

Und so trafen wir uns auf einem Parkplatz am Anfang eines Laufweges in einem kleinen Waldstück. Ich war zuerst da und wartete in meinem Auto. Als Tom ankam, stieg er aus und nahm bei mir auf dem Beifahrersitz Platz.

„Keine Schwierigkeiten?“, fragte er, als er sich gesetzt hatte.

„Nicht, dass ich wüsste.“

„Gut.“

„Interessante Täterbeschreibung in den Nachrichten.“

„Schon verrückt, wie Leute so überzeugt von etwas sein können und plötzlich bemerken, dass sie völlig danebengelegen haben.“ Er lachte kurz und trocken auf.

„Hmmm …“

„Wir haben ein Problem“, wechselte Tom das Thema.

Ich sah ihn besorgt an.

„Eines der Restaurants in Esch, das wir *beschützen*, wurde komplett verwüstet. Und die meisten unserer Clubs in der Stadt sagen, dass es zu immer mehr Zwischenfällen kommt. Die Inhaber fragen sich langsam, warum sie eigentlich für unseren Schutz zahlen sollen, wenn dieser offensichtlich nicht viel wert ist.“

„Okay …“

„Wir müssen zeigen, dass wir die einzige und beste Wahl sind, um ihre Sicherheitsbedenken zu zerstreuen.“

Das gefiel mir überhaupt nicht. „Was meinst du damit?"

Tom legte eine theatralische Pause ein, bevor er antwortete.

„Wir müssen uns wieder mehr in der Öffentlichkeit zeigen."

Mir fiel ein Stein vom Herzen.

„Verstehst du, was ich meine? Wenn die Leute glauben, wir haben Angst und verkriechen uns, um den Russen nicht über den Weg zu laufen, hören sie auf, uns zu respektieren. Das darf auf keinen Fall passieren, sonst war alles umsonst!"

„Was soll das heißen, sonst war alles umsonst?"

„Alles! Das hier! Die Toten, die Rache für den Überfall auf Nadia, der verschwundene Zuhälter!" Tom redete sich in Rage.

„Schon gut, schon gut", versuchte ich ihn zu beruhigen. „Ich hab's verstanden. Warum hast du den Zuhälter nicht zu den Toten gezählt?"

Er stockte. Und hob dann resignierend die Hände.

„Na, weil er noch lebt. Was sonst?"

Ich konnte mir nicht erklären, warum, aber irgendwie beruhigte mich der Gedanke, dass ich nicht für noch einen Toten verantwortlich war. Die drei aus dem italienischen Restaurant reichten mir. Und die von den beiden Überfällen in der Altstadt und in Nadias Wohnung natürlich. Und die von dem Überfall auf das Hotel in Bamako.

„Okay, und wie *zeigen wir uns mehr in der Öffentlichkeit*?", wechselte ich das Thema.

„Einfach nur dein Gesicht zu zeigen, müsste reichen …"

Ich sah ihn verdutzt an. „Nur meins?"

„Mich kennen die Geschäftsinhaber nicht. Auf jeden Fall, nicht mein Gesicht“, fügte er hinzu. „Du bist mittlerweile hingegen eine kleine Berühmtheit und so wäre es gut, wenn du in absehbarer Zukunft in der Stadt gesehen wirst. Heute Abend zum Beispiel.“

Es gefiel mir nicht, vor allem nicht, eine *kleine Berühmtheit* zu sein. Doch ich wusste, dass Tom Recht hatte.

Max und ich waren im *Purple*, dem Club, in dem wir letztes Mal mit Philippe gewesen waren und Mike anschließend den versuchten Vergewaltiger am Laternenpfahl zur Schau gestellt hatte.

Uns war überhaupt nicht nach Feiern zumute. Ich hatte das Gefühl, von überall beäugt zu werden, und wusste, dass Toms Plan funktionierte. Allein Präsenz zu zeigen, war eine starke Waffe. Und zugleich eine klare Nachricht an unsere Feinde.

Um uns herum feierten die Partygänger ausgelassen, Max und ich saßen in einer Ecke und tranken Softdrinks.

„Und Nadias Familie?“, fragte Max, unser Gespräch fortführend.

„Alles in Ordnung, soweit ich weiß. Philippe hat ihnen Polizeischutz gewährt.“

Zufrieden nickte Max. Er hatte unser Abenteuer im italienischen Restaurant erstaunlich gut verkraftet. Ich fing an, mir Sorgen zu machen. Ich wollte auf keinen Fall, dass Max, sonst sehr empathisch veranlagt, verrohte.

„Bin gleich zurück.“ Max klopfte mir auf die Schulter, dann ging er in Richtung Toilette davon.

Ich nippte an meiner Cola und beobachtete die Menge um mich herum. Ich fühlte mich sehr unwohl, vor allem, wenn ich an Nadia dachte. Sie würde es verstehen, oder nicht? Aber was, wenn ihre Familie oder Freunde mich hier sahen? Nadia im Krankenhaus und ich im Club …?

Plötzlich rempelte mich jemand an und riss mich so aus meinen Gedanken. Ich dachte, es wäre Max, doch ein Unbekannter stand vor mir, umringt von offensichtlich mehreren seiner Kumpel. Der Mann war ungefähr Mitte dreißig und angezogen wie jemand, der zu viel Wert auf sein Äußeres legte. Seine Kumpel passten in das gleiche Muster und alle hatten offenbar einiges getrunken.

Der Unbekannte schien der Anführer dieser Clique zu sein, denn er starrte mich erwartungsvoll an und hob fragend die Hände. „Und? Hast du mir nicht zufällig etwas zu sagen?"

Ich sah ihn fragend an und bemühte mich, ihn zuzuordnen.

Ich hatte keine Ahnung, wer der Kerl war.

„Wie kann ich helfen?" Ich versuchte, einigermaßen neutral zu klingen, auch wenn sein ungehobeltes Benehmen mir erheblich gegen den Strich ging. Heute war definitiv der falsche Tag, mich anzupöbeln.

„Soll das ein Scherz sein, du Wichser?"

Tief holte ich Luft und schloss kurz die Augen, um meine Gefühle unter Kontrolle zu halten. Ich hob meine rechte Hand und bedeutete ihm klar und deutlich, aufzuhören. „Ich weiß nicht, wer du bist oder was du von mir willst. Aber glaub' mir: Heute ist nicht der richtige Tag dafür."

Er tat einen Schritt auf mich zu, da stellte sich Max plötzlich dazwischen und schob ihn zurück.

„Bleib, wo du bist, du Arsch! Hast du das letzte Mal nichts gelernt?“

Endlich fiel mir ein, wer vor mir stand und ich prustete laut los.

„Verdammt! Tut mir leid, ich habe dich ohne dein Pappschild um den Hals nicht wiedererkannt!“

Der versuchte Vergewaltiger versuchte erneut, auf mich loszugehen, doch dieses Mal hielten ihn seine Kumpel zurück. Ich stand auf und legte Max dankbar eine Hand auf die Schulter. Dann ging ich einen Schritt auf den Mann zu. „Wenn du weißt, was gut für dich ist, siehst du zu, dass du Land gewinnst."

Er schnaubte vor Wut. Er versuchte, sich loszureißen, doch seine Leute hielten ihn zurück, bis er sich einigermaßen beruhigt hatte. Er starrte mich an.

„Wir klären das hier und jetzt.“

An jedem anderen Tag meines Lebens wäre ich auf so einen bescheuerten Spruch niemals eingegangen. Aber heute war kein normaler Tag. „Wie du willst. Aber nicht hier.“

Wir gingen nach draußen: Max, der Möchtegern-Grobian samt Anhang und ich. Wir gingen zielstrebig, ohne ein Wort zu verlieren, in die nächste Seitengasse. Max blieb an meiner Seite. Der versuchte Vergewaltiger stand, umringt von seinen Kumpanen, in fünf Meter Entfernung.

„Nur du und ich“, stellte ich klar. „Deine Kumpel halten sich raus.“

„Ich brauche auch keine Hilfe.“

Was für ein Sprücheklopfer.

Max kam näher und flüsterte mir zu: „Bist du dir sicher bei der Sache, John?“

Ich nickte.

„Wie du möchtest.“ Max wirkte stark beunruhigt. „Damit das klar ist: Falls dieser Idiot was draufhat und anfängt, dich fertig zu machen, geh ich dazwischen.“

„Geht klar.“ Ich schmunzelte, dankbar, dass ich Max an meiner Seite wusste. Sowieso war ich überzeugt, dass die Kumpel meines Gegners sich ebenfalls nicht an die Abmachung halten würden.

„Na los, worauf warten wir?“, schrie der Möchtegern-Vergewaltiger, wie um sich selbst Mut zu machen. Dann stürmte er auf mich zu.

Ich war klar im Vorteil. Mein Gegner hatte mit Sicherheit zu viel getrunken. Ich war stocknüchtern. Er war wütend und aggressiv. Ich war berechnend und hochkonzentriert.

Scheinbar unbeteiligt wartete ich ab. Als er vor mir stand, holte er weit aus und versuchte, mir einen Haken zu versetzen. Seine Faust schoss erstaunlich schnell auf mich zu. Unerwartet hatte ich Mühe, auszuweichen. Ich bückte mich unter seinem ausgestreckten Arm durch, schnellte wieder hoch und erwischte ihn mit einem harten Uppercut am Kinn. Knochen brachen. Leider musste ich feststellen, dass es sowohl sein Kiefer als auch mein Handgelenk waren. Glühender Schmerz zuckte durch meine Hand. Ich zog sie instinktiv an meinen Körper, um sie zu schützen.

Mein Gegenüber sackte wie vom Blitz getroffen in sich zusammen und blieb regungslos am Boden liegen.

Falls seine Kumpel sich eine gute Schlägerei erwartet hatten, wurden sie enttäuscht. Ihr Mitstreiter lag nach einem einzigen Schlag bewusstlos vor ihnen. Noch dazu ertönten zugleich Polizeisirenen ganz in der Nähe.

Ich schaute selbst überrascht auf den Mann zu meinen Füßen und hörte die Sirenen, dann sah ich das Blaulicht über die Häuserwände um uns herum aufleuchten.

Die Kumpel des mitleiderregenden Häufchens vor mir nahmen sofort Reißaus und verschwanden um die Ecke.

Max trat zu mir.

„Alles in Ordnung, John? Hauen wir ab!“ Er machte Anstalten zu gehen, doch ich blieb stehen.

„Nein! Wir warten auf die Polizei. Kein Grund zu fliehen.“ Ich hielt mein vermutlich gebrochenes Handgelenk weiterhin eng an den Körper gepresst.

„Wir hätten Carlos doch mitnehmen sollen heute Abend. Der hätte die ganze Truppe zu Kleinholz verarbeitet“, stellte Max fest, deutete mit dem Kopf zu dem Ohnmächtigen auf dem Boden vor uns hin und unternahm keine Anstalten mehr, vor den Beamten zu fliehen.

„Heeh!“, rief ich in gespielter Entrüstung aus. „Ich finde das war gar nicht mal so schlecht!“

„Jaaaa, schon klar. Und was sagt das Handgelenk?“, fügte Max schelmisch hinzu.

„Tut höllisch weh …“, gestand ich.

Das Sirenengeheul wurde immer lauter und schließlich fuhren zwei Polizeiwagen dicht hintereinander in die Seitengasse hinein, blieben abrupt stehen und sofort waren wir von vier Beamten umzingelt.

„Dann mal schön die Hände hoch und zu der Wand da rüber!“, befahl uns der offensichtlich Dienstälteste.

Wir taten, wie geheißen, während einer der jüngeren Polizisten sich neben meinen Sparringpartner kniete und nach einem Puls suchte.

„Den hier hat’s ganz schön erwischt“, stellte er lapidar fest. „Ich ruf einen Krankenwagen.“

Der Dienstälteste nickte und kam dann zu uns rüber. „Was ist passiert?“

„Wir hatten eine kleinere Meinungsverschiedenheit und der Herr wollte das auf der Straße regeln. Und, nun ja, ich habe Recht behalten.“ Ich konnte mir ein Grinsen nicht verkneifen.

„Zeigen Sie mal Ihre Papiere.“

Max und ich kramten unsere Ausweise hervor und reichten sie dem Beamten. Dieser sah sich zuerst Max‘ Ausweis an, dann meinen und hielt inne, als er meinen Namen sah.

„Sie sind ein Freund von Philippe, nicht?“, fragte er mich leise, sodass nur Max und ich ihn hören konnten.

„Jaaaa …?“, antwortete ich langsam und hob überrascht die Augenbrauen.

Der Mann beäugte zuerst mich, dann den Bewusstlosen auf dem Pflaster und dann wieder mich. „Verschwinden Sie von hier. Ich habe Sie nicht gesehen.“

Er reichte uns unsere Papiere.

Verdutzt nahmen wir die Ausweise entgegen.

„Ich halte ihren Namen aus den Papieren raus, keine Angst. Was mich betrifft, wurde hier jemand überfallen und k.o. geschlagen. Von den Tätern keine Spur. Klar?“

Ich konnte mir keinen Reim daraus machen, wusste jedoch, dass jetzt nicht der Moment für Fragen war. „Danke." Ich nickte nur und dann entfernten Max und ich uns schnellen Schrittes.

Ich hörte noch, wie einer der jüngeren Beamten fragte, warum ihr Chef uns laufen ließ, doch der bellte nur in barschem Ton ein paar Befehle, dann war es ruhig hinter uns. Max und ich schauten uns überrascht an und zuckten beide mit den Schultern.

„Was hat Philippe denn hier vollbracht?", fragte Max.

„Ich habe nicht den blassesten Schimmer."

Carlos hatte ich an diesem Abend zurück ins Bordell geschickt. Er sollte aus mehreren Gründen noch einmal dort erscheinen: Erstens, damit niemand ihn verdächtigen würde, falls die Entführung des Zuhälters bekannt geworden war. Wer wäre schließlich so blöde, zu dem Club zurückzukehren, wenn er dessen Besitzer entführt hatte? Zweitens, damit Carlos versuchen konnte, weitere Informationen zu sammeln. Vielleicht arbeitete die gleiche junge Dame wie letztes Mal ja auch an diesem Abend? War ihr Name nicht Chelsea gewesen? Und drittens wollte ich vermeiden, dass Carlos und ich nach dem *Hit* auf Petrow zusammen in der Öffentlichkeit gesehen wurden. Schließlich war er ziemlich auffällig und es würde weder ihm noch mir in nächster Zukunft helfen, wenn wir als Team auftraten, wo immer wir erschienen.

Nachdem der Polizeibeamte uns ohne Weiteres laufen gelassen hatte, wollten wir unser Glück für diese Nacht nicht weiter herausfordern und fuhren zu Max nach Hause.

Max saß am Steuer und ich rieb mir mein Handgelenk.

„Gebrochen?“

„Ich denke nicht. Tut aber höllisch weh.“ Ich versuchte, meine Hand zu bewegen, doch sofort durchfuhr mich ein brennender Schmerz. Ich zuckte zusammen.

„Na, sein Kinn war wohl doch härter.“

Ich warf ihm einen beleidigten Blick zu, sah jedoch, dass er über beide Ohren grinste. Ich lachte und Max stimmte mit ein.

Meine Wohnung war zwar mittlerweile durch die Spurensuche wieder freigegeben worden, ich wollte jedoch nichts riskieren. Max‘ Haus war deutlich größer und vom Aufbau her viel einfacher zu verteidigen. Dort angekommen, warteten wir im Wohnzimmer auf Carlos.

XXI.

Kurz nach Mitternacht tauchte Carlos auf und gesellte sich zu uns, nachdem er sich einen starken Kaffee gemacht hatte. Ungeduldig warteten Max und ich auf Neuigkeiten.

„Chelsea hat gesagt, dass der neue Chef verschwunden ist.“ Wir warfen uns alle einen wissenden Blick zu. „Zuerst hat das niemanden gestört, vor allem die Mädchen natürlich nicht. Ganz im Gegenteil. Nach dem Verschwinden des Zuhälters lief alles ganz normal weiter, *business as usual*. Doch nach den Morden im Restaurant war es, als hätte jemand ins Wespennest gestochen, hat Chelsea mir schadenfroh erzählt. Ein paar von den Russen tauchten im Club auf, schrien ungeduldig rum, stürmten ins Hinterzimmer und kurz darauf gingen sie aus dem Lokal und sind seitdem verschwunden.“

„Verschwunden?“, hakte ich nach. „Keiner weiß, wo die sind?“ Das könnte zum Problem werden.

Carlos nickte müde. „Wie vom Erdboden verschluckt, hat Chelsea gesagt.“

Ich dachte nach, was das heißen konnte. Entweder hatten die Russen Angst bekommen und sich verkrochen. Oder, und das war viel wahrscheinlicher, sie hatten sich irgendwo gesammelt und planten ihren nächsten Schritt.

„Wir sollten Tom informieren“, stellte ich fest.

„Warum?“, fragte Max.

„Der Club und seine Besucher sind jetzt völlig schutzlos.“ Carlos dachte offenbar das Gleiche wie ich.

„Genau“, gab ich ihm Recht. „Ungeschützt wird es nicht lange dauern, bis irgendwelche Aasgeier die Frauen bedrängen.“

„Aber sind sie denn jetzt nicht viel besser dran? Ohne ihren neuen Chef zumindest? Sie können den Betrieb doch sicher selbst am Laufen halten, oder?“, fragte Max hoffnungsvoll.

Ich überlegte. „Ja, bestimmt könnten sie das. Aber irgendjemand wird auftauchen und die Rolle des Schutzpatrons übernehmen wollen. Das Lokal ist zu lukrativ, um es sich selbst zu überlassen.“

„Oh, ja, verstehe.“ Max schaute etwas verlegen zu Boden. „An die Gedankenmuster habe ich mich noch nicht gewöhnt …“

Carlos stimmte mir zu. „Genau mein Gedanke. Deshalb habe ich Chelsea gesagt, sie soll mich anrufen, wenn etwas passiert. Und ich fahre jetzt gleich wieder dahin, bis Toms Leute dort auftauchen und den Laden übernehmen. Besser er als ein anderer Möchtegern-Mafioso. Er ist wenigstens auf unserer Seite.“

„Ich rufe ihn sofort an. Bist du sicher, dass du nochmal da hochfahren willst? Es ist schon spät.“

Carlos stand auf und ging Richtung Tür. „Mach dir keine Sorgen. Ich pass auf mich auf.“

„Carlos!“, sagte ich bestimmt.

Überrascht drehte er sich zu mir um.

„Wenn die Russen auftauchen, machst du dich dünne, hörst du? Ich sorge dafür, dass Verstärkung kommt, aber keine Heldenaktionen, okay?“

„Und das sagst gerade du?“ Er zwinkerte mir zu. „Geht klar, *jefe*.“

Seit Mike hatte mich niemand mehr Boss genannt. Und wieder fragte ich mich, wo er wohl war.

Toms Leute bestätigten uns, dass unsere Feinde tatsächlich untergetaucht waren. Keiner von denen zeigte sich mehr in der Öffentlichkeit. Das Bordell blieb unbemannt, also schickte Tom ein Team zu den Damen und handelte einen Deal aus, um ihnen Schutz anzubieten: Eine der Damen würde den Betrieb schmeißen. Toms Leute würden dafür sorgen, dass die Gäste sich anständig benahmen. Und vor allem sichergehen, dass keine der Prostituierten mehr zu irgendwas gezwungen wurde, das sie nicht auch selbst freiwillig tun wollte.

In Erwartung dessen, was kommen konnte, gab Tom klare Anweisungen an seine Leute, höllisch aufzupassen.

Trotzdem kam es in den folgenden Tagen zu mehreren Zwischenfällen. Einige der Riders gerieten mit einer feindlichen Bikergang aneinander, die bis jetzt noch nie in Luxemburg aufgetaucht war, und es gab mehrere Verletzte. In dem Dorf, in dem Toms Café noch vor ein paar Wochen gestanden hatte, kam es zu einer Serie von Einbrüchen, in den meisten Fällen mit gewalttätigen Übergriffen auf die Einwohner der Häuser. Diese *Home-Invasions* waren klar und deutlich als geplanter Angriff zu deuten, um Toms Ruf zu schädigen. So konnte er anscheinend ja nicht einmal sein eigenes Dorf schützen …

Als Tom und ich uns trafen, kochte er vor unterdrückter Wut.

„Alles in Ordnung?“ Er setzte sich wie letztes Mal zu mir ins Auto.

„Nein.“ Verächtlich schnaubte er. Er bemerkte den Verband an meinem Handgelenk. „Was ist denn da passiert?“

„Ich habe mir die Hand verstaucht, glaube ich. Mir blieb bis jetzt keine Zeit, sie von einem Arzt checken zu lassen.“

„Gestürzt?“

„Nein, mir ist was Dummes gegen die Faust gelaufen.“ Ich grinste bei der Erinnerung an den K.O.-Schlag.

„Hmmm … Verstehe. Auf jeden Fall: Die Arschlöcher verstecken sich und gehen mir verdammt nochmal auf den Sack. Ich brauche Informationen. Alle ihre üblichen Geschäftsstellen sind verlassen. Wir können sie übernehmen ohne Gegenwehr, aber was sollen wir damit? Wir können unmöglich allen Ladenbesitzern gleichzeitig Schutz anbieten und das wissen sie auch.“

„Niemand weiß, wo sie sind?“ Ich war erstaunt, dass in unserer modernen Welt so etwas möglich war. „Einer von denen wird doch seiner Familie oder seiner Freundin gesagt haben, wo er steckt?“

„Leider nicht. Sie scheinen eine eiserne Disziplin an den Tag zu legen … Verständlich, nachdem es so viele von ihnen in den letzten Wochen erwischt hat.“

Ich ging nicht weiter auf Toms Bemerkung ein.

„Hast du keine neuen Informationen von unserem Kumpel mit der Brille mehr bekommen?“ Er sah mich abwartend an.

Ich schüttelte den Kopf.

„Hmm … Verstehe. Wie geht’s denn deiner Freundin?“, fragte Tom.

„So langsam geht es ihr besser, danke der Nachfrage", antwortete ich kurz angebunden. „Ich besuche sie gleich anschließend." Ich hatte Nadia seit dem Überfall jeden Tag besucht und jeder Besuch wühlte mich innerlich auf. Zum Glück würden alle körperlichen Wunden verheilen. Ich machte mir mehr Sorgen um die psychischen Folgen. Wie viel konnte ein einzelner Mensch verkraften? Nach dem Angriff auf ihre Schwester in der Altstadt, den Toten in der eigenen Wohnung und jetzt diesem brutalen Überfall in meiner Wohnung?

Tom verstand offenbar sofort.

„Wenn du willst, stelle ich ein paar der Iren ab? Für dich? Oder für Nadia?"

„Brauchst du sie denn nicht?"

„Doch, natürlich. Aber so, wie ich das sehe, sitzen wir alle im selben Boot. Wenn ich euch helfe, schütze ich auch mich." Tom schien immer ganz pragmatisch auch seine eigenen Interessen im Hinterkopf zu behalten.

Trotzdem nahm ich dankend an. „Sehr gerne. Ian?"

Er schüttelte den Kopf. „Nein, sorry, der bleibt bei mir. Ich schicke dir Sean. Mit drei anderen, okay? Das müsste reichen."

Ich stimmte ihm zu. Dann kramte er in seiner Jackentasche und reichte mir einen Umschlag.

„Ist heute etwas leichter als sonst …" Er zuckte mit den Schultern. „Schwere Zeiten, da müssen wir wohl alle den Gürtel enger schnallen. Und hör mal, es macht mir nichts aus, dir deinen Anteil immer mitzubringen, aber vielleicht tätest du gut daran, deine eigenen Leute damit zu beauftragen, dein Geld einzutreiben?"

Für einen Moment sah ich ihn schockiert an, doch dann wurde mir bewusst, dass er genau wusste, was aus mir geworden war. Nur mir selbst wollte ich es immer noch nicht eingestehen. Hatte ich tatsächlich meine Karriere in der Armee an den Nagel gehängt? War ich jetzt Toms Partner, um Nadia und mich selbst zu schützen? Es spürte sich mittlerweile auf jeden Fall so an.

Ich nahm den Umschlag entgegen und dankte ihm. Dieses Mal wechselte ich das Thema wieder.

„Ich werde mal sehen, ob ich herausfinde, wo diese Kakerlaken sich verkrochen haben."

„Willst du das googeln?", fragte Tom sarkastisch.

Ich schmunzelte. „Lass das mal meine Sorge sein …"

Tom lachte ebenfalls und stieg aus meinem Wagen.

Ich fuhr die Landstraße entlang und hing meinen Gedanken nach.

Alle meine Entscheidungen in letzter Zeit schienen mich auf diesen Weg gebracht zu haben. Den Weg in die Kriminalität? Lange hatte ich mir vorgemacht, dass alles nur dazu diente, aus der Schusslinie der Russen zu kommen. Doch jetzt? Ich war längst nicht mehr nur das Opfer einer Hetzjagd der Mafia. Vielmehr war ich mittlerweile eine aktive Figur auf dem Schachbrett. Ich hatte das ungute Gefühl, Toms Marionette geworden zu sein, benutzt, um seine Konkurrenz auszuschalten. Oder sogar ausgenutzt?

Während meiner ganzen Karriere hatte ich mich bemüht, ein guter Chef zu sein, ein Anführer. War ich jetzt tatsächlich nur noch Toms Handlanger? Ich musste unbedingt die Initiative zurückgewinnen! Im Kampf gegen

Bogdanow und seine Männer war mir dies bereits gelungen. Wie behauptete ich meine Unabhängigkeit von Tom und wie würde ich mich wieder von ihm und seinen Machenschaften distanzieren, wenn Bogdanow erledigt war?

Ich würde Philippe später fragen, ob seine Leute etwas aufgeschnappt hatten, was den Aufenthaltsort unserer Widersacher anging. Aber zuerst würde ich noch einmal bei Nadia vorbeischauen. Ich vermisste sie. Ich vermisste ihr Lachen. Ich vermisste die Gespräche mit ihr.

Ich fuhr auf die Autobahn in Richtung Luxemburg-Stadt. An der Ausfahrt Kirchberg, im Osten der Stadt, bog ich ab und fuhr in den großen Kreisverkehr. Kurz nachdem ich auf die richtige Spur gewechselt war, am Eingang des Kreisverkehrs, schaltete die Ampel auf Rot und ich blieb stehen. Ich dachte über Toms Aufforderung nach, *meine eigenen Leute* einzusetzen, um Geld einzutreiben.

Ich stand an erster Stelle vor der noch immer rot leuchtenden Ampel und beobachtete die Menschen, die um mich herum ihrem normalen Alltag nachgingen. Neben mir stand eine Luxuskarosse und ein Klischee von einem Banker saß am Steuer und trommelte ungeduldig aufs Lenkrad. Links neben mir kam ein Motorrad mit zwei Passagieren zum Stehen. Es handelte sich um eine schnelle Rennmaschine und beide Personen trugen schwarze Schutzkleidung von Kopf bis Fuß, selbst die Glasscheiben ihrer Helme waren abgedunkelt. Ich schüttelte den Kopf. Ich hatte noch nie verstanden, wie jemand sich freiwillig auf so ein Monster setzen konnte und sich selbst, und alle anderen Teilnehmer des Straßenverkehrs gleich mit, mit

Schnelligkeit und waghalsigen Manövern in Gefahr bringen konnte. Na ja, wenigstens trugen diese Leute die nötige Schutzkleidung und hatten keine Jeans und Allstars an.

Mein Blick wanderte zur immer noch roten Ampel und ich atmete frustriert aus. Dann wanderte mein Blick zurück zu der Rennmaschine.

Schockiert zog ich die Luft ein: Die Person, die hinten auf dem Motorrad saß, hatte eine Pistole gezogen und ich blickte genau in den auf mich gerichteten Lauf.

Sofort drückte ich das Gaspedal durch. Mein Auto machte einen unkontrollierten Ruck nach vorne, mitten in den Kreisverkehr hinein. Mit einem Stottern kam es sofort zum Erliegen. Zum Glück hatte der Ruck meines Autos den Schützen genauso überrascht wie mich selbst, denn er drückte instinktiv ab und feuerte dabei mehrmals auf das Fenster meines Rücksitzes.

Das Glas zerbarst und regnete mir ins Gesicht. Schnell duckte ich mich hinters Lenkrad. Verdammt! Ich hätte meinen Wagen starten und losfahren sollen. Ein weiterer Schuss ertönte … Der Schütze feuerte nochmal, verfehlte mich jedoch um Haaresbreite, wie ich annahm, denn ich verspürte keine Kugeln, die mich durchbohrten.

Jetzt spielten meine Gedanken wieder mit und ich fummelte unbeholfen am Schlüssel, um den Wagen zu starten. Der Fahrer des Motorrads musste ahnen, dass sein Kollege verfehlt hatte, und er fuhr nach vorne, um dem Schützen ein leichteres Ziel zu bieten.

Zum zweiten Mal blickte ich in die Mündung seiner Pistole.

Ein Ruck durchfuhr den Schützen. Er wurde genau wie sein Vordermann kopfüber nach vorne vom Motorrad geschleudert. Das Taxi hinter ihnen hatte sie gerammt und bremste abrupt ab.

Die zwei Attentäter schlugen hart auf dem Boden vor meinem Wagen auf und blieben regungslos liegen. Das Motorrad schlitterte nach vorne und lag mitten im Kreisverkehr.

Mehrere Autos fuhren im Kreisverkehr in unsere Richtung und ein Reisebus kam vor dem Motorrad auf der Straße mit quietschenden Reifen zum Stehen. Sofort hupten die Autofahrer hinter dem Bus, nicht wissend, dass der Bus nicht weiterfahren *konnte*.

Ich konnte mein Glück kaum fassen und lachte ob der Situationskomik laut auf. Das Taxi hatte das Motorrad mit genug Geschwindigkeit gerammt: Der Sturz der beiden Attentäter hatte übel ausgesehen. Ich nahm an, dass der Motorradfahrer und sein Schütze so schnell nicht wieder aufstehen würden. Beide lagen regungslos auf der Fahrbahn vor mir. Passanten eilten aus den naheliegenden Cafés herbei und eine Menschentraube bildete sich rasch um die Gestürzten herum.

Ich wischte mir die Glassplitter von der Schulter, lehnte mich in meinem Sitz zurück und atmete tief ein. Der Taxifahrer hatte mir mit dem Unfall unbewusst das Leben gerettet.

XXII.

Ein Streifenwagen der Polizei kam mit Blaulicht in den Kreisverkehr gerast. So schnell, wie er vor Ort war, musste er ganz in der Nähe gewesen sein. Ob die Beamten die Schüsse mitbekommen hatten? Sie hatten wohl nur aus der Entfernung den Crash gesehen, denn der Streifenwagen hielt in der Nähe der zwei auf dem Boden liegenden Motorradfahrer und die Beamten stiegen sofort aus und eilten den beiden zu Hilfe.

Das gab mir genügend Zeit, mich zu beruhigen und mein Lachen unter Kontrolle zu bekommen. Trotzdem konnte ich das Dopamin, das mich durchströmte, nicht ignorieren. Jemand hatte gezielt versucht, mich umzubringen, und ich war noch am Leben. Ich fühlte mich, als hätte ich in meiner ausgewählten Sportart für mein Land Gold geholt. Dass mein Überleben wohl eher dem Taxifahrer zu verdanken war, spielte keine Rolle.

Um mich herum begann ein Hupkonzert. Viele Autofahrer hatten höchstwahrscheinlich von den Schüssen und dem Unfall im Kreisverkehr nichts mitbekommen und wollten einfach nur weiterfahren. Oder sie hatten es bemerkt und waren der Überzeugung, dass das alles nicht ihr Problem war. Beides schien durchaus möglich.

Ein zweiter Streifenwagen kam von der Autobahn gerast, ebenfalls mit Blaulicht, und schaltete seine Sirenen an, um sich einen Weg zum Unfallort zu verschaffen. Mehrere Fahrzeuge hinter mir machten Platz, und ich fragte mich, ob ich auch zur Seite fahren sollte. Ich entschied mich dagegen. So konnte die Spurensicherung sicher sein, wo mein Fahrzeug genau gestanden hatte.

Der zweite Streifenwagen zwängte sich zwischen den Fahrzeugen durch und verringerte seine Geschwindigkeit auf meiner Höhe zu einem Kriechen. Der Beifahrer schaute wütend zu mir ins Auto, wohl um mir zu sagen, dass ich gefälligst Platz machen sollte, da sah er die Einschusslöcher und das zersplitterte Glas.

Sofort deutete er seinem Kollegen an, stehenzubleiben, und beide stiegen mit gezogener Waffe aus.

Verdammt, ich hatte nicht bedacht, wie das hier aussehen konnte, und so hob ich sofort die Hände, blieb jedoch im Auto sitzen, um deutlich zu zeigen, dass von mir keine Gefahr ausging.

„Ich bin unbewaffnet!“, rief ich und hoffte, dass die Beamten mich über den Lärm um uns herum hörten. „Ich bin unbewaffnet!“

Die Beamten näherten sich meinem Wagen vorsichtig von der Seite, bestimmt, um mir keine Möglichkeit zu geben, das Feuer auf sie zu eröffnen, falls ich doch eine Waffe hatte.

„Halten Sie weiterhin die Hände hoch!“ Einer von ihnen näherte sich der Fahrertür und zog sie mit einer Hand auf, die Waffe mit seinem Oberkörper abschirmend, damit ich sie ihm nicht entreißen konnte. Sein Kollege hatte sich taktisch klug aufgestellt und kontrollierte die Situation aus geringer Entfernung. Zeitgleich murmelte er etwas in sein Funkgerät.

„Sind sie verletzt?“, fragte der Beamte neben mir und schielte auf den mit Glassplittern übersäten Rücksitz.

„Nein. Und ich bin unbewaffnet!“

„Das haben Sie bereits erwähnt.“ Der Mann blieb ob der chaotischen Situation erstaunlich ruhig und ich stellte mit Anerkennung fest, dass beide ausgesprochen gut reagierten und die Lage abschätzten.

„Die beiden Motorradfahrer, die da vorne liegen, haben das Feuer auf mich eröffnet. Ich habe versucht, loszufahren, da kam es zu dem Zusammenstoß.“ Ich zeigte nach vorne auf das Taxi. „Zumindest einer der beiden Biker hatte eine Pistole.“

Der Polizist neben mir machte seinem Kollegen ein Zeichen. Dieser nickte und gab die neuen Informationen offenbar über Funk an ihre Kollegen durch.

Sirenen ertönten und ein Krankenwagen näherte sich dem Kreisverkehr. Wenn einer der beiden Motorradfahrer noch lebte, hatte er gute Chancen, rechtzeitig Hilfe zu bekommen: Das Krankenhaus lag keine zwei Minuten Fahrt entfernt.

Mit quietschenden Reifen hielt die Rettung neben dem ersten Streifenwagen und die Sanitäter eilten sofort zu den am Boden liegenden Männern.

„Sie sind also unverletzt?“, hakte der Beamte neben mir nach.

„Ja, ich denke schon. Darf ich meine Hände runternehmen?“

Er warf einen letzten Blick ins Innere meines Autos und nickte langsam.

Ich senkte meine Hände mit Bedacht. Nachdem das Adrenalin nachgelassen hatte, fing mein angeschlagenes Handgelenk auch an, zu pulsieren. Ich tastete meinen Körper Stück für Stück ab, um mögliche Wunden zu finden, die ich wegen des Adrenalins nicht gespürt hätte. Nach jedem Abschnitt analysierte ich meine Handflächen nach Blutspuren. Der Polizeibeamte beobachtete mich interessiert.

„Militär?“, fragte er.

Ich nickte nur und beendete meine Kontrolle. Kein Blut, also keine eigenen Verletzungen.

„Ich auch,“ fügte der Polizist hinzu. „Kosovo und danach Afghanistan. Sie?“

„Mali“, antwortete ich lapidar.

Er nickte und beobachtete dabei die Szene um uns herum.

„Nicht lustig da. Vor allem nicht mit dem Angriff aufs Hotel.“ Er behielt die Sanitäter im Auge. Diese ließen den Fahrer des Motorrads allein und hasteten zum Schützen. Der Fahrer musste also tot sein.

„Das stimmt. Ich war dabei.“

Er löste den Blick von den Sanitätern und sah mich an. Ich erkannte, dass er mich jetzt zuordnen konnte.

„Verstehe. Das hier war also kein Zufall.“ Er deutete auf die Einschusslöcher.

Ich schüttelte den Kopf. Er reichte mir die Hand.

„Santos mein Name. Mein Kollege heißt Basevic. Soll ich jemanden anrufen?“

Ich dachte nach. „Ja, Philippe Bauer, bitte. Organisierte Kriminalität.“

Die Sanitäter stabilisierten den Schützen offenbar und luden ihn, ohne ihm den Helm abzunehmen, in den Krankenwagen. Sie schlossen die Türen und fuhren unter Blaulicht und Sirenengeheul in Richtung Krankenhaus davon.

Ich wartete mit den beiden Polizeibeamten auf Philippe. Mittlerweile herrschte das reinste Chaos um uns herum: Mehrere weitere Streifenwagen waren aufgetaucht und regelten den Verkehr, so gut es ging, doch der Kreisverkehr war ein Hauptknotenpunkt und hunderte Autos stauten sich auf allen Zufahrtsstraßen in endlosen Reihen.

Ein zweiter Krankenwagen kam hinzu und hielt ganz in unserer Nähe. Die Sanitäter stiegen aus und kamen auf mich zu.

„Kommen Sie bitte mit“, forderte einer von ihnen mich auf.

Der Polizeibeamte Santos schaltete sich ein. „Nein. Der Herr bleibt hier, wir warten noch auf einen Kollegen. Wir müssen die Zeugenaussage aufnehmen. Sie können ihn hier untersuchen.“

Der Sanitäter schien einen Moment zu überlegen, ob er auf stur schalten sollte und sich durchsetzen müsste, hob dann jedoch resignierend die Hände und fing an, mich an Ort und Stelle zu untersuchen. Er sah mein verbundenes Handgelenk.

„Verstaucht?“

„Ich denke ja. Können Sie es sich kurz ansehen?“

Er löste den Verband und tastete die Knochen ab, danach bewegte er die Hand sachte hin und her.

„Nicht gebrochen. Sie müssen es ruhig halten, dann geht es in zwei, drei Tagen wieder besser."

„Danke."

„Wird der Schütze überleben?", fragte Santos den Sanitäter.

„Schützin", gab dieser zurück, ohne mit meiner Untersuchung aufzuhören.

„Tatsächlich?" Santos schaute zu seinem Kollegen rüber. „Hört man nicht oft."

Ist völlig egal, wer die Waffe hält, mit der auf einen geschossen wird, dachte ich, behielt diesen Gedanken jedoch für mich.

„Kann ich jemanden anrufen?", fragte ich.

„Sicher doch," antwortete Basevic.

Ich wartete, bis der Sanitäter fertig war und mir das Alles-okay-Zeichen gegeben hatte, dann entfernte ich mich ein paar Meter von den Polizeibeamten und zückte mein Handy.

Es klingelte nicht lange.

„John?" Toms Stimme war leicht verzerrt. Er klang überrascht.

„Ja. Wir müssen reden."

Kurze Stille.

„Wo?"

„Du weißt, wo." Wieder Stille.

„In Ordnung. Sofort?"

„Ja." Ich legte auf.

„Herr Dalheim?" Es war Santos.

Ich schaute zu ihm rüber. Philippe stand neben ihm. Ich ging zu ihnen, doch Philippe kam mir bereits entgegen.

„Was für eine Schweinerei." Philippe legte mir freundschaftlich eine Hand auf die Schulter. „Bist du okay?"

Ich nickte. „Ich hatte verdammtes Glück." Erneut kämpfte ich gegen ein euphorisches Grinsen an.

Philippe sah mich an.

„Hör zu. Wir schreiben nur das Nötigste auf und du kommst am besten morgen früh sofort ins Polizeipräsidium. Dann klären wir den Rest."

„So wie letztes Mal."

„Genau. So wie letztes Mal."

Philippe stellte ein paar Fragen zum Ablauf des Anschlags und notierte in Stichworten, was passiert war. Dann war ich an der Reihe.

„Philippe, wir brauchen Informationen."

Er vergewisserte sich sofort, dass niemand in Hörweite war. Dann sah er mich an. „Was brauchst du?"

„Ich will den Aufenthaltsort von Bodganow und seinen Männern. Wir können sie einfach nicht finden und wenn wir nicht wissen, wo sie sind, stehen wir blind im Nebel und warten darauf, dass der Zug uns überfährt."

Philippe überlegte kurz. „Ich werde sehen, was ich machen kann. Du musst bedenken, dass ich dir bereits alles gegeben habe, was wir in unseren Akten gefunden haben. Um den Aufenthaltsort herauszufinden, müsste ich Ressourcen umleiten. Das wird knifflig."

„Ich weiß, alter Freund, ich weiß. Jede Hilfe zählt. Sonst war das hier nicht das letzte Mal, dass jemand versucht hat, mich auszuschalten. Und nächstes Mal rettet mir vielleicht kein Taxifahrer ungewollt das Leben."

„Du hast mein Wort. Es wird nur ein paar Tage dauern."

„In Ordnung, Philippe. Ich danke dir."

„Brauchst du jemanden, der dich nach Hause bringt?" Philippe zeigte auf mein Auto. Der Gedanke war mir noch nicht gekommen.

„Gerne."

„Ich übernehme das."

„Danke."

Philippe setzte mich vor Max' Haustür ab. Meine Wohnung war zwar wieder betretbar, ich brauchte jedoch ein Auto und so hatte ich Philippe gebeten, mich zu Max zu bringen. Philippe selbst konnte ich logischerweise nicht zu meinem nächsten Treffen mit Tom mitnehmen.

Ich erzählte Max, was passiert war, und er atmete erleichtert auf, als ich geendet hatte.

„Verdammt. Das war knapp."

„Das kannst du laut sagen."

„Und jetzt?"

„Ich muss mit Tom reden. Er wartet wahrscheinlich schon. Kannst du mich fahren?"

„Logisch. Komm mit."

Wir gingen zu Max' Auto und machten uns auf den Weg. Ich sagte ihm, wo wir hinwollten, und half ihm, den Weg zu finden. Ich wollte den Ort weder in das Navigationsgerät des Autos eingeben noch eine Internetsuche starten. Lieber auf Nummer sicher gehen.

Toms Wagen wartete bereits auf dem Parkplatz auf uns. Der Treffpunkt war der nächste auf unserer Liste gewesen: ein abgelegenes Stück Wald, mit einem kleinen Platz davor für die Autos der Läufer und Spaziergänger. Nur Tom war nicht zu sehen.

Max blickte sich ebenfalls um. „Bist du sicher, dass er hier ist?“

Ein mulmiges Gefühl breitete sich in mir aus. Was, wenn sie auch Tom gefolgt waren und ihn ausgeschaltet hatten?

„Moment.“ Ich zog mein Handy aus der Hosentasche und wählte Toms Nummer. Sofort ging er ran.

„Wo steckst du?“, fragte ich, ungehalten wegen meiner Verunsicherung.

„Ich war mal eben pissen. Ist das in Ordnung?“ Er lachte.

Erleichtert atmeten Max und ich auf.

„Soll ich auf dich warten?“, fragte Max.

„Nein, nein, schon in Ordnung, danke. Ich frage Tom nachher, mich zurück zu dir zu bringen.“

„Geht klar. Was hast du vor?“

„Ehrlich gesagt? Keine Ahnung. Mal schauen, was Tom zu dem Anschlag sagt. Ich geb dir Bescheid, wenn ich weiß, wie wir weiter vorgehen.“

„In Ordnung.“ Max fühlte sich offensichtlich ausgeschlossen, doch daran konnte ich jetzt nichts ändern.

„Noch was, Max.“

„Ja?“

„Könntest du bitte bei Nadia vorbeischauen? Ich war vorhin eigentlich auf dem Weg zu ihr.“

Er strahlte. „Na klar! Mach ich sofort. Soll ich ihr was ausrichten?“

„Sag ihr, was passiert ist. Ich habe keine Geheimnisse vor ihr."

„Geht klar."

Wir verabschiedeten uns und ich stieg aus dem Wagen. Mittlerweile war Tom aus dem Gebüsch aufgetaucht und wartete neben seinem Auto auf mich. Max fuhr davon und ich ging zu ihm hinüber.

„Zwei Treffen an einem Tag? Was verschafft mir die Ehre?", fragte Tom schelmisch.

Ich erzählte ihm, was im Kreisverkehr passiert war, und er staunte nicht schlecht.

„Verdammt. Das war knapp."

„Das hat Max auch gesagt."

„Okay, ich denke, wir müssen die Sache anders angehen." Gedankenverloren schaute er zu den Bäumen hoch.

„Wie meinst du das?"

„Hast du schon etwas von deiner Quelle bekommen? Weißt du, wo sich Bogdanow und seine Leute verstecken?"

„Nein."

„Wann schätzt du, dass wir die Informationen bekommen werden?"

Ich überlegte, was Philippe mir gesagt hatte. „Frühestens in ein paar Tagen."

„Das hatte ich befürchtet …" Tom zog sein Handy aus der Jackentasche. „Das dauert zu lange." Er tippte eine kurze Nachricht, dann steckte er sein Telefon wieder ein.

„Wir nehmen eine Abkürzung", stellte er kryptisch fest.

Ich wartete ab.

„Du kommst am besten mit", fügte er hinzu.

„Sowieso. Ich habe kein Auto mehr."

„Stimmt!“ Laut lachte er auf und mehrere Vögel flogen aufgescheucht davon. „Na, dann komm.“

Wir stiegen in seinen Wagen und er fuhr los.

„Wohin geht´s?“ Unwissend auf dem Beifahrersitz fühlte ich mich nicht wohl bei der Sache.

„Ich zeige es dir einfach.“ Er konzentrierte sich auf die Straße und ich wusste, dass es keinen Sinn hatte, nachzufragen.

Tom fuhr durch mehrere Dörfer und sagte kein Wort mehr und so saß ich ebenfalls stumm daneben und versuchte, mich auf die Musik zu konzentrieren, die aus dem Radio kam.

Schließlich bog Tom von der Landstraße ab und fuhr über einen Schotterweg zu einer Lagerhalle, vor der mehrere Landwirtschaftsfahrzeuge standen. Er stellte den Wagen neben einem übergroßen Mähdrescher ab und stieg aus. Ich folgte ihm und wir gingen um die Ecke zum Seiteneingang des Gebäudes. Vor der Tür wartete einer seiner Männer, ich vermutete, einer der Iren.

„Alles in Ordnung, Brennan?“, fragte Tom.

Toms Bekannter nickte stumm.

„Habt ihr angefangen?“

„Ja. Wir haben schon, was Sie gebraucht haben.“

Tom schaute ihn erstaunt an. „Im Ernst? Ausgezeichnet!“ Brennan öffnete uns die Tür und wir gingen hinein.

Ich folgte Tom und mit jedem Schritt wurde mir mulmiger zumute.

Tom ging zielstrebig an mehreren Türen vorbei. Vor einer blieb er stehen und wartete auf mich. Als ich die Tür ebenfalls erreicht hatte, ging er hinein und ich folgte ihm.

Sofort schlug mir der Geruch von verbranntem Fleisch entgegen, gemischt mit dem Gestank von Schweiß und Zigaretten. Der Raum war ein Klischee einer improvisierten Gefängniszelle jedes Agententhrillers, mit Betonwänden, einer Metallpritsche an der gegenüberliegenden Wand und einer Glühbirne, die von der Decke hing.

Mich schockte jedoch der Anblick des Mannes am meisten, der vor uns auf einem Stuhl saß, beziehungsweise gefesselt war: Es war der Zuhälter, den wir entführt und unbedachterweise an Toms Männer ausgeliefert hatten, anstatt ihn direkt der Polizei zu übergeben. Der Mann war übel zugerichtet und er hing schlaff auf dem simplen Holzstuhl, nur von einem Seil in einer einigermaßen aufrechten Position gehalten. Der Zuhälter war bis auf die kümmerlichen Überreste seiner Unterhose nackt und am ganzen Körper mit Folterspuren übersät. Ich hatte in meiner Laufbahn als Soldat vieles gesehen, aber bei diesem Anblick hob sich selbst mir der Magen.

Ich blieb wie angewurzelt stehen und starrte die kümmerlichen Überreste des Mannes schockiert an. Auch wenn ich wusste, was der Mann in seinem Leben alles verbrochen hatte und welche Leiden er verursacht hatte, überkam mich doch eine Welle des Ekels und vor allem von Abscheu. Abscheu gegenüber den Männern, die einem menschlichen Wesen so etwas antaten. Gegenüber den Peinigern, die offensichtlich mit mir in diesem Folterraum standen, denn mir wurde plötzlich bewusst, dass neben Tom noch zwei seiner Leute mit uns im Raum waren.

Entsetzt suchte ich Toms Blick, doch er ignorierte mich und wandte sich an die Folterknechte. „Er hat also schon gesungen?“, fragte er in jovialem Tonfall auf Englisch.

„Ja, Boss. Hat nicht lange gedauert.“ Es schienen also wieder Toms irische Söldner zu sein. Ob Ian ebenfalls mit von der Partie gewesen war?

„Das habt ihr doch nicht alles in der halben Stunde seit unserem Anruf angerichtet?!“, entfuhr es mir, bevor ich mir auf die Zunge beißen konnte. Ich musste vorsichtiger sein, schließlich trennten mich nur wenige Meter davon, selbst auf diesem Folterstuhl zu enden.

Tom drehte sich zu mir um. „Aber nicht doch. Seit seiner Entführung durch dich und deine Männer haben wir unseren werten Gast bereits weichgekocht, damit wir schnellstmöglich an die nötigen Informationen gelangen, wenn dies angebracht ist. Und dieser Fall ist heute eingetreten.“

Zu meinem Entsetzen stöhnte der Zuhälter auf dem Stuhl plötzlich laut auf und ich zuckte erschrocken zusammen. Tom und die beiden Iren verzogen keine Miene.

„Er lebt noch?“, murmelte ich ungläubig.

„Mit der Betonung auf *noch*“, sagte einer der Iren trocken. „Solange wir Informationen brauchen.“

Ich bemühte mich fieberhaft, die Situation zu verarbeiten, in der ich mich befand, und suchte nach einem Ausweg.

„Welche Informationen habt ihr denn bekommen?“, fragte ich.

Auch Tom wandte sich jetzt wieder interessiert seinen Männern zu.

„Er hat uns gezeigt, wo die Mafiosi sich verkrochen haben.“

Anerkennend nickte Tom. „Ausgezeichnet. Und? Wo sind sie?“

„Noch im Land. Glücklicherweise.“ Einer der Iren zog eine Landkarte zu sich heran, die auf der Metallpritsche ausgebreitet worden war. „Er sagt, sie hätten darüber debattiert, außer Landes zu gehen und ein paar Monate abzuwarten, um sich zu sammeln und dann zuzuschlagen. Aber der Boss, ich nehme an dieser Bogdanow, hat entschieden, dass er nicht den Schwanz einziehen wird.“

Der Ire wollte Tom die angegebene Stelle auf der Landkarte zeigen, doch Tom hob die Hand.

„Nein, Sean. Er soll es mir selbst sagen.“

Der Folterer nickte gleichgültig und ging samt Karte zu dem Zuhälter. Tom und ich näherten uns ebenfalls.

Sean packte den Zuhälter am Kopf und hob sein Gesicht hoch.

„*Show us again, where they are hiding*“, flüsterte er und beim Klang seiner Stimme zuckte der Zuhälter heftig zusammen. Sean löste das Seil, das den Zuhälter an den Stuhl gehalten hatte, ein wenig. Der hob zitternd seine Hand und Sean hielt ihm die Karte vor Augen. Der Mann deutete mit dem einzigen heilen Finger, den er noch besaß, auf ein kleines Waldstück, weit entfernt von den nächsten Dörfern. Ich kannte die Gegend gut.

„Ist er sich da sicher?“, fragte ich.

„Ja, wir haben nachgefragt. Mehrmals.“ Der Ire deutete auf die zertrümmerten Finger der Hand des Mannes und ich schluckte schwer.

„Und sie sind alle da? Ganz bestimmt?“, schaltete Tom sich ein.

Sean faltete die Karte zusammen und sein Kollege antwortete:

„Er sagt, am Tag seiner Entführung hätte es in Luxemburg-Stadt eine große Party gegeben. Eine Art Abschiedsparty für alle außer ihm, da Bogdanow entschieden hatte, alle an einer Stelle zusammenzuziehen und von dort aus zuzuschlagen.“

Militärisch völliger Schwachsinn, alle Elemente an einer Stelle zu bündeln, es sei denn, Bogdanow wusste, dass er das Überraschungsmoment auf seiner Seite haben würde. Ich rief mir in Erinnerung, dass das hier kein militärischer Konflikt war. Und offenbar seine eigenen Regeln hatte.

„Und was befindet sich in diesem Waldstück?“, hakte ich nach. Ich kannte den Wald. Meines Wissens gab es dort keine Bebauungen.

„Er weiß es nicht.“

„Warum war er nicht auf der Party?“, fragte Tom.

„Haben wir nicht gefragt", antwortete Sean lapidar.

Kurz überlegte Tom, vermutlich, ob er noch weitere Fragen hatte, entschied sich dann jedoch offenbar dagegen. „Okay. Ihr könnt dann hier Schluss machen.“ Ohne auf eine Antwort zu warten, drehte er sich um und ging Richtung Tür.

Ich brauchte einen Moment, um zu verstehen, was er damit meinte, und eilte ihm hinterher. „Hey, verdammt! Ist das dein Ernst? Du bringst den Mann einfach um?“

Tom fuhr herum und ich stieß unsanft mit ihm zusammen. Er packte mich an den Schultern und drückte mich gegen die Wand.

„Na *und*?“ Eingehend betrachtete er mich. „Du denkst noch immer, du wärst etwas Besonderes, nicht? Ist es wegen deiner Militärlaufbahn? Oder bist du einfach nur Idealist? Hör auf, dir was vorzumachen!“

Ich zerrte seine Hände von mir weg und erwiderte seinen Blick.

„Du bist genau wie wir alle. Ein Krimineller. Egal, aus welchen Gründen du so handelst.“

„Ich bin nicht wie du!“, spie ich ihm entgegen.

„Ach nein?“, sagte Tom mit gespielter Verwunderung. „Hast du nicht einen Mann entführt? Hast du nicht drei Männer kaltblütig in einem Restaurant erschossen? Hast du nicht einen Polizisten dazu überredet, dir sensible Informationen zu beschaffen? Hast du nicht Polizeiressourcen genutzt, um deine Gegner auszukundschaften?“

Jede Frage, die er stellte, traf mich wie ein Peitschenhieb. Fassungslos stand ich da und konnte mich nicht mehr bewegen.

Tom wartete ab und als er merkte, dass ich keine Antwort parat hatte, nickte er zufrieden.

„Na siehst du? Je eher du akzeptierst, was du bist, je eher du die Regeln des Spiels kennst und akzeptierst, desto eher kannst du richtig funktionieren und dich an den Schweinen rächen für das, was sie dir und deiner Liebsten angetan haben.“

Ich suchte nach Worten. In dem Moment hallte ein einzelner Schuss durch das Gebäude. Der Zuhälter hatte seine Rolle zu Ende gespielt.

Ich wusste nicht genau, warum, doch in dem Moment, in dem Sean den Zuhälter erschoss, spürte ich etwas in mir selbst sterben. Die Morde im italienischen Restaurant hatten mich auf einen unumkehrbaren Pfad gebracht und ich war der Überzeugung gewesen, dass mit dieser Aktion mein Schicksal vorbestimmt war. Doch es war dieser Schuss in der verlassenen Lagerhalle, der mir zeigte, dass dieser Moment erst jetzt gekommen war. Weit entfernt davon, unschuldig zu sein, hatte der Zuhälter doch wehrlos auf dem Stuhl gesessen und seinen letzten Atemzug getan. Der Ekel und die Abscheu, die ich kurz zuvor verspürt hatte, wichen einer Erkenntnis, die mich betraf: Ich war tatsächlich keinen Deut besser als Tom oder seine irischen Söldner. War ich überhaupt noch besser als die Männer, die wir seit einiger Zeit bis aufs Blut bekämpften?

Ich musste an der Überzeugung festhalten, dass meine Sache gerecht war. Tom mochte die Wahrheit sagen, dass ich ihm und seinen Männern schon seit langem nicht mehr moralisch überlegen war. Doch ich wusste, dass ich nicht in die gleiche Kategorie gehörte wie Zuhälter und Vergewaltiger.

Kat und, viel wichtiger noch, Nadia hielten schließlich weiterhin zu mir. Max stand fest an meiner Seite. Carlos hatte alle Zelte in seiner Heimat abgebrochen, um mir beizustehen. Mike hatte mir zwar Schutz gegeben, weil sein Pres es von ihm verlangt hatte, doch hatte ich bei ihm auch etwas anderes verspürt als blanken Gehorsam. War es Loyalität mir gegenüber gewesen? Hatte Tom Recht, wenn er von *meinen Männern* sprach? Sie alle waren gute, integre Menschen. Würden sie auch zu mir stehen, wenn meine Sache nicht gerecht wäre?

Als das Echo des Schusses verklungen war, fasste ich einen Entschluss.

„Du willst, dass ich richtig funktioniere?“, knurrte ich unter zusammengebissen Zähnen hervor und sah Tom fest an. „Dann gib mir deine Iren! Ich bringe die Sache hier zu Ende.“

Überrascht stand er vor mir. Meine Gemütsänderung schien offensichtlich zu sein. Er überlegte.

„Was willst du tun?“

„Lass das meine Sorge sein.“ Ein Lächeln umspielte meinen Mund. „Ich brauche sie für, sagen wir, zwei Wochen. Ich bringe die Sache mit Bogdanow und seinen Spießgesellen zu Ende.“

XXIII.

Tom hatte mir nicht nur seine irischen Söldner zur Verfügung gestellt, sondern mir auch sonst jegliche Hilfe versprochen, die ich benötigen könnte. Dazu gehörte auch die Lagerhalle und so hatte ich diese als Hauptquartier ausgewählt, um meinen finalen Schlag gegen Bogdanow zu planen und auszuführen. *Hoffentlich* meinen finalen Schlag, korrigierte ich mich. Nie einen Plan ohne die Möglichkeit ausarbeiten, dass der Gegner nicht mitspielt, wie man es sich vorstellt und wünscht.

Ian hatte alle seine Männer zur Lagerhalle gebracht. Insgesamt waren es zwölf Söldner, Ian mitgezählt. Carlos war natürlich ebenfalls mit von der Partie und wich von der ersten Minute an nicht mehr von meiner Seite. Hatte ich ihn sonst immer wie einen großen Bären gesehen, so verlieh er mir jetzt, und wahrscheinlich jedem um uns herum, mittlerweile eher das Gefühl, dass ein großer Rottweiler an meiner Seite war, bereit, jeden anzuknurren oder anzugreifen, je nachdem, was sein Herrchen ihm befahl. Ich musste mir eingestehen, dass sein Auftreten mir gefiel.

Daneben hatte auch Max sich sofort bereit erklärt, zu helfen. Ich hatte mich verpflichtet gefühlt, ihm meinen Plan offenzulegen, doch die Tatsache, dass er mir aktiv helfen wollen würde, hatte ich nicht mit einberechnet. Ich nahm mir fest vor, ihn so weit entfernt von jeglicher Gefahr zu postieren wie irgend möglich: Auf keinen Fall würde ich sein Leben riskieren.

Bei den Iren stand die Sache anders: Diese Männer hatten sich Tom gegenüber verpflichtet, für Geld die Drecksarbeit zu leisten. Ich verspürte deutlich weniger Skrupel, diese Männer unter Gefahr ihres Lebens einzusetzen, doch unser gemeinsamer militärischer Background erfüllte mich mit einer gewissen Nostalgie und erweckte alte Gefühle in mir von Zusammenhörigkeit unter Waffenbrüdern.

So hatte sich eine recht gemischte Truppe eingefunden und wartete auf meine Anweisungen.

Die Iren hatten massenweise eigenes Material mitgebracht und ich stellte lieber keine Fragen, ob sie das alles über die Grenze geschmuggelt hatten oder, schlimmer noch, eine lokale Kontaktperson gefunden hatten, die ihnen alles verschafft hatte.

Neben dem üblichen Material, das man in jedem Outdoor-Geschäft erwerben konnte, hatten die Iren ein ganzes Arsenal an Waffen, Nachtsichtgeräten, Schutzwesten und Pyrotechnik dabei und Ian stellte auch Carlos, Max und mir alles zur freien Verfügung. Ich wollte mir im Moment noch keine Gedanken über das *Womit* machen, und so überließ ich die Kontrolle des Materials Carlos. Ian hatte uns detaillierte Karten besorgt, deshalb saß ich mit ihm und Max in einem der Lagerräume, und wir berieten über unser weiteres Vorgehen.

Das Waldstück, in dem sich Bogdanow und seine Männer momentan aufhielten, war nicht sonderlich groß, es maß vielleicht fünf Quadratkilometer. Auf den Karten, die Ian mitgebracht hatte - es handelte sich um normale Wanderkarten -, waren vier Wege, die in den Wald hineinführten und das Waldstück in unförmige Quadranten aufteilten, zu erkennen. Ziemlich genau in der Mitte befand sich eine kleine Bebauung. Dabei konnte es sich um eine Jagdhütte handeln oder um eine Ansammlung von Gebäuden. Die Wanderkarte gab darüber keine genauere Auskunft, sodass ich der Überzeugung war, dass hier irgendjemand seine Finger im Spiel gehabt hatte, um das Eintragen des Gebäudes in die Karten so unkonkret wie möglich zu halten.

Zum Glück gab es einen Onlineservice des Staates, der uns eine glasklare Sicht auf die Bebauung anhand von Satellitenbildern gab. Frei erhältlich für jeden mit Smartphone oder Computer.

Wir erkannten auf den Bildern, dass es sich um ein größeres Gebäude handelte. Tatsächlich war es wohl ursprünglich eine Jagd- oder Forsthütte gewesen. Mittlerweile hatte das Gebäude jedoch durch Anbauten die Ausmaße einer kleineren Villa angenommen, Veranda und Lagerhallen inklusive.

„Als Erstes werden wir die Umgebung mit einer Drohne inspizieren," eröffnete ich die Planung der Operation. Ich sah Max an. „Ich will aktuelle Informationen, was die Zugangsstraßen betrifft, und einen Plan, so detailliert wie möglich, wie die Jagdhütte mittlerweile aussieht und wie sie aufgebaut ist. Kriegst du das hin mit deinem Spielzeug?"

„Aber sicher doch." Er bückte sich über die Karte und studierte die Entfernungen. „Kein Problem. Ich kann von dem Hügel hier starten und das ganze Gebiet überfliegen, ohne dass jemand davon etwas mitbekommt. Wenn nötig, kann ich auch nachts fliegen, da ist die Identifikation natürlich stark eingeschränkt oder sogar unmöglich. Aber ich könnte noch immer Bewegungen rund ums Haus …“ Max stockte und warf mir einen Seitenblick zu. „Ähm, ich meine natürlich, rund ums *Zielobjekt* ausmachen.“

Zufrieden nickte ich. „Ian, ich will, dass ein paar deiner Männer Max begleiten und ihm den Rücken freihalten. Sie sollen höllisch aufpassen und unentdeckt bleiben.“

Ian nickte.

Ich fuhr fort: „Danach legen wir einen Kordon von Observierungspunkten an, um die Landstraßen und Wege zu kontrollieren, die in den Wald hineinführen. Ich weiß, die Chancen stehen gut, dass niemand mehr zu den Männern in der Jagdhütte stoßen wird, doch ich will auf Nummer sicher gehen. Zumindest vierundzwanzig Stunden vor dem Zugriff.“

Ian betrachtete die Karte und fuhr mit dem Finger an der Landstraße entlang. „Ist das eine viel befahrene Straße? Wenn ja, könnte uns das Probleme bereiten, ungesehen in Stellung zu gehen. Und vor allem könnte jemand in wenigen Minuten bei uns sein. Quasi ohne Vorwarnung.“

„Die Straße wird hauptsächlich am Tag genutzt. Nachts dürfte sie weitgehend verlassen sein. Und wir werden Max‘ Drohne nutzen, um uns den Rücken freizuhalten.“

„Uns?“, fragte Ian.

„Glaub ja nicht, ich schicke euch da alleine rein.“

Ich konnte seine Abneigung förmlich spüren, doch er hielt den Mund.

„Wann soll ich fliegen?“, schaltete Max sich ein.

Ich überlegte. Einen groben Zeitplan hatte ich bereits im Kopf. „Morgen. Um zehn Uhr vormittags?“

„Geht klar. Dann geh ich jetzt besser nach Hause und bereite alles vor.“

„In Ordnung.“ Dankbar klopfte ich ihm auf die Schulter. „Ian. Wähle drei deiner Männer aus, die Max morgen begleiten, und sag ihnen, sie sollen sich bereithalten.“

Ian nickte und er ging mit Max im Schlepptau zu seinen Männern. Die irischen Söldner hatten sich in der großen Halle des Lagers eingerichtet.

Ich brütete weiter über der Karte und versuchte mir ein Bild der Umgebung zu machen. Die Gegend kannte ich dank mehrerer Militärmanöver, an denen ich teilgenommen hatte, recht gut.

Nur das Waldstück hatte ich noch nie betreten.

Carlos gesellte sich zu mir.

„Alles klar, *jefe*?“

„*Todo bien, amigo*.“

Er beugte sich ebenfalls über die Karte. „Hier?“, fragte er und zeigte mit ausgestrecktem Finger auf das Waldstück.

„Genau.“ Ich sah ihn abwartend an.

Tiefe Furchen zeichneten sich auf seiner Stirn ab. „Wie viele Männer?“

„Wir? Oder die?“

„Wir.“

„Zwölf. Fünfzehn, wenn wir Max, dich und mich mit einbeziehen.“

„Nimm’s mir nicht übel, mein Freund, aber Max hält sich besser weit entfernt von der Aktion.“

„Keine Angst, er wird uns nur Luftunterstützung geben.“

Carlos analysierte die Karte erneut. „Aufklärung?"

„Ja, mit seiner Drohne. Informationen sammeln morgen früh und Feindaufklärung während des Zugriffs."

Er nickte zustimmend. „Und du?" Er sah mich aus dem Augenwinkel an.

„Ich geh mit rein ins Zielobjekt. Nicht als erster Mann. Aber ich werde hier keine Däumchen drehen." Ich betonte den letzten Satz mit jeder Silbe, um keinen Zweifel an meiner Entschlossenheit aufkommen zu lassen.

„Schon gut, schon gut." Beschwichtigend hob Carlos die Hände. „Und ich?"

Auf die Frage hatte ich gewartet. „Du bist freiwillig zu mir nach Luxemburg gekommen, um mir beizustehen. Deine Hilfe bis jetzt war unersetzbar, mein Freund. Aber mehr kann und werde ich nicht von dir verlangen." Mir war ein wenig unwohl dabei, Carlos' Loyalität in dem Moment noch einmal zu prüfen, doch bei allen Zweifeln, die mich plagten, brauchte ich die Bestätigung, dass meine Leute aus den richtigen Beweggründen zu mir standen.

Er richtete sich entrüstet auf. „Du willst mich nicht dabeihaben?"

„Ganz im Gegenteil! Aber ich will dich nur diesen Gefahren nicht unnötig aussetzen."

„*Chinga* … du denkst doch nicht, dass ich auf der Ersatzbank sitzen werde, während die Iren ihren Spaß haben?!"

„Carlos, das wird kein Spaziergang. Wir haben schließlich keine Ahnung, in was wir da hineinlaufen werden."

„Genau deswegen wirst du mich brauchen." Trotzig sah er mich an.

„Carlos, ich …“

„Hör mal!“ Er hob die Hand, um meinen Argumenten Einhalt zu gebieten. „Ich werde mit von der Partie sein, okay? Ende der Diskussion.“

Zufrieden lächelte ich. Ich hatte nichts anderes erwartet.

„Aber da du das Gehirn der Operation bist, wirst du mir sagen müssen, wo du mich einsetzen willst.“

Ich erklärte ihm meinen Plan und vor allem, welche besondere Rolle ich ihm dabei zugedacht hatte.

Ian teilte seine Männer in Drei-Mann-Teams auf und verteilte die Aufträge.

Drei seiner Männer hielten sich bereit, am folgenden Tag Max‘ Babysitter zu sein, während er mit der Drohne die Gegend abflog. Den Namen *Babysitter* hatten selbstverständlich ihre Kollegen ihnen verschafft, sobald sie von deren Auftrag Wind bekommen hatten.

Die restlichen Teams verteilte Ian auf die drei Beobachtungsposten. Diese hatte er mit mir zusammen auf der Karte ausgesucht. Die Iren würden sich vor Ort einen Überblick verschaffen müssen, doch Ian und ich waren überzeugt, dass die vier Land- und Zugangsstraßen leicht mit den drei Posten abgedeckt werden konnten.

Auf Ians Ratschlag hin würden wir die Posten schon ab Mitternacht besetzen, auch wenn der Zugriff frühestens am folgenden Abend stattfinden würde. Abhängig von Max` Informationen natürlich.

„Gib ihnen was zu tun, sonst kommen sie auf dumme Gedanken“, hatte er mir unter der Hand zugeflüstert.

Bereitwillig hatte ich zugestimmt und so waren die Männer gerade dabei, sich vorzubereiten. Ian und ich würden die Nacht in der Lagerhalle mit Max‘ Babysittern verbringen.

Ich hatte mit dem Gedanken gespielt, Nadia einen Besuch abzustatten, bevor es losging, doch mit den Observierungsposten ab Mitternacht war die Operation in meinen Augen bereits angelaufen und ich konnte die Männer nicht guten Gewissens alleine lassen.

Noch schwerer, als den Besuch bei Nadia sein zu lassen, gestaltete sich für mich die Frage, ob ich Philippe informieren sollte. Schlussendlich entschied ich mich dagegen. Einem Polizisten, egal wie loyal er mir gegenüber zu sein schien, zu sagen, dass ich plante, mehrere Menschen zu töten, und zwar mit der Hilfe von ausländischen Söldnern auf luxemburgischem Boden, schien mir dann doch zu riskant.

So saß ich mit Ian und dem Rest seiner Männer in der Lagerhalle herum. Und wartete. Wie immer spürte ich eine gewisse Anspannung vor einem Einsatz, doch unser Plan war solide und so konnte ich im Moment nur abwarten, wie sich die Situation entwickelte.

Die Teams waren vor zwei Stunden aufgebrochen. Es war mittlerweile schon weit nach Mitternacht, doch wir hatten noch nichts von den drei Beobachtungsposten gehört. Wir hatten uns mehrere Kampfrationen geteilt, die die Iren mitgebracht hatten, und uns dann die Zeit mit Kartenspielen vertrieben.

Endlich krächzte es aus Ians Funkgerät.

„OP 1 aktiv.“

„OP 2, ebenfalls aktiv."

„OP 3, wir suchen hier noch eine alternative Position, die Sicht ist hier verdammt scheiße … ETA fünfzehn Minuten."

Ian nickte zufrieden. Wir warteten auf die Bestätigung, dass die Männer von Observierungsposten 3 ebenfalls in Position waren. Nach zwanzig Minuten meldeten sie Ian, dass sie in Stellung waren.

„Gut." Ian stand auf. „Du kannst schlafen gehen, John. Ich teile mir die Schichten mit meinen Männern auf."

„Kommt nicht in Frage", erwiderte ich gelassen. „Teil mir auch eine Schicht zu."

Er schüttelte den Kopf. „Es wird schon nichts passieren. Wenn unsere Gegner nicht vollkommen bescheuert sind, und das wage ich zu bezweifeln wegen ihrer Erfahrung, werden sie in ihrem Lager so wenig Bewegung wie möglich dulden. Meine Leute und ich bleiben abwechselnd wach und wenn was passiert, kommen wir dich holen. Mir wäre lieber, du wärst morgen ausgeschlafen, wenn Entscheidungen gefällt werden müssen."

Ich sah ihn einen Moment lang missmutig an. Bis mir bewusst wurde, dass ich mich benahm wie ein Kleinkind, das nicht zu Bett gehen will. Langsam nickte ich und stand auf. „In Ordnung, … danke."

Ian nickte mir zu und ich ging in das ehemalige Bureau des Lagers, um es mir auf der durchgesessenen Couch gemütlich zu machen. Dass der Zuhälter vor wenigen Stunden in einem der Nebenräume gefoltert und getötet worden war, erschwerte mir das Einschlafen erheblich. Zum Glück, dachte ich mir. Zumindest das zeigte mir, dass ich noch nicht vollständig verroht war. Außerdem spürte ich mein Handgelenk noch immer von dem Schlag, den ich diesem Arschloch im Club verpasst hatte. Wahrscheinlich hätte ich es untersuchen lassen müssen, doch dafür würde später noch Zeit sein.

„John. John, wach auf.“ Es war Max.

Ich richtete mich schnell auf. Ich schaute aufs Display meines Handys: Es war neun Uhr morgens. So lange hatte ich schon eine Ewigkeit nicht mehr geschlafen.

„Was ist los? Ist alles in Ordnung?“

„Ja, keine Sorge. Alles läuft wie geplant.“ Er setzte sich zu mir auf die Pritsche. „Ich habe die Drohne mitgebracht und bin startklar. Hast du noch was für mich?“

Ich rieb mir den Schlaf aus den Augen, dann schüttelte ich den Kopf. „Nein. Sei ja vorsichtig, hörst du?“

„Keine Sorge. Ich mach schon keine Dummheiten.“ Er rutschte unruhig hin und her.

Ich merkte, dass ihn etwas bedrückte.

„Was ist los, Max?“

Nervös knetete er seine Hände.

„Stimmt es, dass Toms Leute den Zuhälter einfach erschossen haben?“

Ich schluckte. Ich hatte versucht, ihm dies vorzuenthalten, um ihm die Schuldgefühle zu ersparen. „Ja.“

Er nickte langsam. „Gut.“

Ich wartete ab.

„Das ist gut", wiederholte er, als müsste er sich selbst davon überzeugen. „Oder?“

Ich überlegte kurz. „Wir wissen jetzt, wo die anderen seiner Gruppe sich aufhalten, das ist das Wichtigste."

„Das beantwortet meine Frage nicht", stellte er fest.

„Ja, es ist gut, dass er tot ist. Von dem Moment an, da Toms Männer ihn auf eigene Faust hierhergebracht haben, anstatt ihn der Polizei zu übergeben, war sein Schicksal besiegelt. Mir schmeckt das mit der Folter auch nicht, glaub mir. Aber nur so konnten wir die anderen lokalisieren."

„Wenn er die Wahrheit gesagt hat", bemerkte Max scharfsinnig.

„Natürlich. Und dafür bist du hier", versuchte ich das Thema zu wechseln.

Max ging nicht auf meinen Versuch ein. „Aber wir sind alle Komplizen an einem Mord, nicht?"

Es hatte keinen Sinn mehr, Ausflüchte zu machen. „Stimmt. Aber mach dir keine Sorgen. Ich werde dafür sorgen, dass dein Name nirgendwo auftaucht, falls es so weit kommen sollte."

Er starrte eine gefühlte Ewigkeit ins Leere. Dann fasste er sich wieder.

„Das ist mir mittlerweile beinahe egal. Ich will nur, dass diese Schweine aufhören, uns allen so zuzusetzen."

„Dafür sorgen wir." Aufmunternd klopfte ich ihm auf die Schulter. „Und du hilfst uns dabei."

Er stand auf. „Bis später, John."

„Bis später." Traurig sah ich ihm nach, als er den Raum verließ.

Ian war mittlerweile alleine in der großen Halle, alle seine Männer waren auf ihren Posten. Ich gesellte mich zu ihm.

„Alles in Ordnung?“, fragte ich, setzte mich auf den Stuhl neben ihm und zeigte auf das Funkgerät.

„Alles ruhig.“

„Keinerlei Bewegungen?“

„Keine einzige.“

Ich nickte. „Und Max?“

„Müsste gleich in Stellung sein.“

Wir saßen mehrere Minuten schweigend da und jeder hing seinen Gedanken nach. Dann krächzte das Funkgerät.

„OP Birdie in Stellung, Vogel startet in fünf.“

„Roger", antwortete Ian und wir warteten weiter ab.

Max würde mir einen kompletten Bericht geben, wenn er wieder in der Lagerhalle war, und Ians Männer auf den OPs würden in Stellung bleiben, bis ich etwas anderes sagte. Alle Teams würden rund zwei Stunden Vorwarnung brauchen, um zu den Ausgangsstellungen für den Angriff zu gelangen, sollte ich die Entscheidung treffen.

Ian war heute Morgen nicht sehr gesprächig, also entschied ich mich, meine Ausrüstung zu überprüfen. Ich hatte schwarze Kleidung von den Iren bekommen, wundersamerweise passte sie ausgezeichnet. Dazu Springerstiefel, ein Nachtsichtgerät von hervorragender Qualität, ein Funkgerät mit Headset, einen *Plate-Carrier* mit allem erdenklichen Zubehör und schließlich eine HK 416 und eine 5.7 Pistole der Firma FN. Das Gewehr besaß ein Rotpunktvisier sowie eine montierte Taschenlampe. Ich kontrollierte beide Waffen, baute sie auseinander, ölte die wichtigsten

Stellen ein und baute sie wieder zusammen. Danach lud ich die verschiedenen Magazine und verstaute sie in den Taschen, die am Plate-Carrier befestigt waren.

Zufrieden mit dem Zustand meines Materials ging ich zurück zur Landkarte und versuchte, mir den Ablauf des Angriffs vor Augen zu halten. Ich brauchte jedoch die Aufzeichnungen der Drohne, um die weiteren Schritte konkretisieren zu können, und so gesellte ich mich wieder zu Ian und zusammen warteten wir schweigsam auf Max und seine Babysitter.

Nach beinahe zwei Stunden hörten wir ein Auto vorfahren und Ian und ich warteten ungeduldig auf die Neuankömmlinge.

Schließlich öffnete sich die Tür und Max kam herein.

„Und?“, fragte ich, als er sich zu mir und Ian gesetzt hatte.

„Die gute Nachricht ist, dass die letzten Satellitenaufnahmen noch immer brauchbar sind. Ich habe keine größeren Unterschiede bemerkt. Außerdem konnte ich um den Wald herum keinerlei Bewegung feststellen.“ Er legte eine kurze Pause ein. „Die schlechte Nachricht ist jedoch, dass ich die Anwesenheit von Bogdanow und seinen Männern weder bestätigen noch verneinen kann.“

Frustriert seufzte ich auf.

„Tut mir leid …“ Max wirkte ebenfalls enttäuscht.

„Schon in Ordnung“, tröstete ich ihn. „Es war einen Versuch wert.“ Ich wandte mich an Ian. „Was meinst du?“

Der Ire studierte ein weiteres Mal die Landkarte.

„Wenn meine Männer nicht in den nächsten zwei Stunden irgendwelche besonderen Vorkommnisse zu vermerken haben, die auf eine Anwesenheit der Gegner in dem Waldstück hindeuten, würde ich sagen, wir geben den Männern ein paar Stunden Ruhezeit und gehen dann heute Abend rein."

„Ohne Bestätigung, dass jemand in dem Haus ist? Oder vielleicht sogar Unschuldige?"

„Ja", antwortete er, ohne zu zögern. „Wir können uns ja noch immer ein genaueres Bild der Lage machen und an Ort und Stelle entscheiden, was wir tun wollen. Dann kommst du auch nicht umsonst mit", fügte er mit einem schelmischen Augenzwinkern hinzu.

Ich ging meinen Plan noch einmal in Gedanken durch.

„In Ordnung. Gib' deinen Männern Bescheid. Alle sollen um 2300 in ihren jeweiligen Bereitschaftsstellungen sein."

Ian nickte und ging zu der anderen Seite des Raumes zum Funkgerät, um die nötigen Anweisungen weiterzugeben.

Max sah mich erwartungsvoll an. „Und ich? Wo werde ich sein?"

„An meiner Seite. Zumindest bis wir nahe genug am Zielobjekt sind. Vorher werden wir dich und deine Drohne brauchen, um Informationen zu sammeln." Ich zögerte. „Du bist dir sicher, dass du mitkommen willst?"

„Ja. Unbedingt."

„Okay." Es gefiel mir zwar nicht, aber wir würden seine virtuellen Augen im Himmel brauchen. „Dann mach deine

Drohne wieder startklar und ruh dich aus. Wir werden um 2000 von hier aus starten."

„2000?", fragte er erstaunt.

„Sorry, militärische Gewohnheit … Sei um acht Uhr heute Abend bereit."

XXIV.

Max hatte sich erneut einen Wagen *geliehen.* Dieses Mal war es ein Minivan und Max hatte seine Drohne im großen Kofferraum verstaut. Er saß am Steuer und ich auf dem Beifahrersitz. Auf der Rückbank hatte Ian Platz genommen und Seamus, sein Stellvertreter und für heute Nacht der zweite Teamleader neben Ian. Für einen Moment fragte ich mich, ob wohl alle irischen Söldner so klischeehaft-irische Vornamen trugen oder ob es sich um Callsigns handelte, um ihre wahre Identität zu verschleiern.

Den groben Plan hatte Ian bereits am Vortag an seine Männer weitergegeben und so würden wir nur die letzten Details briefen müssen, bevor es losging. Einzig und allein der Fakt, dass wir keine hundertprozentige Bestätigung hatten, dass sich Bogdanow und seine Männer überhaupt in der Jagdhütte aufhielten, bereitete mir Bauchschmerzen. Ich wollte auf keinen Fall, dass wir mit schwer bewaffneten irischen Söldnern einer heimischen Jagdgesellschaft einen Besuch abstatteten. Doch wie sollten wir Bogdanows Anwesenheit bestätigen?

Zumindest die Anfangsphase des Zugriffs konnten wir getrost anlaufen lassen und so waren die Männer der beiden Teams Alpha und Bravo auf dem Weg zu ihren Positionen und ich fuhr mit Max und den beiden Iren ebenfalls zum Waldstück. Wir hatten eine Stelle ausgemacht, die so weit von der Jagdhütte entfernt war, dass Max´ Drohne unbemerkt starten konnte, und die außerdem nahe an der Landstraße lag, sodass unsere Präsenz am wenigsten auffallen würde.

Wir würden erneut mit Max‘ Drohne die Gegend überfliegen und uns vergewissern, dass keine üblen Überraschungen auf uns warteten. Dann würden die beiden Teams der Iren näher ans Zielobjekt heranrücken. Team B würde sich unter Seamus‘ Führung um den *Breaching* kümmern, will heißen, sich gewaltsam Eintritt verschaffen. Das unter Feuerschutz von Team A, geleitet von Ian. Den Sturm auf das Zielobjekt würden beide Teams zeitgleich beginnen und das Gebäude dann Raum für Raum *säubern*. Sollte einer von Bogdanows Leuten oder er selbst entkommen, würde Max versuchen, ihm mit der Drohne zu folgen, auch wenn das dichte Blätterdach seine Möglichkeiten über dem Wald erheblich einschränken würde. Zum Glück hatte ich diesbezüglich noch ein As im Ärmel.

Nach dem Zugriff würde ich entscheiden müssen, was wir tun sollten: Beweise vernichten und verschwinden? Das ganze Gebäude anzünden? Um eine polizeiliche Untersuchung würden wir sowieso nicht herumkommen. Aber eins nach dem anderen. Zuerst galt es, festzustellen, ob wir überhaupt Bogdanows Versteck ausgemacht hatten.

In dem Moment vibrierte mein Telefon. Es war Philippe.

„Hey, John. Wie geht's dir? Ich habe nichts mehr von dir gehört …“ Er klang besorgt.

„Alles in Ordnung, danke der Nachfrage.“ Ich gab mir alle Mühe, die Anspannung in meiner Stimme zu unterdrücken. „Brauchst du noch was von mir wegen der Geschichte im Kreisverkehr gestern?“

„Was? Ach, nein, nein, schon in Ordnung. Für den Moment haben wir alles, was wir brauchen. Aber hör mal …“

Er räusperte sich. „Ein Kumpel hat mir gesteckt, dass du in die Schlägerei hinter Toms Club verwickelt warst?“ Das war es also.

„Schlägerei würde ich das nicht nennen", antwortete ich schelmisch.

„Der Mann liegt noch im Krankenhaus. Du hast ihm ganz schön eine verpasst.“

Ich lächelte ungewollt. Geschah dem Idioten recht. „Ich hatte einen schlechten Tag.“

„Nicht nur du …“

„Dank deinem Kumpel von mir. Ich werde mich erkenntlich zeigen.“

Für einen Moment herrschte Stille. „John. Ich … ich weiß nicht, ob ich dir weiterhin helfen kann. Das wird alles eine Nummer zu groß für mich und du … Na ja, du scheinst beinahe Gefallen an der ganzen Sache zu finden?“

„Gefallen?! Was soll mir denn an der ganzen Geschichte gefallen? Dass man bereits mehrmals versucht hat, mich umzubringen? Dass man meine Freundin in meinen eigenen vier Wänden überfallen und brutal zusammengeschlagen hat? Dass ich jeden Moment damit rechnen muss, angegriffen zu werden?“

Hatte Philippe vielleicht Recht und ich reagierte darum so heftig?

„Schon gut, schon gut. Ich hab‘s ja verstanden. Aber … Der John, den ich kannte, wäre nie auf die Idee gekommen, zu sagen, dass er sich bei einem Polizisten erkenntlich zeigen will, weil dieser ihn laufen gelassen hat.“

Ich sagte nichts mehr. Sollte er doch denken, was er wollte.

„John, bist du noch dran?“

„Ja.“

„Gut. Hör mal, ich glaube, wir haben ihn gefunden.“

Ich wurde hellhörig. „Wen habt ihr gefunden?“

„Bogdanow.“ Jackpot.

„Wo ist er?“

„Ich glaube, das überlässt du am besten uns.“

„Philippe! Wo. Ist. Er?“

Ich hörte förmlich, wie er mit sich rang.

„Wir haben eine Informantin in einem von Bogdanows Clubs. Sie hat uns gesagt, dass in den letzten Tagen immer wieder Mädchen in so eine Art Jagdhütte geschickt wurden. Die Informantin sagt, sie wisse nicht genau, wo, und auch nicht, für wen die Mädchen dahin beordert werden. Auf jeden Fall läuft das schon seit ein paar Tagen.“

„Und heute?“

„Was? Wieso fragst du?“

Verdammt, ich musste unbedingt vorsichtiger sein.

„Ich meine, wurde auch heute nach Mädchen gefragt? Denen könntet ihr ja folgen, um herauszufinden was läuft?“

„Ach so, ja, daran haben wir auch gedacht.“ Noch mal Schwein gehabt. „Aber leider sind die Prostituierten schon unterwegs.“

Das war schlecht. Und verkomplizierte die Sache.

„Ihr wisst also nicht, wo diese Jagdhütte sein soll?“, hakte ich nach, um auf Nummer sicher zu gehen. Die Vorstellung, dass ich mit den Iren im selben Moment die Jagdhütte stürmen würde wie die Spezialeinheit der Polizei, hatte etwas absurd Komisches.

„Nein, bis jetzt noch nicht. Aber wir werden die Informantin morgen beschatten lassen und sehen, was wir herausfinden."

„Und dann lässt du es mich wissen?"

Er zögerte.

„Nein, John. Es reicht. Ich halte dich auf dem Laufenden, der alten Zeiten Willen. Aber ich werde dir keine Informationen mehr zuspielen, die dich dazu verleiten könnten, dein Leben zu riskieren."

Philippe meinte es gut. Doch für Gewissensbisse war es leider zu spät. Nur wusste Philippe das natürlich nicht. Ich spielte mit.

„Ich verstehe."

„Tut mir leid, John."

„Schon in Ordnung. Lass mich einfach wissen, wenn Bogdanow im Knast sitzt. Und zögere nicht, mich anzurufen, wenn ich irgendwie helfen kann."

„Mach ich, John."

„Danke." Ich legte auf und ließ mein Handy wieder in der Jackentasche verschwinden.

„Sie sind es", stellte ich fest und sah zu Max rüber.

„Bist du sicher?"

Ich erklärte ihm, was Philippe gesagt hatte. „Das heißt aber auch, dass wir ein Problem haben."

„Die Frauen?", schlussfolgerte Max.

„Genau." Ich drehte mich zu Ian und Seamus um. „Was denkt ihr?"

Seamus zuckte mit den Achseln.

„Macht für uns keinen Unterschied", antwortete Ian. „Wir sind es gewohnt, dass Unbeteiligte in der Nähe sind."

Ich nickte. „Ich will auf keinen Fall tote oder auch nur verletzte Unschuldige haben."

„Dafür gibt es nie eine Garantie", murmelte Seamus.

„Das weiß ich", gab ich gereizt zurück. „Aber ich will euer Wort, dass ihr alles daransetzt, solche Verluste zu vermeiden!"

Im Rückspiegel sah ich, wie Ian und Seamus sich einen kurzen Blick zuwarfen.

„Geht klar, Boss."

Ich wusste, dass es keine Garantie gab und dass die Frauen, die in der Jagdhütte waren, in Gefahr schwebten. Es war ein Risiko, das wir in Kauf nehmen mussten.

„In Ordnung."

„Noch was", warf Max ein. „Es könnte sich noch immer um eine bewusste Falschinformation handeln, dass der Zuhälter uns dieses Waldstück angegeben hat. Wir könnten noch immer irgendeine Jagdgesellschaft überfallen."

„Wir warten, bis wir die Prostituierten ankommen sehen", entschied ich. „Philippe hat gesagt, sie wären bereits unterwegs. So lange warten wir noch."

„In Ordnung."

Max parkte den Minivan im Wald gleich neben dem Weg und schaltete den Motor ab. Wir waren die letzten paar hundert Meter ohne Scheinwerfer gefahren, um uns nicht zu verraten. Es war jetzt kurz nach neun Uhr. Zum Glück war es noch hell genug.

Nun bereitete Max seine Drohne vor und ich stand mit Ian und Seamus etwas abseits.

„Eure Männer sind bereit?", fragte ich Ian.

„Ja, alle sind in Stellung. Sie verhalten sich ruhig und warten auf Befehle.“

„Gut. Sobald wir wissen, ob es Bogdanow und seine Bande sind, gehen wir zu unseren jeweiligen Teams und greifen zu. Irgendwelche Fragen? Zweifel? Ängste?“ Das hatte einer meiner Ausbilder in Belgien immer nach einer Lagebesprechung gesagt.

Die beiden Iren sahen sich kurz an, dann schüttelten sie die Köpfe.

„Also gut.“ Ich nickte und wir warteten weiter auf Max‘ Drohne.

Plötzlich hob Ian die Hand, deutete auf den Stöpsel in seinem Ohr und lauschte.

„Team B meldet, dass sie einen Wagen beobachten, der in Richtung Wald fährt. Nicht auf der Landstraße, sondern auf einer der Zufahrtsstraßen.“

Sofort wurde ich hellhörig. Ich verfluchte mich, dass ich mein eigenes Funkgerät noch nicht aktiviert hatte. „Können sie die Insassen erkennen?“

Ian schüttelte den Kopf und wartete. Ich setzte mein Funkgerät auf und schaltete es ebenfalls ein.

„Sieht nach einer tollen Party aus“, hörte ich einen der Iren über Funk durchgeben. Fragend sah ich Ian an.

„*Report*!“

„Der Wagen war gefüllt mit Partymäusen“, kam die flapsige Antwort.

Damit hatten wir die Bestätigung. Es konnte losgehen.

XXV.

Mit der Bestätigung, dass die Prostituierten auf dem Weg ins Waldstück hinein waren, und Philippes Informationen, war ich mir sicher, dass Bogdanow und seine Leute in der Jagdhütte waren.

Max näherte sich mit seiner Drohne dem Zielobjekt und sah zwei Männer auf der Veranda vor dem Haus stehen und rauchen. Ich gab Ian und Seamus die Informationen weiter und, nachdem wir uns kurz beraten hatten, begaben wir uns zu unseren jeweiligen Teams.

Ian und ich erreichten sein Team nach wenigen Minuten Fußmarsch und gaben den Männern ebenfalls die letzten Details weiter. Wir würden, wie vereinbart, Team B Feuerschutz geben und dementsprechend hatte Ian mit seinem Späher den zu nehmenden Weg besprochen: Das Terrain vor dem Haus müsste uns eigentlich eine ausgezeichnete Position dafür bieten. Der Weg zum Zielobjekt war nicht sehr weit, doch wir brauchten beträchtlich viel Zeit, um die Lichtung vor dem Gebäude zu erreichen. Endlich angekommen, bezogen wir Stellung und warteten auf Team B.

Das Zielobjekt lag leicht erhöht vor uns: Die Seite, die Ian und ich gewählt hatten, um anzugreifen, hatte eine große Veranda aus Holz mit Treppen, die jeweils von rechts und links vom Rasen her auf die Veranda führten. Die zwei Russen standen direkt vor der Tür, die offensichtlich als Haupteingang diente. Daneben waren mehrere breite Fensteröffnungen zu sehen, einige mit geschlossenen Fensterläden; zwei waren jedoch hell erleuchtet. Das Gebäude hatte einen zweiten Stock und ich erkannte, dass mehrere verwinkelte Anbauten über die Jahre hinzugefügt worden waren. Ein Alptraum für Häuserkampf, dachte ich mir im Stillen. Wie würde das Gebäude wohl innen aussehen? Zumindest bot diese Seite des Hauses uns und den Männern von Seamus´ Team ein wenig Schutz, um uns an das Haus heranzuschleichen. Falls wir nicht vorher entdeckt wurden, deshalb hoffte ich, dass die beiden Russen bald wieder ins Haus verschwinden würden.

Plötzlich richtete sich die Aufmerksamkeit der beiden Raucher auf ein Rascheln im Wald, ungefähr dort, wo Team B sich befinden musste. Ian gab schnell den Befehl, die Männer auf der Veranda auszuschalten, damit wir nicht entdeckt wurden. Sofort brachen die Söldner von Team B aus dem Dickicht des Waldes hervor und preschten in Richtung Zielobjekt. Die Männer um mich herum von Team A huschten ebenfalls wie Geister über den Rasen in Richtung Gebäude.

Ich holte tief Luft, packte mein Gewehr fester … dann sprintete ich ebenfalls los.

Das Zielobjekt lag genau vor mir und ich beschleunigte meine Schritte, um zu Ian und seinen Männern aufzuschließen. Die beiden Russen, die Ian und sein Team auf der Veranda ausgeschaltet hatten, lagen dicht nebeneinander auf dem Boden, beide offensichtlich tot. Die Männer von Team B pressten sich an die Hauswand und rückten mit kleinen, kontrollierten Schritten bis zum ersten Fenster vor.

Ians Team hatte die andere Ecke des Gebäudes ebenfalls bereits erreicht und versammelte sich dicht an die Wand gedrängt. Ich stieß zu ihnen und schloss mich der Formation als letztes Element an.

Ian hatte beschlossen, dass wir alle an einer Seite in die Jagdhütte eindringen würden, um die Gefahren von *friendly fire* so gering wie möglich zu halten. Das bedeutete jedoch, dass es zu einer Konzentration an Angreifern kommen würde, bis wir genug Räume gesäubert hätten, um vorstoßen zu können.

Ich hatte momentan den Blickkontakt zu Team B verloren und damit die Möglichkeit eingebüßt, den weiteren Ablauf des Zugriffs zu koordinieren. Ich musste auf die Professionalität der Iren zählen und mich um meine eigene Aufgabe in der Formation kümmern. So drehte ich mich als letztes Element um und hielt den Männern vor mir den Rücken frei.

Team B würde planmäßig den Haupteingang des Gebäudes nutzen. Im Gebäude selbst würden wir uns dann den Gegebenheiten anpassen müssen.

Der erste Mann von Team A entschied sich gegen das erste Fenster, an dem er vorbeikam, da es zu hoch lag, um einen schnellen Einstieg zu erlauben. Das zweite Fenster jedoch befand sich ungefähr auf Bauchhöhe und er blieb so davor stehen, dass jemand, der aus dem Fenster nach draußen schaute, ihn nicht sehen würde.

Ich stand dicht an Ians Rücken gedrückt und hatte nur einen kurzen Blick nach vorne gewagt, um zu sehen, wie wir vorankamen. Ich drehte mich wieder um. Plötzlich hörte ich ein lautes Krachen und vermutete, dass Team B sich soeben Zugang verschafft hatte.

Der Pedant in mir hätte es vorgezogen, wenn beide Teams zeitgleich ins Haus gestürmt wären, doch vielleicht verschaffte es uns einen Vorteil, wenn alle im Haus von Team B abgelenkt waren, während wir uns durchs Fenster zwängten. Ich hörte Glas splittern und in dem Moment spürte ich, wie Ian vor mir weiter vorrückte. Ich wusste, dass die ersten drei Männer bereits ins Haus geklettert waren.

Ich hörte noch, wie der erste Mann das *Clear* für den ersten Raum auf unserer Seite gab, als Schüsse durch die Nacht gellten. Ein Feuergefecht war offenbar bei Team B ausgebrochen und ich hoffte, dass sie dennoch weiter vorankamen. Ich selbst sah mich noch immer draußen blockiert durch Ians Rücken und presste mich weiterhin gegen ihn und die Hauswand.

Schreie drangen durch die Nacht und die Musik verstummte plötzlich. Abgelöst wurde sie von mehreren kurzen Feuerstößen und ich musste erschrocken feststellen, dass die Schüsse aus vollautomatischen Waffen kamen. Das grauenhafte Bellen der Kalaschnikows verstummte so schnell, wie es aufgetaucht war, gefolgt von zwei dumpfen Explosionen.

„Los, rein, rein, alle rein!“, rief Ian und ich drehte mich um.

Einer der Iren kauerte gebückt unterm Fenstersims und bot uns so Steighilfe an, um so schnell wie möglich durchs Fenster zu kommen.

Nach Ian trat ich auf seinen unteren Rücken und hievte mich durchs Fenster. Drinnen landete ich unsanft auf allen Vieren und suchte sofort nach meinem Vordermann. Ich fand ihn an die gegenüberliegende Wand gepresst und huschte, so schnell es ging, zu ihm. Wir befanden uns in einer Art Wohnzimmer: eine große Couch mit einem Beistelltisch stand in der Mitte des Raumes. An der Wand hingen unzählige Jagdtrophäen, Hirschgeweihe und der Kopf eines riesigen Wildschweins, außerdem hier und da Fotos von Jagdgesellschaften. Wir standen alle dicht aneinandergedrängt seitlich am Türrahmen und bereiteten uns vor.

„Nächster Raum, macht schon!“, befahl Ian seinen Männern und ignorierte mich vollständig.

Der Ire, der vor dem Fenster gekauert hatte, sprang nun ebenfalls in den Raum und preschte zu mir.

„Alles okay?“, fragte er mich und ich zeigte ihm nur das militärische Handzeichen für *Alles okay*.

Wieder und wieder schallten Schüsse aus dem Inneren des Hauses und ich konnte nur hoffen, dass alles nach Plan und zu unseren Gunsten verlief.

„Erster Stock gesichert", krächzte eine Stimme in meinem Ohr. „Team B, zweiter Stock, jetzt.“

Ich verinnerlichte mir den Aufbau des Gebäudes: Das andere Team war offensichtlich gut vorangekommen. Das Fenster war für uns der schlechtmöglichste Eingang gewesen, denn das Gebäude war, wie vermutet, über die Jahre immer wieder erweitert worden. Unser Eintrittszimmer lag verwinkelt und durch den schmalen Flur abgetrennt zum Rest des Hauses, sodass uns nichts anderes übrigblieb, als jetzt zu Team B zu stoßen, um vorwärtszukommen.

Mir wurde wieder schlagartig bewusst, warum Häuserkampf so verdammt schwierig war. Man hatte so gut wie keine Übersicht über das Geschehen und alle Elemente kämpften auf sich allein gestellt.

„Zu Team B aufschließen, verdammt!“, knurrte Ian und wir gingen in dichter Formation, einer hinter dem anderen, aus dem ersten Raum durch einen schmalen Flur in eine geräumige Eingangshalle bei der Tür, durch die Team B ins Gebäude eingedrungen war. Team B stand bereits dicht gedrängt vor der Treppe und machte sich bereit, vorzustoßen. Ich sah die beiden toten Russen draußen auf der Veranda liegen. Durch eine der anderen Türen erkannte ich einen großen Essraum und auch hier lagen drei Männer regungslos am Boden. Blutlachen bildeten sich unter ihnen. Mehr Zeit, die Situation zu analysieren, blieb mir nicht, denn unser Team schloss zu Seamus und seinen Leuten auf. Wir hatten das Ende ihrer Formation noch nicht erreicht, als zwei von ihnen anfingen, die Treppen langsam hochzugehen, ihre Gewehre im Anschlag.

Eine größere Explosion erschütterte das ganze Gebäude und kurz danach hörte ich Schreie aus dem Stockwerk über mir.

Wir erreichten das Ende der Formation und nahmen so gut wie möglich Deckung. Der letzte Mann unseres Teams tippte meinem Vordermann auf die Schulter und sie lösten sich aus der Formation und gingen in den großen Essraum. Sie würden die regungslosen Männer auf dem Boden auf Lebenszeichen kontrollieren und sichergehen, dass niemand uns in den Rücken fallen konnte. Beide Teams standen dicht an dicht gedrängt vor der Treppe und hatten darauf gewartet, dass die Männer im Treppenhaus ihnen das Zeichen gaben, ebenfalls die Treppen zum zweiten Stock hinaufgehen zu können, als die Granate im Treppenhaus explodiert war. Dass wir nichts von den beiden hörten, die ins Treppenhaus vorgestoßen waren, verhieß nichts Gutes.

Ian ging zu Seamus und die beiden berieten sich schnell.

„Fuck!“ Ian knurrte und ich ging schnell zu ihnen rüber.

„Was ist los?“

„Wir müssen weiter! Die haben Granaten und je länger wir hier warten, desto einfacher machen wir es den Wichsern!“

„Ich geh vor!“ Bevor Ian etwas dagegen einwenden konnte, schritt ich an beiden Teams vorbei und ging am untersten Treppenabsatz in Stellung.

Ich wartete nicht lange, da spürte ich, wie der nächste Mann zu mir aufschloss.

„Du bist ein verrückter Hund!“ Ian war direkt hinter mir, bereit, mit mir vorzustoßen.

„Danke, gleichfalls!“, gab ich zurück. „Und jetzt los!“

Er drückte mir mit seiner schwachen Hand auf die Schulter. Die Formation hinter mir war also startklar.

Ich lehnte mich ein wenig zur Seite und verschaffte mir so Einsicht ins nach oben führende Treppenhaus.

Die Wände waren von der Explosion angeschwärzt und ich erblickte die Überreste zumindest eines der beiden Iren. Ich konnte sonst keine direkte Gefahr ausmachen, also holte ich tief Luft und trat auf die erste Stufe. Ich spürte, dass Ian mir folgte und wusste, dass er mir Deckung gab.

Mein Gewehr fest umklammert, stieg ich vorsichtig eine Stufe nach der anderen hoch. Schmerz schoss mir wie ein Blitz durch mein angeschlagenes Handgelenk und ich biss die Zähne zusammen. Laute Stimmen drangen aus dem zweiten Stock zu mir. Jemand fluchte und kurz danach waren Schritte zu hören. Ich hielt die Luft an, blieb jedoch nicht stehen. Langsam erklomm ich die Stufen und starrte gebannt nach oben. Mein Rotpunktvisier ignorierte ich: Auf so kurze Distanz würden meine Muskeln genau wissen, wo sie hinzielen mussten.

Obwohl ich mental darauf vorbereitet war, zuckte ich erschrocken zusammen, als mir ein hünenhafter Fettwanst mit einer Pistole in der Hand entgegenstürmte. Der Hüne sah aus wie ein Biker und für einen Moment dachte ich an die unbekannte Bikergang, die mit den Riders aneinandergeraten war. Der Hüne erschrak ebenfalls, als er mich im Treppenhaus stehen sah, stolperte und fiel nieder.

Ich gab ihm nicht die Chance, sich wieder aufzurappeln, sondern feuerte, ohne zu zögern, mehrmals auf seinen Oberkörper. Mehrere Kugeln durchbohrten den Mann und er fiel die Treppe runter.

Ich trat gekonnt zur Seite, um nicht von ihm erschlagen zu werden, und ging ungestört weiter die Treppe hoch. Ich kam an der Leiche eines weiteren irischen Söldners vorbei und schluckte schwer, hielt jedoch meine Geschwindigkeit bei.

Am obersten Treppenabsatz, ungefähr zehn Stufen über mir, erkannte ich einen weiteren Iren. Er saß mit dem Rücken gegen die Wand gelehnt da und versuchte krampfhaft, sich einen Druckverband anzulegen. Aus seinem Bauch quoll Blut. Warum der Fettwanst den Iren ignoriert hatte, war mir ein Rätsel.

Ich deutete Ian, aufzuschließen, und er fluchte leise, als er sowohl die Leiche des zweiten Iren vor mir bemerkte als auch seinen Kameraden sah, der verzweifelt versuchte, sich zu verarzten.

Ich nahm an, dass genau das die Absicht der Mafiosi war: Uns dazu zu bringen, nach vorne zu stürmen, um dem Verletzten zu helfen. Diese Genugtuung würden wir ihnen jedoch nicht geben.

Stufe für Stufe drang ich, gefolgt von den anderen, aufs höchste angespannt, weiter nach oben vor. Am Treppenabsatz angekommen, gab ich Ian zu verstehen, dass einer sich um den Verletzten kümmern sollte.

Schnell kam einer der Iren die Stufen hoch und packte seinen verletzten Kameraden am Plate-Carrier. Ohne viel Federlesen zerrte er ihn die Treppe runter und machte uns damit den Weg frei.

Ian schloss erneut zu mir auf und gab mir das Zeichen, dass alle bereit waren.

Ich wollte gerade aus dem Treppenhaus in den Gang des zweiten Stocks stürmen, als ich Max‘ Stimme in meinem Ohr hörte.

„Da flieht jemand!“ *Fuck!*

„Drei, nein, vier Frauen sind aus einem der Fenster gesprungen und rennen in den Wald.“ Max‘ Stimme überschlug sich vor Aufregung.

Ich hoffte, dass das alle waren, und war erleichtert, dass sie hatten flüchten können.

„Los, wir müssen weiter!“, drängte Ian hinter mir und ich wusste, dass er Recht hatte.

Ich umklammerte mein Gewehr, spähte um die Ecke und machte einen Schritt in den Flur. Mehrere Kugeln trafen mich. Als wäre ich gegen eine Wand gelaufen, stolperte ich rückwärts gegen Ian und sackte zusammen.

Zum Glück hatte meine schusssichere Weste die Kugeln aufgehalten. Nichtsdestotrotz tat es höllisch weh. Vermutlich waren etliche Rippen angeknackst. Ich lag am Boden und hatte offensichtlich Ian mitgenommen, denn er lag neben mir und fluchte laut. Die nächsten seiner Männer versuchten, über uns zu klettern und weiter vorzurücken. Feuerstöße fielen und einer nach dem anderen sprintete an uns vorbei, um den zweiten Stock zu säubern.

Ich selbst lag noch völlig neben mir auf dem Boden und versuchte zu atmen, doch meine Lungen brannten wie Feuer und ich hatte Schmerzen in der Magengegend.

Ian rappelte sich auf und sah mich an. „Alles klar bei dir?"

„Denke schon," keuchte ich und versuchte, ebenfalls aufzustehen. „Weste", stieß ich noch hervor und Ian nickte.

„Schwein gehabt."

Es fielen weiter Schüsse vor uns und ich stützte mich an der Wand ab, um mich hochzurappeln.

„Bleib hier! Ich sehe nach dem Rechten!" Mit diesen Worten verschwand er im Flur.

Langsam überwand ich den Schock und konnte wieder atmen. Ich hörte einen letzten Feuerstoß und danach herrschte eine unheimliche Stille.

„Clear!"

„Clear!"

„All clear!"

Verdammt, hoffentlich hat niemand Bogdanow erwischt! Gleich darauf schalt ich mich einen Narren. Es war schließlich völlig egal, wer den Drahtzieher ausschaltete, solange das Schwein tot war. Und trotzdem hatte ich innerlich gehofft, ihm zeigen zu können, dass er es nicht geschafft hatte, mich zu brechen. Und dass ich es war, der ihn fertig gemacht hatte. Und seine ganze Clique.

„John! John! Kommen!“ Es war Max.

Ich verdrehte mich schmerzhaft und betätigte den Schalter meines Funkgeräts. „Ja?“

„Wir haben noch einen Läufer! Ich habe ihn gerade noch gesehen, wie er aus einer der Hintertüren gekommen ist und dann ist er im Wald verschwunden!“

„Verdammt!“ Ich rappelte mich endgültig hoch. „Wohin ist er gelaufen?“

„In den Wald, hab ich doch gesagt?“, fragte Max verwirrt.

„Himmelsrichtung! Vom Zielgebäude aus gesehen!“, keuchte ich.

„Achso! Ähm, nach Westen, ja, nach Westen!“

Ich drehte am Funkgerät und stellte die abgemachte Frequenz ein.

„Carlos!“

„Sì?“

„Wir haben einen Läufer, Richtung Westen.“

„Ausgezeichnet! Ich schnapp ihn mir! Out!“

Wir hatten keine richtige Reserve eingesetzt beim Zugriff, etwas, das mir völlig zuwider gewesen war. Ian hatte jedoch darauf bestanden, alle seine Männer mitzunehmen oder keinen von ihnen. Damit hatte er mich ausmanövriert.

Aber ich hatte mit Carlos dafür gesorgt, dass ich ein freies Element in der Hand hatte, falls etwas schiefgehen sollte.

Und genau das war jetzt passiert. Ich hatte das ungute Gefühl, zu wissen, wer da sein Heil in der Flucht suchte.

„John!“, erklang wie zur Bestätigung Ians Stimme. „Bogdanow ist nicht hier! Das Schwein ist weg!“

Ich stürmte nach draußen, hielt mir jedoch mit der freien Hand den schmerzenden Brustkorb. Meine Atmung war flach und jedes Luftholen brannte wie Feuer in meinen Lungen.

„Max! Siehst du mich? Wo muss ich hin?“, schrie ich ins Funkgerät.

„Nach links ums Gebäude rum, dann in den Wald.“

Ich lief so schnell ich konnte und tauchte durch eine Heckenreihe in den Wald ein. Wie zum Teufel sollte ich rausfinden, in welche Richtung Bogdanow geflüchtet war?

Ich verlangsamte meine Schritte und blieb schließlich stehen. Keuchend vor Schmerzen lehnte ich mich gegen einen Baum und horchte.

Nichts.

Verdammt. Ich war chancenlos.

Mehrere Schüsse zerrissen die Luft und ich war überzeugt, dass sie aus dem Wald, nicht aus dem Haus kamen. Doch der Schall machte es mir unmöglich, herauszufinden, aus welcher Richtung geschossen worden war. Und vor allem: Wer hatte geschossen? Und wer hatte wen getroffen? Hoffentlich war Carlos unverletzt! Da krächzte das Funkgerät: „John! John!“ Carlos‘ Stimme überschlug sich.

„Ist er tot?“ Ich sah mich orientierungslos um.

Keine Antwort.

„Carlos?! Gib‘ mir eine Richtung!“

Stille. Panik kroch in mir hoch. Ich horchte und versuchte durch die Bäume hindurch irgendeine Bewegung auszumachen.

Nichts. Verdammt!

Plötzlich durchfuhr ein Schrei die Stille und ich schnellte herum. Ich starrte in die Richtung, aus der der Schrei gekommen war, und sprintete los.

Mehrere Personen kamen aus der Richtung des Hauses und folgten mir. Egal, ich durfte keine Zeit verlieren! Carlos war in Gefahr.

Ich stolperte durch den Wald, Zweige rissen mir die Haut im Gesicht auf, doch ich war wie besessen und rannte weiter. Ich sprang über einen kleinen umgestürzten Baum und fand mich auf einem offenen Platz zwischen zwei Baumgruppen wieder. Vor mir stand Bogdanow, mit erhobenem Messer in der Hand. Carlos lag vor ihm auf dem Boden, in seinem Tarnanzug hatte ich ihn beinahe übersehen. Er versuchte verzweifelt, von Bogdanow wegzukommen. Sein Bein schleifte über den Waldboden. Er war verletzt!

Bogdanow machte noch einen Schritt auf Carlos zu, das Messer bereit, um zuzustechen.

„Bogdanow!“, brüllte ich und hob mein Gewehr. Ich drückte hastig ab. Zu meinem Entsetzen fiel nur ein einzelner Schuss. Ich drückte den Abzug mehrmals, doch ich hatte eine Ladehemmung und hörte nur ein Klicken.

Er reagierte blitzschnell. Er hechtete zur Seite und warf sofort mit seinem Messer nach mir. Mein Schuss hatte ihn verfehlt. Sein Messer schoss auf mich zu. Ich riss instinktiv die Arme hoch und drehte mich weg, doch das Messer bohrte sich mir in die Schulter. Grauenhafter Schmerz durchfuhr meinen Körper. Ich ließ mein Gewehr ungewollt los und es baumelte nutzlos am Tragegurt über meiner verletzten Schulter. Verzweifelt versuchte ich, mit meiner freien Hand meine Pistole zu ziehen.

Schon war Bogdanow auf meiner Höhe und rammte mich. Ich stürzte zu Boden. Er warf sich auf mich und zückte mit einer fließenden Bewegung ein Karambit-Messer. Sein schwerer Körper drückte mich auf den Boden und er hob das Messer an meinen Hals. Ich griff mit meiner Hand nach dem Messer und konnte ihn am Handgelenk packen. Zeitgleich suchte meine freie Hand nach meiner Pistole im Holster. Er schmetterte mir seine Faust ins Gesicht und in meinem Kopf explodierten weiße Sterne. Mit letzter Willenskraft packte ich den Griff meiner Pistole, zog sie aus dem Holster und feuerte ungezielt nach oben.

Eine der Kugeln musste ihn erwischt haben, er zog mit schmerzverzerrtem Gesicht die Luft ein. Genug Zeit für mich, um ihm die Pistole gegen die Schläfe zu schlagen. Er kippte seitlich von mir runter und ich kroch hastig davon. Ich rappelte mich auf die Knie und drehte mich zu ihm um.

Blut lief ihm übers Gesicht und er presste seine freie Hand an den Bauch, offensichtlich getroffen. Ich brauchte einen kurzen Moment, um wieder einen klaren Kopf zu bekommen, und dann fiel mir meine Pistole wieder ein. Ihm wohl auch, denn er stürzte sofort nach vorne auf mich los.

Ich hob schnell die Pistole und richtete sie auf ihn. Mir drehte sich alles von dem Schlag ins Gesicht, doch ich war schneller als er! Starr vor Schreck blieb er stehen: Drei Meter trennten uns und er wusste, dass er die Distanz nicht überwinden konnte, bevor ich schießen würde. Er lächelte hasserfüllt.

„So sieht man sich also wieder!“, knurrte er wütend.

„In der Tat,“ antwortete ich leise und hielt weiterhin die Waffe schwankend auf ihn gerichtet. „Carlos?“

Carlos keuchte vor Schmerzen laut auf. Ich traute mich nicht, den Blick von Bogdanow abzuwenden.

„Bist du okay?“

„Alles okay, er hat mich am Bein erwischt. Ich musste schnell einen Tourniquet setzen, tut mir leid, John. Ich konnte dir nicht helfen …“

Bogdanow lachte hämisch. „Noch ein paar Sekunden und ich hätte deinen Freund abgestochen wie ein Schwein.“

„Tja, dazu wird es jetzt nicht kommen.“ Ich bewegte mich langsam zu Carlos rüber, die Pistole weiterhin auf Bogdanow gerichtet.

Bogdanow sah mich direkt an. „Was zum Teufel willst du?“, zischte er mit schmerzverzerrtem Gesicht.

„Ich wollte nur in Ruhe gelassen werden, weißt du?“

„Das hier nennst du in Ruhe gelassen werden?“, fragte er ungläubig und meinte offensichtlich unseren Angriff diese Nacht.

„Nein. Nein. Das hier nenne ich eine offene Rechnung begleichen! Für die Überfälle. Die versuchten Morde.“

Er spie vor mir auf den Boden. Ich blieb ungerührt stehen. Er deutete mit dem Kopf auf meine Pistole. „Wenn du

Manns genug bist, können wir das ja hier beenden." Er lächelte grimmig. „Keine Pistole. Nur du und ich. Messer. Oder nur Fäuste. Mir egal." Dabei drehte er das Karambit langsam im Kreis.

„Sag mir nur eins," entgegnete ich lapidar. „Hättest du mir das gleiche Angebot gemacht, wenn die Umstände andersherum gewesen wären?"

Er überlegte kurz und lachte dann trocken auf. „Nein. Niemals. Ich hätte dafür gesorgt, dass du den Tag verfluchst, an dem du die Hand gegen uns erhoben hast."

Bedächtig nickte ich. Mein Gewehr baumelte noch immer an meiner Seite. Meine Schulter brannte vor Schmerz und ich hielt die Pistole mit meinem verletzten Handgelenk krampfhaft fest.

„Eben."

Ich drückte ab.

Die Kugel traf Bogdanow in den Kopf. Er sackte zusammen, doch er war bereits tot, bevor er auf den Boden fiel.

Erleichterung durchströmte meinen Körper. Die Schmerzen der Kugeln, die ich abbekommen hatte, waren verflogen, dem Adrenalin sei Dank. Doch das Messer in meiner Schulter brannte wie Feuer. Gierig sog ich die frische Luft ein.

Es war zu Ende.

„Alles in Ordnung, John?", fragte Ian und zögerte. Er und drei der Iren standen plötzlich mit erhobenen Gewehren um uns herum und beobachteten die Szene, die sich ihnen bot.

Ich holte ein weiteres Mal tief Luft und atmete langsam aus. „Alles in Ordnung. Wie sieht's in dem Haus aus?"

„Zwei meiner Leute sind tot … Ein weiterer braucht ärztliche Hilfe, müsste jedoch durchkommen. Ich habe bereits einen meiner Männer einen Wagen holen geschickt. Insgesamt haben wir vierzehn Leichen gezählt. Na ja“, er schaute zu Bogdanows leblosem Körper hinüber. „Fünfzehn.“

Ich nickte. „Die Frauen?“

„Keine Spur. Sie sind in den Wald gelaufen, als sich ihnen die Gelegenheit bot?“

„Ja, Max hat sie gesehen.“

„Gut. Wenn sie klug sind, verstecken sie sich und machen, dass sie ungesehen davonkommen. Ich würde an ihrer Stelle nicht darauf wetten, dass die Angreifer auch nur einen Deut besser sind als ihre toten Freier.“ Das stimmte wahrscheinlich.

„Sonst noch was?“ Ich spürte, dass er mir etwas vorenthielt.

„Ja. Wie hieß der Biker nochmal, der verschwunden ist, als er auf dich aufgepasst hat?“

Ich sah überrascht auf. „Mike. Warum?“

„Wir haben ihn in üblem Zustand angekettet in einem der Schuppen gefunden. Er lebt.“

Die nächste Welle der Erleichterung durchströmte mich und ich schloss für einen Moment die Augen.

Ich konnte mir ein zufriedenes Lächeln nicht verkneifen.

Epilog

Zwei Monate später

Nadias Genesung hatte viel Zeit in Anspruch genommen, doch mittlerweile war sie klar und deutlich auf dem Weg der Besserung. Am Tag nach der Aktion war ich sofort zu ihr ins Krankenhaus geeilt und hatte sie in meine Arme geschlossen. Ich wollte ihr nicht mehr von der Seite weichen und hätte am liebsten den ganzen Tag an ihrem Krankenbett verbracht – wenn die Krankenpfleger das denn zugelassen hätten.

Am Vortag war der letzte Gips am Unterarm abgenommen worden und auch die anderen Wunden waren gut verheilt. Die Schnittwunde im Gesicht bereitete die größten Probleme und würde auch für immer sichtbar bleiben. Aktuell trug sie weiterhin Kompressen und Pflaster, um die Wunde zu verdecken. In einer Woche hatte sie einen Termin bei einem Schönheitschirurgen in Brüssel, der auf solche Operationen spezialisiert war und die Narbe hoffentlich so weit wie möglich verschwinden lassen würde.

Der Schock des Überfalls saß tief, doch da es sie am meisten zu stören schien, dass ihr Gesicht mit dem Schnitt entstellt worden war, hoffte ich, dass zumindest die seelischen Narben bereits gut verheilt waren.

Wir hatten uns entschlossen, das erste Mal, nachdem sie das Krankenhaus verlassen hatte, ein Restaurant zu besuchen und Nadia hatte sich ebenfalls gewünscht, nachher noch ins Kino zu gehen.

Und so saßen wir an demselben Tisch wie bei unserem ersten Date im *Neapoli* und warteten gerade auf unser Dessert.

Carlos war ebenfalls zugegen, hielt jedoch respektvoll Abstand und saß mit Ian an einem der Tische ganz in unserer Nähe. So nahe, dass sie jederzeit eingreifen konnten, falls jemand uns zu nahekam. Jedoch weit genug entfernt, um uns zumindest ein kleines bisschen Privatsphäre zu geben.

Ian und ich hatten uns nach dem Angriff auf die Jagdhütte dafür entschieden, alle Beweise zu vernichten, die uns kompromittieren könnten. Das Gebäude niedergebrannt hatten wir jedoch nicht. Ich wollte keinen Großbrand in einem Wald auslösen. Außerdem wollten wir, dass auch ja jeder die Nachricht verstand und uns zukünftig in Ruhe lassen würde.

Danach hatte ich mich bei Philippe gemeldet und ihm einen Tipp gegeben, wo er Bogdanow und seine Männer finden könnte.

Die Presse, die Politik und die Bevölkerung Luxemburgs waren empört über solch ein barbarisches Gemetzel und forderten Aufklärung. Selbst in der internationalen Presse wurde ausführlich berichtet.

Seltsamerweise interessierte sich keiner für Bogdanows Vergangenheit und jeder suchte nur *die* Schuldigen. Tom hatte versucht, seine eigenen Presseleute darauf anzusetzen und die Gewalttat ins rechte Licht zu rücken, doch bei einer so hohen Opferzahl stand er auf verlorenem Posten.

Die Polizei gab eine ganze Serie von Pressekonferenzen und erläuterte in Länge und Breite, was sie schon alles herausgefunden hatte, doch wirkliche Resultate oder gar einen Durchbruch konnte sie nicht verbuchen. Und schlussendlich, nachdem es drei Wochen nach unserer Abrechnung mit den Mafiosi zu einem Skandal um veruntreute Steuergelder gekommen war, verloren die Leute stetig das Interesse an dem Fall, bis es jetzt nur noch gelegentlich zu Fragen in der lokalen Presse kam, warum schwerbewaffnete Kriminelle ungestört in Luxemburg auftauchen konnten und niemand ihnen Einhalt gebot. Die Polizei wurde allmählich zum Sündenbock in der ganzen Affäre.

Ians verletzter Mann hatte überlebt und hatte zusammen mit allen übrigen seiner irischen Söldner das Land am Tag nach dem Überfall verlassen. Ich vermutete, dass alle bereits wieder anderswo im Einsatz waren. Nur Ian hatte sich entschieden, zu bleiben. Ihm schmecke das lokale Bier, hatte er schelmisch zugegeben. Und dann hatte er mir seine Dienste angeboten.

Carlos verweilte ebenfalls in Luxemburg. Auch er hatte sich entschieden, zu bleiben. Zu Hause wartete auf ihn nur die Scheidung, hatte er gesagt. Die konnte warten.

Tom war zufrieden grinsend in der Lagerhalle aufgetaucht, nachdem wir die Jagdhütte verlassen hatten. Er hatte mir für die tolle Leistung gratuliert, als hätte ich einen Fußballpokal gewonnen. Dann war er wieder verschwunden. Und hatte sich mittlerweile alle Geschäftsbereiche der Russenmafia unter den Nagel gerissen.

Mein Anteil an Toms Geschäften war auf demselben Niveau wie vorher, ich schickte jedoch mittlerweile meine eigenen Männer, um das Geld einzutreiben. Und bei meinem letzten Treffen mit Tom hatten wir angefangen, zu bereden, wie die Geschäfte in Zukunft weiterlaufen sollten.

Von Philippe hatte ich nichts mehr gehört, seit ich ihm den anonymen Tipp hatte zukommen lassen. Ich nahm an, dass er zwei und zwei zusammengezählt hatte und wusste, dass ich hinter dem Angriff steckte. Doch er schien sich entschieden zu haben, mich dafür mit Verachtung zu bestrafen. Es tat mir zwar leid um die jahrelange Freundschaft, doch daran konnte ich in der momentanen Situation nichts ändern.

Max ging zum Glück noch immer seiner normalen Tätigkeit als IT-Spezialist nach, war jedoch mächtig stolz auf seinen Beitrag zu der erfolgreichen Operation.

Und Nadia? Nadia war überglücklich gewesen, als ich verrichteter Dinge wieder bei ihr im Krankenhaus aufgetaucht war. Ich blieb die folgenden Wochen an ihrer Seite und auch Ian, Carlos und Max halfen aus, wo sie nur konnten.

Ich genoss mein Abendessen mit Nadia. Die Kellnerin brachte uns schließlich die Rechnung und ich bezahlte. Dann erhoben Nadia und ich uns und schlenderten gemütlich in Richtung Kino. Ian und Carlos folgten uns in einiger Entfernung.

Wir hatten unsere Tickets bereits vorher online bestellt und so gingen wir schnurstracks zu den Süßigkeiten. Nachdem wir uns zur Genüge mit Popcorn und Softdrinks eingedeckt hatten, schlenderten wir in den Kinosaal und nahmen Platz.

„Ich bin gespannt“, flüsterte Nadia, obwohl der Film noch nicht angefangen hatte und nur Trailer der nächsten Filme gezeigt wurden.

„Ich auch. Der Film soll wirklich ausgezeichnet sein“, antwortete ich.

Es handelte sich um eine moderne Adaptation eines Shakespeare-Stücks.

„Wie geht’s mit der Narbe?“, fragte ich und strich ihr sanft eine Strähne aus dem Gesicht.

„Juckt tierisch.“

Ich wusste nicht, was ich darauf antworten sollte.

„Aber du solltest mal den anderen Kerl sehen“", fügte sie schelmisch hinzu.

Wir prusteten beide laut los, bis uns jemand hinter uns anzischte.

Ich wollte mich umdrehen, um zu sehen, wer sich schon bei der Vorschau dermaßen gestört fühlte, da hörte ich schon Carlos Stimme hinter mir.

„Halt den Ball mal flach, der Film hat noch gar nicht angefangen!“

Wahrscheinlich hatte der Mann, der uns angezischt hatte, sich zu Carlos umgedreht und erkannt, dass vielleicht heute nicht der Tag war, mit einem missmutigen Bären einen Streit vom Zaun zu brechen, denn Carlos erhielt keine Antwort. Ich lächelte zufrieden und machte es mir wieder gemütlich.

Nadia nahm meine Hand und ich sah ihr in die Augen.

„Ich liebe dich“, flüsterte sie.

„Ich liebe dich auch“, gab ich zurück und küsste sie zärtlich.

Der letzte Trailer war zu Ende, der Saal wurde dunkel und der Vorspann des Filmstudios lief über die Leinwand.

„Viel Spaß beim Film“, flüsterte ich Nadia zu, legte ihr meinem Arm um die Schulter und sie kicherte.

Nachdem der Film zu Ende war und der Abspann über die Leinwand flimmerte, standen Nadia und ich auf und schlenderten Richtung Ausgang.

Wir gingen an den überfüllten Mülleimern vorbei und durch die große offene Tür.

„Hat dir der Film gefallen?“, fragte ich sie.

„Ja, schon, ich fand nur …“

„Jean Dalheim?“, erklang eine tiefe Stimme hinter uns.

Wir drehten uns um.

Vor uns standen zwei Polizeibeamte in Uniform und ein weiterer in Zivil.

„Der bin ich“, antwortete ich ruhig.

Der Mann in Zivil machte eine diskrete Handbewegung und die beiden Uniformierten kamen auf mich zu. Einer von ihnen schob Nadia sanft zur Seite und dann ergriffen beide jeweils einen meiner Arme.

Ich stand wie angewurzelt da und wusste, dass ich jetzt auf keinen Fall die Fassung verlieren durfte.

„Sie sind festgenommen. Wegen der Beteiligung an einer kriminellen Organisation, der Bestechung eines Polizeibeamten, schwerer Körperverletzung und nicht zuletzt: mehrfachen Mordes.“

Die beiden Männer in Uniform legten mir Handschellen an.

„Bitte folgen Sie mir. Braucht Ihre Begleitung jemanden, der sie nach Hause bringt?“ Der Beamte sah Nadia fragend an.

Carlos hatte die Szene mitverfolgt und stellte sich an Nadias Seite.

„Nein, die Dame braucht keine Hilfe von euch.“

„In Ordnung“, sagte der Beamte gleichgültig. „Herr Dalheim, kommen Sie mit.“

Unter den Blicken dutzender Schaulustiger, die den soeben gesehenen Film höchstwahrscheinlich schon wieder vergessen hatten, angesichts dessen, was ihnen jetzt hier geboten wurde, wurde ich in Gewahrsam genommen. Viel schlimmer jedoch: Ich wurde abgeführt, während Nadia an meiner Seite stand.

Was hatte der Polizeibeamte alles aufgezählt? Ich hatte alles wie durch einen Filter gehört.

Wie konnte das geschehen? Was war hier passiert? Warum nahm die Polizei mich jetzt erst fest, wenn sie etwas gegen mich in der Hand hatte? Welche Indizien hatten sie gefunden? Welche Indizien hatten mich verraten?

Oder: Wer hatte mich verraten?

Über den Autor

Charel Kadusch wurde 1989 geboren und dient beim Militär. Die Strukturen von Loyalität, Macht und Hingabe faszinieren ihn nicht nur im dienstlichen Kontext, sondern auch literarisch. Schon lange interessiert er sich außerdem für die Parallelwelt der organisierten Kriminalität und deren komplexe Intrigen.

Mit *Im Bann der Gewalt* legt er seinen ersten Roman vor – ein kraftvolles Debüt über Schuld, Ehre und das fatale Sogpotenzial krimineller Systeme.

ISBN 978-3-8197-7200-9
www.epubli.com